EL RENACIDO

REVENANT

MICHAEL PUNKE

EL RENACIDO
REVENANT

Planeta

Título original: *The Revenant*

Traducción: Graciela Romero
Diseño de portada: idea original de Henry Sene Yee
Adaptación de portada: Alejandra Ruiz Esparza
Imagen de portada: *Hugh Glass Being Savaged by a Bear*, 1978, de Severino Baraldi (*gouache sobre papel*). Colección privada / © Look and Learn / Bridgeman Images
Mapa: © 2002, Jeffrey L. Ward

Derechos mundiales exclusivos en español
Publicado mediante acuerdo con Between Sawmill Gulch Enterprises, LLC Janklow & Nesbit Associates, 445 Park Avenue New York, New York 10022, Estados Unidos de América

© 2015, Editorial Planeta Mexicana, S.A. de C.V.
Bajo el sello editorial PLANETA M.R.
Avenida Presidente Masarik núm. 111, Piso 2
Colonia Polanco V Sección
Deleg. Miguel Hidalgo
C.P. 11560, México, D.F.
www.planetadelibros.com.mx

Primera edición: diciembre de 2015
ISBN: 978-607-07-3158-7

Impreso en los talleres de Litográfica Ingramex, S.A. de C.V.
Centeno núm. 162-1, colonia Granjas Esmeralda, México, D.F.
Impreso y hecho en México - *Printed and made in Mexico*

A mis padres,
Marilyn y Butch Punke

No se venguen ustedes mismos, sino dejen lugar a la ira de Dios; porque escrito está: Mía es la venganza, yo pagaré, dice el Señor.

Romanos 12, 18-20

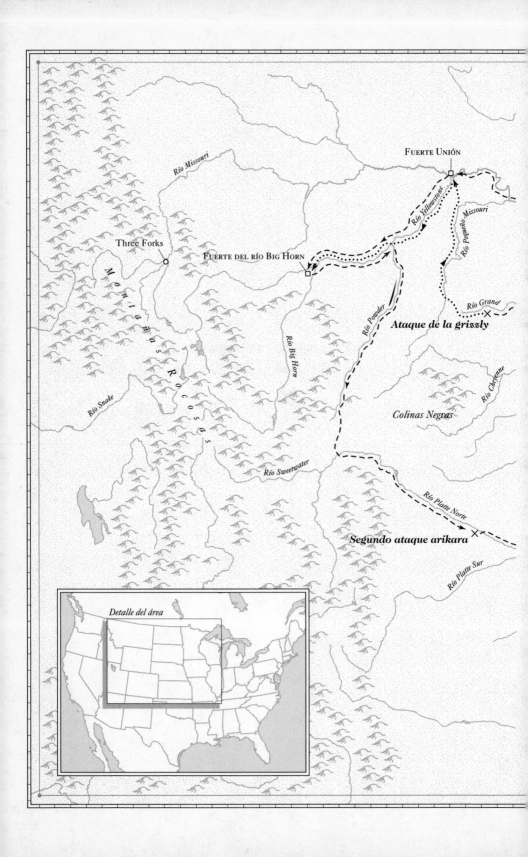

Río Missouri

Three Forks

FUERTE DEL RÍO BIG HORN

FUERTE UNIÓN

Río Yellowstone

Río Pequeño Missouri

Río Grand

Ataque de la grizzly

Río Powder

Río Big Horn

M o n t a ñ a s   R o c o s a s

Río Snake

Río Cheyenne

Colinas Negras

Río Sweetwater

Río Platte Norte

Segundo ataque arikara

Río Platte Sur

Detalle del área

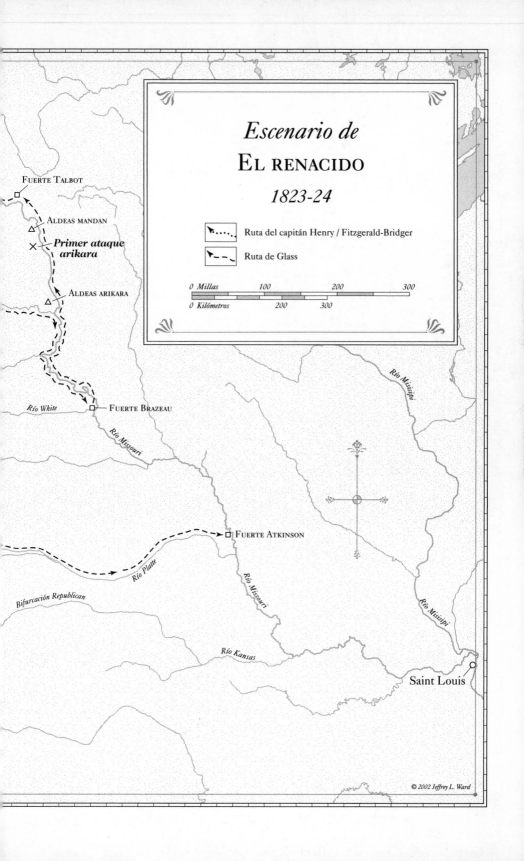

1 de septiembre de 1823

Iban a abandonarlo. El herido lo supo cuando el chico bajó la vista y luego la desvió a lo lejos, evitando sostenerle la mirada. Durante días, este último había discutido con el hombre del sombrero de piel de lobo. «¿De veras pasaron días?» El herido luchaba contra la fiebre y el dolor sin estar nunca seguro de si las conversaciones que escuchaba eran reales o producto del delirio de su mente.

Elevó la vista hacia la formación rocosa que había en el claro. De alguna manera, un pino solitario y torcido se las arregló para crecer en la escarpada pared de piedra. Lo había notado varias veces, aunque nunca como en aquel momento, cuando sus líneas perpendiculares parecían formar una cruz. Por primera vez, aceptó que moriría en ese claro junto al manantial.

Se sintió extrañamente desconectado de la escena, en la que interpretaba el papel principal. Por un instante se preguntó qué haría él si se encontrara en su situación. Si permanecían en el arroyo y sus enemigos los atacaban, todos morirían. «¿Daría mi vida por ellos… si de todas maneras fueran a morir?»

—¿Estás seguro de que vienen arroyo arriba? —La voz del chico se quebró al decirlo. Podía impostar un tono grave la mayor parte del tiempo, pero había momentos en que no lograba controlar el timbre de su voz.

El hombre de la piel de lobo se inclinó junto a la pequeña rejilla cerca del fuego, y guardó las tiras de carne de venado, parcialmente secas, en su alforja.

—¿Quieres quedarte a averiguarlo?

El herido intentó hablar. Sintió de nuevo un dolor agudo en la garganta. El sonido salió, pero no pudo darle forma y convertirlo en las palabras que quería pronunciar.

El hombre de la piel de lobo lo ignoró y siguió reuniendo sus escasas pertenencias. El chico se dio la vuelta.

—Intenta decir algo.

Se hincó sobre una rodilla para escuchar mejor. Incapaz de hablar, el herido levantó el brazo que podía mover y señaló.

—Quiere su fusil —dijo el chico—. Quiere que lo acomodemos con su fusil.

El hombre de la piel de lobo recorrió el espacio que lo separaba de ellos con pasos rápidos y calculados. Pateó con fuerza al chico en la espalda.

—¡Muévete, maldita sea!

Luego se inclinó sobre el herido, quien agonizaba junto a su exigua pila de pertenencias: una bolsa de caza, un cuchillo guardado en una funda decorada con cuentas, un hacha pequeña, un fusil y un cuerno de pólvora. Mientras el herido lo observaba, incapaz de hacer nada, el hombre de la piel de lobo estiró la mano para quitarle la bolsa de caza. Sustrajo el pedernal y el raspador de metal y los echó en el bolsillo frontal de su sayo de cuero. Tomó el cuerno y se lo echó al hombro. El hacha se la acomodó detrás de su ancho cinto de cuero.

—¿Qué haces? —preguntó el chico.

El hombre se agachó de nuevo, tomó el cuchillo y se lo lanzó al chico.

—Toma esto. —El chico lo atrapó y contempló horrorizado la funda que tenía en la mano. Solo quedaba el fusil. El hombre de la piel de lobo lo levantó y lo revisó con rapidez para asegurarse de que estaba cargado.

—Lo siento, viejo Glass. Todo esto ya no te servirá de mucho.

El chico estaba estupefacto.

—No podemos dejarlo sin sus cosas.

El hombre miró hacia arriba durante un instante y luego desapareció en el bosque.

El herido contempló fijamente al chico, quien se quedó ahí por un largo momento, sosteniendo el cuchillo. Su cuchillo. Finalmente el chico miró hacia el frente. Al principio pareció que iba a decir algo. En vez de eso, se dio la vuelta y se echó a correr hacia los pinos.

Él se quedó contemplando el espacio entre los árboles por donde los hombres habían desaparecido. Estaba lleno de rabia; lo consumía como el fuego envuelve las agujas de un pino. No había nada en el mundo que deseara más que rodear sus cuellos con las manos y estrangularlos hasta matarlos.

Por instinto comenzó a gritar, olvidándose de nuevo de que su garganta no producía palabras, solo dolor. Se incorporó apoyándose sobre el codo izquierdo. Podía doblar ligeramente el brazo derecho, pero este no resistiría ningún peso. El movimiento hizo que descargas de dolor atroces le recorrieran el cuello y la espalda. Sintió que la piel se le tensaba en las toscas suturas. Se miró la pierna, fuertemente envuelta en los restos de una camisa vieja manchada de sangre. No podía usar el muslo para moverla.

Haciendo acopio de toda su fuerza, rodó con pesadez hasta colocarse boca abajo. Sintió que una sutura se le reventaba y notó la cálida humedad de la sangre fresca en su espalda. El dolor disminuyó hasta no ser nada comparado con la fuerza de su rabia.

Hugh Glass comenzó a arrastrarse.

PARTE I

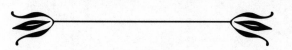

Uno

21 de agosto de 1823

E l barco de Saint Louis llegará cualquier día de estos, *monsieur* Ashley —repitió el corpulento francés con insistencia, aunque en un tono paciente—. Le vendería con gusto todo el contenido de la embarcación a la Compañía Peletera de Rocky Mountain, pero no puedo venderle algo que no tengo.

William H. Ashley azotó su taza metálica sobre las toscas tablas de la mesa. Su barba gris cuidadosamente arreglada no ocultaba la tensión de su quijada. Además, por más que la apretara, esta no parecía capaz de contener otro arranque causado por el hecho de enfrentar lo que detestaba más que cualquier otra cosa: esperar.

El francés, cuyo inverosímil nombre era Kiowa Brazeau, lo observaba con inquietud creciente. La presencia de Ashley en su remoto establecimiento comercial ofrecía una oportunidad inusual, y Kiowa sabía que el manejo exitoso de esa relación podía establecer una base permanente para su empresa. Ashley era un hombre importante en los negocios y la política de Saint Louis, un hombre que tenía tanto la visión para llevar el comercio al oeste como el dinero para hacerlo realidad. «El dinero de otros», como decía Ashley. Dinero asustadizo. Dinero nervioso. Dinero que huiría fácilmente de una empresa arriesgada a otra.

Kiowa lo miró de soslayo desde detrás de sus gruesos lentes; aunque su visión no era aguda, tenía buen ojo para leer a la gente.

—Si me lo permite, *monsieur* Ashley, quizá pueda ofrecerle un consuelo mientras esperamos mi barco.

Ashley no dio señales afirmativas, pero tampoco retomó su diatriba.

—Tengo que solicitar más provisiones de Saint Louis —dijo Kiowa—. Mañana enviaré a un mensajero que vaya río abajo en canoa. Puede llevar un mensaje suyo a su sindicato. Puede tranquilizarlos antes de que los rumores sobre la debacle del coronel Leavenworth echen raíces.

Ashley suspiró profundamente y dio un largo trago a su cerveza agria, resignado a soportar este último retraso ante la falta de alternativas. Le gustara o no, el consejo del francés era sensato. Necesitaba tranquilizar a sus inversionistas antes de que las noticias de la batalla corrieran sin control por las calles de Saint Louis.

Kiowa vio su oportunidad y reaccionó con rapidez para mantenerlo en un rumbo productivo. El francés consiguió pluma, tinta y papel, y los acomodó frente a Ashley, rellenándole la taza metálica de cerveza.

—Lo dejaré para que trabaje, *monsieur* —dijo, alegrándose por tener la oportunidad de retirarse.

A la tenue luz de una vela de sebo, Ashley escribió hasta muy entrada la noche.

Fuerte Brazeau
En el río Missouri
21 de agosto de 1823

Señor James D. Pickens
Pickens e Hijos
Saint Louis

Estimado Señor Pickens,

Tengo la desafortunada responsabilidad de informarle sobre los acontecimientos de las últimas dos semanas. Por su naturaleza, estos eventos deben alterar, aunque no impedir, nuestra empresa en el alto Missouri.

Como probablemente ya sabe, los hombres de la Compañía Peletera de Rocky Mountain fueron atacados por los arikara después de un intercambio de buena voluntad por sesenta caballos. Los arikara atacaron sin ser provocados, matando a dieciséis de nuestros hombres, hiriendo a una docena y robándose los caballos que habían fingido vendernos el día anterior.

Debido a este ataque, me vi forzado a retirarme río abajo y a solicitar la ayuda del coronel Leavenworth y del Ejército de los Estados Unidos como respuesta a esta clara afrenta al soberano derecho de los ciudadanos norteamericanos a cruzar el río Missouri sin trabas. También solicité apoyo de nuestros propios hombres, quienes se me unieron (comandados por el capitán Andrew Henry) corriendo un grave peligro, desde su posición en el Fuerte Unión.

El 9 de agosto enfrentamos a los arikara con la fuerza conjunta de setecientos hombres, incluyendo doscientos de confianza de Leavenworth (con dos cañones) y cuarenta hombres de la RMJ Co. También fueron nuestros aliados, aunque temporalmente, cuatrocientos guerreros sioux, cuya hostilidad hacia los arikara hunde sus raíces en un rencor histórico cuyo origen desconozco.

No hace falta decir que nuestras fuerzas unidas eran más que suficientes para cubrir el terreno, castigar a los arikara por su traición y reabrir el Missouri para nuestra empresa. Que tales resultados no se concretaran se lo debemos al carácter inestable del coronel Leavenworth.

Los detalles del desafortunado encuentro pueden esperar a mi regreso a Saint Louis, pero baste decir que la constante renuencia del coronel a enfrentar a un enemigo inferior permitió que toda la tribu arikara se nos fuera de las manos, lo que derivó en el cierre definitivo del Missouri entre el Fuerte Brazeau y las aldeas mandan. En algún punto entre ambos lugares hay novecientos guerreros arikara, recién atrincherados sin duda, y con el nuevo objetivo de frustrar cualquier intento de remontar el Missouri.

El coronel Leavenworth ha vuelto a acuartelarse en el Fuerte Atkin-son, donde sin duda pasará el invierno frente a un cálido fogón, meditando sus opciones con cuidado. No planeo esperarlo. Nuestra empresa, como usted sabe, no puede permitirse perder ocho meses.

Ashley se detuvo para leer su texto, inconforme con su tono hosco. La carta reflejaba su ira, pero no expresaba su emoción predominante: un optimismo fundamental, una fe inquebrantable en su propia capacidad para alcanzar el éxito. Dios lo había puesto en un jardín de abundancia infinita, una tierra de Gosén donde cualquier hombre podía prosperar con solo tener el valor y la fuerza para intentarlo. Las debilidades de Ashley, que confesaba con franqueza, eran simples barreras a superar con alguna creativa combinación de sus fortalezas. Ashley preveía contratiempos, pero no toleraría el fracaso.

Debemos voltear esta desavenencia a nuestro favor, seguir presionando mientras nuestros competidores se detienen. Con el Missouri definitivamente cerrado, decidí enviar a dos grupos al oeste por una ruta alterna. Al capitán Henry ya lo he enviado por el río Grand. Lo remontará tan lejos como sea posible y volverá al Fuerte Unión. Jedidiah Smith enviará una segunda tropa por el Platte; su destino serán las aguas de la Gran Cuenca.

Sin duda, usted comparte mi intensa frustración ante este retraso. Ahora debemos reaccionar con audacia para recuperar el tiempo perdido. Le he dado instrucciones a Henry y Smith de que <u>no</u> deben regresar a Saint Louis con el producto de la caza de la primavera. En vez de eso, <u>nosotros</u> debemos ir <u>por ellos</u>; nos encontraremos en el campo para intercambiar sus pieles por provisiones frescas. De esta manera, podemos ahorrarnos cuatro meses y saldar al menos una parte de nuestra deuda con el reloj. Mientras tanto, propongo la creación de una nueva tropa peletera en Saint Louis, la cual saldrá en primavera dirigida por mí personalmente.

Los restos de la vela chisporrotearon y escupieron un maloliente humo negro. Ashley levantó la vista, consciente de pronto de la hora y de su profunda fatiga. Hundió la punta de la pluma en la tinta y volvió a su correspondencia, escribiendo con firmeza y rapidez al llevar el reporte a su conclusión.

> *Le solicito encarecidamente que le comunique a nuestro sindicato, en los términos más convincentes, mi absoluta confianza en el inevitable éxito de nuestra empresa. La Providencia nos ha puesto frente a una gran recompensa, y debemos reunir el valor para reclamar la parte que nos corresponde por derecho.*
>
> *Su muy humilde servidor,*
> *William H. Ashley*

Dos días después, el 16 de agosto de 1823, el barco de Kiowa Brazeau llegó desde Saint Louis. William Ashley abasteció a sus hombres y los envió al oeste ese mismo día. El primer *rendezvous* se programó para el verano de 1824; el lugar sería comunicado por los mensajeros.

Sin entender por completo el significado de sus propias decisiones, William H. Ashley había inventado el sistema de *rendezvous*, que definiría esa era.

Dos

23 de agosto de 1823

Once hombres se instalaron sin fuego en el campamento. Aprovecharon un pequeño dique en el río Grand, pero el terreno ofrecía poco desnivel para ocultar su posición. El humo habría señalado su presencia a kilómetros de distancia, y el sigilo era el mejor aliado de los tramperos ante otro ataque. La mayoría usó la última hora de luz para limpiar su fusil, reparar sus mocasines o comer. El chico durmió desde el momento en que se detuvieron, como un bulto arrugado de extremidades largas y ropas maltrechas.

Los hombres se acomodaron en grupos de tres o cuatro, amontonados en la ladera, agazapados en una roca o junto a una mata de salvia, como si estos mínimos salientes pudieran protegerlos.

La habitual charla del campamento había disminuido tras la calamidad del Missouri y se extinguió por completo tras el segundo ataque, hacía solo tres noches. Cuando hablaban, lo hacían en susurros y en tono pensativo, como muestra de respeto a los camaradas que yacían muertos en el camino y conscientes de los peligros que los aguardaban.

—¿Crees que sufrió, Hugh? No puedo sacarme de la cabeza que todo ese tiempo estuvo sufriendo sin parar.

Hugh Glass miró a William Anderson, el hombre que había hecho la pregunta. Reflexionó un momento antes de responder.

—No creo que tu hermano sufriera.

—Era el mayor. Cuando nos fuimos de Kentucky, nuestros padres le pidieron que me cuidara. A mí no me dijeron nada. Ni se lo habrían imaginado.

—Hiciste cuanto pudiste por tu hermano, Will. Es una verdad difícil de aceptar, pero ya estaba muerto cuando esa bala lo alcanzó hace tres días.

Otra voz habló desde las sombras junto a la orilla.

—Ojalá lo hubiéramos enterrado entonces, en vez de arrastrarlo durante dos días. —Quien hablaba se puso en cuclillas; en la creciente oscuridad su rostro revelaba pocos rasgos a excepción de una barba oscura y una cicatriz blanca. Esta comenzaba cerca de la comisura de su boca y bajaba dibujando una curva al final, como un anzuelo. Era aún más llamativa por el hecho de que no le crecía pelo en ese tejido, lo que abría una permanente mueca de desdén en su barba. Mientras hablaba, trabajaba con la mano derecha en la gruesa hoja de un cuchillo desollador sobre una piedra de afilar; sus palabras se mezclaban con el lento y rasposo rechinido.

—Cierra la boca, Fitzgerald, o juro sobre la tumba de mi hermano que te arrancaré la maldita lengua.

—¿La tumba de tu hermano? No es realmente una tumba, ¿no crees?

De pronto los hombres que estaban cerca pusieron atención, sorprendidos ante esa conducta, aunque viniera de Fitzgerald.

Él lo sintió y eso renovó sus bríos.

—Es más bien un montón de piedras. ¿Crees que aún esté allí, pudriéndose? —Fitzgerald hizo una pausa, y el único sonido que se oía era el tallar de la hoja sobre la piedra—. Personalmente, lo dudo. —Esperó de nuevo, sopesando el efecto de sus palabras mientras las pronunciaba—. Claro, ojalá que las piedras pudieran mantener alejadas a las alimañas. Pero creo que los coyotes andan arrastrando sus pedazos por…

Anderson se abalanzó sobre Fitzgerald con las manos extendidas.

Mientras se levantaba, este último alzó la pierna con agilidad para responder al ataque, de manera que recibió toda la fuerza del golpe en la espinilla y esta se le clavó en la entrepierna a Anderson. La patada lo dobló por mitad, como si una soga invisible lo hubiera jalado del cuello hacia sus rodillas. Fitzgerald golpeó con la rodilla el rostro del hombre indefenso y Anderson cayó hacia atrás.

Fitzgerald se movía con mucha agilidad para alguien de su tamaño. De un salto, apoyó su rodilla en el pecho del hombre, que sangraba y jadeaba. Le puso el cuchillo en el cuello.

—¿Quieres reunirte con tu hermano? —Fitzgerald apretó el cuchillo hasta que su hoja trazó una delgada línea de sangre.

—Fitzgerald —dijo Glass en un tono tranquilo pero autoritario—. Basta.

Fitzgerald levantó la mirada. Buscó una respuesta al desafío de Glass al tiempo que veía con satisfacción el grupo de hombres que lo rodeaban, testigos de la patética posición de Anderson. Decidió que lo mejor era cantar victoria. Ya se las vería con Glass otro día. Retiró el cuchillo de la garganta de Anderson y lo metió en la funda decorada con cuentas de su cinturón.

—No comiences cosas que no puedes terminar, Anderson. La próxima vez yo las terminaré por ti.

El capitán Andrew Henry se abrió paso entre el círculo de espectadores. Tomó a Fitzgerald por detrás y lo lanzó de espaldas, empujándolo con fuerza hacia el dique.

—Una pelea más y estás fuera, Fitzgerald. —Henry señaló más allá del perímetro del campamento, hacia el horizonte distante—. Si tienes ganas de joder puedes irte por tu cuenta, a ver si sobrevives.

El capitán miró a su alrededor, hacia el resto de los hombres.

—Mañana cubriremos sesenta y cinco kilómetros. Desperdician su tiempo si no están dormidos ya. Ahora, ¿quién hará la primera guardia? —Nadie se ofreció. Los ojos de Henry se detuvieron en el chico ajeno al escándalo. Henry dio algunos pasos decididos hacia su cuerpo contraído.

—Levántate, Bridger.

El chico se levantó de un salto con los ojos muy abiertos mientras, sorprendido, hacía un rápido movimiento para tomar su arma. El oxidado mosquete de percusión había sido un anticipo de su salario, junto con un amarillento cuerno para pólvora y un puño de pedernales.

—Te quiero a cien metros río abajo. Busca un punto elevado junto a la orilla. Puerco, haz lo mismo río arriba. Fitzgerald, Anderson, ustedes harán la segunda guardia.

Fitzgerald había hecho guardia la noche anterior. Por un momento pareció que iba a protestar por el reparto de tareas, pero lo pensó mejor y se quedó enfurruñado en una orilla del campamento. El chico, aún desorientado, avanzó a trompicones por las rocas que cubrían la ribera y desapareció en la oscuridad cobalto, lejos de la brigada.

El hombre al que llamaban «Puerco» nació con el nombre de Phineous Gilmore en una granja sucia y pobre de Kentucky. Su apodo no ocultaba ningún misterio: era enorme y sucio. Olía tan mal que confundía a las personas. Cuando notaban su hedor, miraban a su alrededor buscando la fuente, tan imposible parecía que pudiera provenir de un ser humano. Incluso los tramperos, quienes no tenían un interés especial en la limpieza, se esforzaban por tener el viento a su favor si estaban junto a él. Tras ponerse de pie con lentitud, Puerco se colgó el rifle al hombro y se dirigió río arriba.

Pasó menos de una hora antes de que la luz del día se esfumara por completo. Glass observó al capitán Henry volver de una intranquila revisión a los guardias. Bajo la luz de la luna, buscó su camino entre los hombres dormidos, y Glass se dio cuenta de que él y Henry eran los únicos que estaban despiertos. El capitán eligió el espacio junto a Glass y se apoyó en su rifle mientras tendía su largo cuerpo en la tierra. Al recostarse, sus pies cansados se liberaron del peso, pero él no logró aliviar la presión que lo oprimía con más fuerza.

—Quiero que tú y Black Harris hagan una exploración mañana —dijo el capitán.

Glass levantó la vista, decepcionado por no poder atender el llamado imperioso del sueño.

—Encuentren algo que cazar entrada la tarde. Nos arriesgaremos a encender un fuego. —Henry bajó la voz, como si fuera a hacer una confesión—. Estamos muy retrasados, Hugh. —Dio a entender que planeaba seguir hablando por un rato. Glass se estiró para tomar su rifle. Si no iba a dormir, lo mejor que podía hacer era ocuparse de su arma. Se le mojó cuando cruzaron el río aquella tarde y quería aplicarle grasa fresca al mecanismo del gatillo.

—El frío llegará con fuerza a principios de diciembre —continuó el capitán—. Necesitaremos dos semanas para almacenar carne. Si no estamos en el Yellowstone antes de octubre, no habrá caza de otoño.

Si el capitán Henry estaba atormentado por las dudas, lo imponente de su presencia física no acusaba ninguna debilidad. La banda de cuero barbado de su sayo de piel de venado había dejado una marca en sus anchos hombros y su pecho, huellas de su antigua profesión como jefe minero en el distrito de Sainte Geneviève de Missouri. Tenía la cintura estrecha, donde llevaba un soporte para revólver y un gran cuchillo en un grueso cinturón de cuero. Sus pantalones eran de ante hasta la rodilla, y de ahí hacia abajo de lana roja. Habían sido especialmente confeccionados en Saint Louis y eran una muestra de su contacto con la naturaleza. El cuero ofrecía una excelente protección, pero en el agua se volvía pesado y frío. La lana, en cambio, se secaba rápidamente y retenía el calor aun estando mojada.

Aunque dirigía una brigada variopinta, al menos podía regodearse en el hecho de que lo llamaran «capitán». A decir verdad, Henry sabía que el título era un truco. Su banda de tramperos no tenía nada que ver con el ejército y mostraba poco respeto por cualquier institución. Aun así, Henry era el único que había pisado y trampeado Three Forks. Si bien el título no significaba nada, la experiencia era su auténtico valor.

El capitán se detuvo, esperando que Glass hiciera alguna señal. Glass alzó los ojos, apartándolos de su fusil. Fue una mirada breve, porque había desarmado la guarda elegantemente decorada que cubría el gatillo doble de su rifle. Tomó los dos tornillos con cuidado, temiendo tirarlos en la oscuridad.

Esa breve mirada fue suficiente para animar a Henry a continuar.

—¿Te he contado alguna vez sobre Drouillard?

—No, capitán.

—¿Sabes quién era?

—George Drouillard, ¿el del Cuerpo de Descubrimiento?

Henry asintió con la cabeza.

—Fue uno de los hombres de Lewis y Clark, uno de los mejores, explorador y cazador. En 1809 se enlistó con un grupo que dirigí…, que él dirigió, en realidad…, a Three Forks. Teníamos cien hombres, pero Drouillard y Colter eran los únicos que habían estado allí antes.

»Encontramos tantos castores como mosquitos. Casi ni teníamos que atraparlos, podíamos salir por ellos con un palo. Pero tuvimos problemas con los pies negros desde el principio. Cinco hombres fueron asesinados antes de que pasaran dos semanas. Tuvimos que acuartelarnos, no podíamos enviar equipos de caza.

»Drouillard se refugió allí con nosotros durante una semana antes de decir que estaba harto de no moverse. Salió al día siguiente y volvió con veinte pieles de castor.

Glass le prestó toda su atención al capitán. Todos los habitantes de Saint Louis conocían alguna versión de la historia de Drouillard, pero Glass nunca había escuchado una de primera mano.

—Lo hizo dos veces, salir y volver con un montón de pieles. Lo último que dijo antes de irse por tercera vez fue: «La tercera es la vencida». Se fue y escuchamos dos disparos media hora después, uno de su rifle y otro de su revólver. El segundo estruendo debió de ser él disparándole a su caballo, intentando hacer una barrera. Fue allí donde lo encontramos, detrás del animal. Debía de haber veinte flechas entre ellos. Los pies negros las enterraron para enviarnos un mensaje. Además lo hicieron pedazos con un hacha, le cortaron la cabeza.

El capitán hizo otra pausa, rascando la tierra frente a él con una vara afilada.

—No dejo de pensar en él.

Glass buscó palabras de apoyo. Antes de que pudiera decir nada, el capitán preguntó:

—¿Cuánto más crees que este río siga hacia el oeste?

Glass observó con atención, buscando los ojos del capitán.

—Comenzaremos a mejorar nuestro tiempo, capitán. Podemos seguir el Grand por ahora. Conocemos el norte y el oeste del Yellowstone.

A decir verdad, Glass tenía grandes dudas sobre el capitán. El infortunio parecía rondarlo como el humo al fuego.

—Tienes razón —dijo el capitán, y luego lo repitió como si intentara convencerse a sí mismo—. Claro que tienes razón.

Aunque este conocimiento nacía de la calamidad, el capitán Henry conocía la geografía de las Montañas Rocosas mejor que casi ningún otro hombre vivo. Glass era un llanero experimentado, pero nunca había puesto un pie en el alto Missouri. Aun así, Henry encontró seguridad y tranquilidad en la voz de Glass. Alguien le había dicho que Glass fue marino en su juventud. Incluso corría un rumor de que fue prisionero del pirata Jean Lafitte. Quizá eran los años que pasó en la desolada extensión del mar abierto los que le permitían estar cómodo en la monótona llanura entre Saint Louis y las Montañas Rocosas.

—Tendremos suerte si los pies negros no han acabado con todo el grupo del Fuerte Unión. Los hombres que dejé allí no son exactamente los mejores. —El capitán siguió con su conocido catálogo de preocupaciones. Y siguió y siguió hasta muy entrada la noche. Glass sabía que era suficiente con escuchar. De vez en vez levantaba la mirada o soltaba un gruñido, pero principalmente permanecía concentrado en su fusil.

El fusil de Glass era el único lujo de su vida, y cuando untaba grasa en el mecanismo de resortes del delicado gatillo, lo hacía con la ternura y el cuidado que otros hombres reservarían para una esposa o un hijo. Era un Anstadt, conocido como «fusil de chispa de Kentucky». Como la mayoría de las mejores armas de su tiempo, fue hecho por los artesanos alemanes de Pensilvania. El cañón octagonal tenía una inscripción en la base con el nombre de su creador, «Jacob Anstadt», y el lugar de su manufactura, «Kutztown, Pensilvania». El cañón era corto, de solo noventa centímetros. Los rifles clásicos de Kentucky eran más largos, algunos con cañones de hasta ciento treinta centímetros. A Glass le gustaba un arma más corta porque más corta significaba más ligera, y más ligera significaba más fácil de cargar. En los escasos momentos en que podía ir montado, un arma más corta era más fácil de manejar a lomos de un caballo. Además, los pliegues expertamente manufacturados en el interior del cañón del Anstadt lo hacían mortalmente certero, aun sin el cañón largo. El sensible gatillo mejoraba su precisión, permitiendo la descarga con el más ligero toque. Con una poderosa carga de doscientos granos de pólvora negra, el Anstadt podía lanzar una bala calibre .53 a casi doscientos metros.

Su experiencia en las llanuras del oeste le había enseñado a Glass que el desempeño de su rifle podía significar la diferencia entre la vida y la muerte. Claro que la mayoría de los hombres en la tropa tenían armas confiables. Era la elegante belleza del Anstadt lo que distinguía a su arma.

Era la belleza que otros hombres notaban cuando preguntaban, como era habitual, si podían sostener el fusil. El nogal de las cachas, duro como hierro, hacía una elegante curva a la altura de la muñeca, pero era lo suficientemente grueso para absorber el culatazo de una fuerte carga de pólvora. La culata tenía una caja de repuestos a un lado y una carrillera tallada al otro. Las cachas daban vuelta grácilmente en la culata, de manera que se acomodaba en el hombro como un apéndice del cuerpo del propio tirador. Estaban teñidas con los cafés más oscuros, el último tono antes del negro. Incluso desde una distancia corta, la veta de la madera era imperceptible, pero en una inspección más cercana, unas líneas irregulares parecían arremolinarse, animadas bajo las capas de barniz aplicado a mano.

Como lujo final, los accesorios metálicos del rifle eran de plata en vez del acostumbrado latón: la placa de la culata, la caja de repuestos, el guardamonte, los mismos gatillos y los adornos cóncavos en las orillas de la cantonera. Muchos tramperos martillaban trozos de latón en las carrilleras de sus rifles como decoración. Glass no podía imaginar un desfiguro de tan mal gusto en su Anstadt.

Satisfecho tras limpiar las piezas de su rifle, Glass devolvió el guardamonte a su ranura original y reemplazó los dos tornillos que lo sostenían. Vertió pólvora fresca en la batea bajo el pedernal, asegurándose de que el arma estuviera presta para disparar.

De pronto notó que el campamento se había quedado en silencio, y la pregunta sobre cuándo había dejado de hablar el capitán cruzó su mente. Glass miró hacia el centro del campamento. El capitán estaba dormido y su cuerpo se sacudía de manera irregular. Al otro lado de Glass, más cerca del perímetro del campamento, Anderson estaba recargado contra un trozo de madera. Solo se escuchaba el tranquilo fluir del río.

El agudo estallido de un fusil de chispa cortó el silencio. Vino de río abajo, de donde estaba Jim Bridger, el chico. Los hombres dormidos se incorporaron súbitamente, temerosos y confundidos mientras buscaban sus armas y un lugar donde ocultarse. Una silueta oscura se precipitó hacia el campamento desde el río. Junto a Glass, Anderson cargó y levantó su rifle en un solo movimiento. Glass levantó el Anstadt. La figura que se movía rápidamente tomó forma a solo cuarenta metros del campamento. Anderson miró sobre el cañón, dudando por un instante antes de jalar el gatillo. En ese mismo instante, Glass puso el Anstadt bajo los brazos de Anderson y lo movió hacia arriba. Con fuerza, hizo que el cañón de Anderson apuntara al cielo mientras la pólvora estallaba.

La figura que se movía se detuvo en seco ante la explosión del disparo, lo suficientemente cerca como para percibir sus ojos abiertos de par en par y la agitación de su pecho. Era Bridger.

—Yo… Mi… Yo… —Estaba paralizado en un tartamudeo aterrado.

—¿Qué pasó, Bridger? —quiso saber el capitán, mirando con atención más allá del chico, hacia la oscuridad río abajo. Los tramperos se habían acomodado en un semicírculo defensivo a espaldas del terraplén. La mayoría había adoptado una posición de ataque, apoyados sobre una rodilla con los rifles preparados.

—Lo siento, capitán. No quise disparar. Escuché un ruido, un golpe entre la maleza. Me levanté y supongo que el percutor se soltó. Se disparó solo.

—Más bien te quedaste dormido. —Fitzgerald desmartilló su fusil y abandonó la posición sobre su rodilla—. Ahora todos los tipos que estén de aquí a ocho kilómetros vendrán hacia nosotros.

Bridger comenzó a hablar, pero buscó en vano las palabras para expresar lo profundo de su vergüenza y su arrepentimiento. Se quedó con la boca abierta, observando con horror a los hombres que se agrupaban frente a él.

Glass dio un paso adelante, tomando el arma de las manos de Bridger. Amartilló el mosquete y jaló el gatillo, atrapando el percutor con el dedo antes de que el pedernal provocara el disparo. Repitió la acción.

—Esta arma es un mal chiste, capitán. Dele un fusil decente y tendremos menos problemas en las guardias. —Unos cuantos hombres asintieron.

El capitán miró primero a Glass, luego a Bridger, y dijo:

—Anderson, Fitzgerald..., es su turno.

Los dos hombres tomaron posiciones, uno río arriba y otro abajo.

Las guardias no fueron necesarias. Nadie durmió en las pocas horas que quedaban antes de alba.

Tres

24 de agosto de 1823

Hugh Glass bajó la mirada para observar el rastro de pezuñas; las profundas hendiduras eran tan claras como si estuvieran recién impresas en el lodo fresco. Dos conjuntos de huellas comenzaban en la orilla del río, donde el venado debió de haber bebido antes de avanzar hacia el espeso refugio de los sauces. El trabajo constante de un castor había abierto un camino que ahora estaba marcado por las huellas de muchas otras presas. Junto a ellas había estiércol apilado, y Glass se agachó para tocar las bolas del tamaño de un chícharo: aún estaban tibias.

Glass miró hacia el oeste, donde el sol aún estaba en lo alto sobre la meseta que formaba el horizonte distante. Pensó que quedarían tres horas antes de que anocheciera. Todavía era temprano, pero al capitán y el resto de los hombres les tomaría una hora alcanzarlo. Además, era un lugar ideal para instalar su campamento. El río doblaba suavemente formando un gran banco de arena y grava. Más allá de los sauces, un conjunto de álamos ofrecía refugio para sus fogatas y los proveía de madera para alimentarlas. Los sauces eran ideales para hacer rejillas donde ahumar la carne. Glass vio que había ciruelos desperdigados entre los sauces; un golpe de suerte. Podían hacer *pemmican* moliendo una combinación de fruta y carne. Miró río abajo. «¿Dónde está Back Harris?»

En la jerarquía de los retos que los tramperos enfrentaban día con día, obtener comida era el más inmediato. Como otros, involucraba un complicado equilibrio de riesgos y beneficios. Prácticamente no llevaban nada de comida con ellos, especialmente desde que abandonaron las barcazas en el Missouri y siguieron a pie por el Grand. Unos cuantos hombres aún tenían té o azúcar, pero la mayoría solo llevaba una bolsa de sal para conservar la carne. Las presas eran abundantes en esa parte del Grand y podían comer carne fresca cada noche. Pero cazarlas significaba disparar, y el sonido de un fusil se extendería por kilómetros, revelando su posición a cualquier enemigo que hubiera en los alrededores.

Desde que dejaron el Missouri, los hombres se habían apegado a un patrón. Cada día, dos se adelantaban para explorar. Por el momento su camino estaba claro: simplemente seguían el Grand. La principal responsabilidad de los exploradores era evitar a los indios, escoger un lugar donde instalar el campamento y encontrar comida. Cazaban carne fresca cada cierto tiempo.

Después de dispararle a un venado o a la cría de un búfalo, los exploradores levantaban el campamento por la tarde. Desangraban la presa, reunían madera y encendían dos o tres pequeños fuegos en estrechos hoyos rectangulares. Al ser más pequeños, producían menos humo que una única fogata grande, y además ofrecían más espacio para ahumar la carne y más fuentes de calor. Si los enemigos los veían en la noche, fogatas más numerosas creaban la ilusión de que había más personas.

Una vez que el fuego ardía, los exploradores destazaban a sus presas, sacaban cortes selectos para comerlos inmediatamente y hacían tiras delgadas con el resto. Construían toscas rejillas con las ramas verdes de los sauces, frotaban las tiras de carne con un poco de sal y las colgaban sobre el fuego. No era el tipo de carne seca que harían en un campamento permanente, que se conservaría por meses. Pero se conservaba durante varios días, lo suficiente para subsistir hasta la siguiente cacería.

Glass salió de los sauces hacia un claro; sabía que el venado debía de estar más adelante. Vio a las crías antes de ver a la madre. Eran dos y avanzaron hacia él con torpeza, chillando como perros juguetones. Habían nacido en la primavera, y cinco meses después pesaban unos cuarenta y cinco kilos cada una. Se lanzaban mordiscos una a otra mientras iban hacia Glass, y durante un instante la escena tuvo un toque casi cómico. Hechizado por las piruetas de las crías, Glass no levantó la vista hacia la esquina más lejana del claro, a menos de cincuenta metros. Tampoco pensó en la clara implicación de su presencia.

De pronto lo supo. Se le encogió el estómago un instante antes de que el primer rugido estruendoso atravesara el claro. Las crías se detuvieron de golpe a menos de tres metros de Glass, derrapando. Ignorándolas, miró hacia los matorrales que había al otro lado.

Calculó su tamaño por el ruido antes de verla. No solo por el crujido de la maleza, que la madre aplastó como si fuera pasto, sino por el gruñido mismo, un sonido grave como el de un trueno o el de un árbol que caía, un bajo que solo podría emanar de un animal de grandes dimensiones.

El gruñido fue aumentando mientras ella entraba al claro, con los ojos negros fijos en Glass y analizando con la cabeza baja el aroma desconocido, que ahora se mezclaba con el de sus crías. Quedó frente a él, con su cuerpo contenido y tenso como los pesados resortes de una calesa abierta. Glass se maravilló ante la impresionante musculatura del animal: los gruesos troncos de sus patas delanteras se abrían en unos enormes hombros, y sobre ellos, la brillante joroba la identificaba como una grizzly.

Glass luchó para controlar su reacción mientras consideraba sus opciones. Sus reflejos, claro está, le gritaban que huyera. De vuelta a los sauces. Dentro del río. Quizá podía bucear y escapar con la corriente. Pero la osa ya estaba demasiado cerca para eso, a poco más de treinta metros. Desesperadamente, buscó con la mirada un álamo al que trepar; quizá podría subir hasta donde no pudiera alcanzarlo y dispararle desde allí. No, los árboles estaban detrás de la osa. Tampoco los sauces lo ocultarían lo suficiente. Sus opciones se reducían a una: enfrentarla y disparar. Tenía una oportunidad de detener a la grizzly con una bala calibre .53 del Anstadt.

La grizzly se preparó para atacar, rugiendo con el odio y la rabia de una madre protectora. De nuevo los reflejos casi obligaron a Glass a darse la vuelta y correr. Pero la futilidad de la huida fue obvia en ese mismo instante, cuando la grizzly disminuyó el espacio que los separaba a una velocidad impresionante. Glass jaló el percutor a su máxima potencia y levantó el Anstadt, observando por el lente con un horror paralizante que el animal era, a la vez, enorme y ágil. Luchó contra otro instinto: disparar de inmediato. Glass había visto a grizzlys soportar media docena de balas de fusil sin morir. Él tenía un solo tiro.

Tuvo dificultades para enfocar ese blanco en movimiento que era la cabeza de la osa, incapaz de alinear su tiro con ella. A diez pasos, la grizzly se levantó sobre sus patas traseras. Sobrepasaba a Glass por casi un metro y giró para lanzar el aterrorizante golpe de sus garras letales. De una buena vez, Glass apuntó hacia el corazón de la gran osa y jaló el gatillo.

El pedernal soltó una chispa sobre la pólvora, disparando el rifle y llenando el aire del humo y el olor de la pólvora negra que acaba de explotar. La grizzly rugió cuando la bala entró en su pecho, pero su ataque no perdió velocidad. Glass soltó el rifle, inútil ahora, y se estiró para tomar el cuchillo de la funda de su cinturón. La osa bajó la pata y Glass sintió con repugnancia sus garras de quince centímetros enterrándose profundamente en la carne de su brazo, su hombro y su garganta. El golpe lo lanzó de espaldas. El cuchillo se le cayó, y Glass se impulsó furiosamente, empujando los pies contra la tierra y buscando inútilmente el cobijo de los sauces.

La grizzly se dejó caer sobre las cuatro patas quedando sobre él. Glass se hizo un ovillo, desesperado por proteger su cabeza y su pecho. Ella le mordió la nuca y lo levantó del suelo, sacudiéndolo con tal fuerza que Glass se preguntó si su columna se reventaría. Las garras le arañaron repetidamente la piel de la espalda y la cabeza. Glass gritó de dolor. La osa lo soltó; luego hundió sus dientes profundamente en su muslo y lo sacudió de nuevo, levantándolo y lanzándolo al suelo con tal fuerza que él se quedó inmóvil, consciente pero incapaz de oponer resistencia.

Glass se quedó tendido boca arriba. La grizzly estaba a su lado sobre sus piernas traseras. El terror y el dolor se desvanecieron, dando paso a una horrorizada fascinación por el enorme animal que soltó un rugido final, el cual se registró en la mente de Glass como un eco a gran distancia. Estaba consciente del enorme peso que soportaba. El aroma frío y húmedo del pelaje de la osa obnubilaba el resto de sus sentidos. «¿Qué era?» Buscó en su mente y se detuvo en la imagen de un perro amarillo, lamiendo el rostro de un chico en el pórtico de madera de una cabaña.

Sobre él, el cielo bañado por la luz del sol se volvió negro.

Black Harris escuchó el disparo detrás de una curva del río, y deseó que Glass hubiera cazado un venado. Avanzó rápida pero silenciosamente, consciente de que un disparo podía significar muchas cosas. Harry comenzó a correr cuando escuchó el rugido de un oso. Luego escuchó los gritos de Glass.

En los sauces, Harris encontró las huellas tanto del venado como de Glass. Echó un vistazo hacia el camino trazado por un castor, escuchando con atención. No se oía nada más que el flujo susurrante del río. Harris apuntó el fusil apoyándolo sobre su cadera, con el pulgar en el percutor y el dedo índice cerca del gatillo. Echó un rápido vistazo al arma que llevaba en el cinturón, asegurándose de que estaba preparada. Avanzó hacia los sauces, acomodando en el suelo cada mocasín con cuidado mientras observaba al frente. Los chillidos de los oseznos rompieron el silencio.

En la orilla del claro, Black Harris se detuvo para observar la escena que tenía frente a él. Una enorme grizzly estaba tumbada sobre su panza, con los ojos abiertos, pero muerta. Un osezno estaba parado sobre sus patas traseras, presionando la nariz contra la osa, intentando inútilmente provocar alguna señal de vida. El otro le pegaba a algo con el hocico, jalándolo con los dientes. De pronto, Harris se dio cuenta de que era el brazo de un hombre. «Glass.» Levantó el fusil y le disparó al osezno más cercano, que cayó sin vida. El hermano escapó corriendo hacia los álamos y desapareció. Harris recargó el arma antes de avanzar.

El capitán Henry y los hombres de la brigada escucharon los dos disparos y corrieron río arriba. El primer disparo no le preocupó al capitán, pero el segundo sí. El primero era de esperarse: Glass o Harris buscaban presas como lo habían planeado la noche anterior. Dos disparos con poco tiempo de diferencia también eran normales. Dos hombres cazando juntos podían encontrarse con más de una presa, o el primero en disparar podía fallar. Pero varios minutos separaban los dos disparos. El capitán esperó que los cazadores estuvieran trabajando por separado. Quizá el primero en disparar había asustado a la presa del segundo. O quizá habían sido lo suficientemente afortunados para encontrarse con un búfalo. Los búfalos a veces se detenían, impávidos ante el estruendo, permitiéndole al cazador volver a cargar su arma y elegir un segundo blanco.

—Manténganse juntos. Y revisen sus rifles.

Por tercera vez en unos treinta metros, Bridger revisó el nuevo fusil que Will Anderson le había dado.

—Mi hermano ya no lo va a necesitar —fue todo lo que Anderson le dijo.

En el claro, Black Harris bajó la mirada hacia el cuerpo del animal. Solo el brazo de Glass salía por debajo. Harris miró a su alrededor antes de bajar el rifle, jalando la pierna de la osa en un intento por moverla. Jadeando, movió al animal lo suficiente para ver la cabeza de Glass: era un manojo sangriento de cabello y piel. «¡Jesús!» Trabajó con prisa, enfrentando el miedo de lo que encontraría.

Fue hasta el otro lado trepando sobre el animal para tomar su pata delantera y luego jalarla, presionando con las rodillas el cuerpo de la grizzly y haciendo palanca. Después de varios intentos, logró girar la parte delantera de la osa hasta que el enorme animal quedó torcido por la mitad. Luego jaló varias veces la pierna trasera. Dio un tirón final y la osa cayó sobre su lomo rodando pesadamente. El cuerpo de Glass estaba libre. En el pecho de la osa, Black Harris vio la sangre apelmazada en el lugar donde Glass le había disparado y atinado.

Black Harris se hincó junto a Glass sin saber qué hacer. No era por falta de experiencia con los heridos: les había extraído flechas y balas a tres hombres, y dos veces le habían disparado a él mismo. Pero nunca había visto una carnicería humana como esa, fresca tras el ataque. Glass estaba hecho trizas de pies a cabeza. Su cuero cabelludo colgaba de un lado, y Harris tuvo que tomarse un instante para reconocer los rasgos de su cara. Lo peor era su garganta. Las garras de la grizzly habían abierto tres profundas líneas que comenzaban en el hombro y cruzaban su cuello. Dos centímetros y medio más y las garras le habrían cortado la yugular. Como ocurrieron las cosas, las garras habían abierto su garganta, rebanando el músculo y dejando expuesto su esófago. También le habían cortado la tráquea, y Harris observó, horrorizado, que una enorme burbuja se formaba en la sangre que brotaba de la herida. Era la primera señal clara de que Glass estaba vivo.

Hizo girar suavemente a Glass sobre su costado para revisar su espalda. No quedaba nada de su camisa de algodón. La sangre rezumaba desde las profundas heridas que tenía en el cuello y el hombro. Su brazo derecho estaba extendido de forma antinatural. Desde la mitad de la espalda hasta la cintura, el ataque de las garras de la osa le dejó profundos cortes paralelos. A Harris le recordaron los troncos de árbol en los que los osos marcaban su territorio, solo que estas marcas estaban grabadas en carne humana en vez de madera. En la parte de atrás del muslo de Glass, la sangre escurría a través de sus pantalones de ante.

Harris no tenía idea de por dónde comenzar, y casi se sintió aliviado de que la herida de la garganta pareciera mortal de una forma tan obvia. Arrastró a Glass unos cuantos metros hasta un lugar con pasto y sombra y lo acomodó suavemente sobre la espalda. Ignorando la garganta que burbujeaba, Harris se enfocó en la cabeza. Glass merecía al menos la dignidad de cubrise con su cuero cabelludo. Harris vertió agua de su cantimplora, intentando limpiar tanta tierra como le fuera posible. La piel estaba tan suelta que fue casi como reacomodar el sombrero caído de un hombre calvo. Harris jaló el cuero sobre el cráneo de Glass, presionando la piel sobre su frente y acomodándola detrás de sus orejas. Podrían coserla más tarde si Glass lograba sobrevivir.

Harris escuchó un sonido en los arbustos y sacó su revólver. El capitán Henry entró en el claro. Los hombres lo siguieron con seriedad, mirando alternativamente a Glass y a la osa, a Harris y al osezno muerto.

El capitán revisó el claro con una extraña tranquilidad, y su mente filtró la escena a partir del contexto de su propio pasado. Sacudió la cabeza y por un momento su mirada, normalmente ágil, pareció no enfocar.

—¿Está muerto?

—Aún no. Pero está hecho pedazos. Tiene la tráquea abierta.

—¿Él mató a la osa?

Harris asintió.

—La encontré muerta encima de él. Le metió una bala en el corazón.

—No muy a tiempo, ¿eh? —Era Fitzgerald.

El capitán se hincó junto a Glass. Con los dedos llenos de mugre le tocó la herida de la garganta, donde las burbujas seguían formándose con cada aliento. La respiración se había vuelto más pesada y un frágil jadeo seguía el ritmo del pecho de Glass.

—Que alguien me traiga una tira de tela limpia y agua… y whisky, en caso de que despierte.

Bridger dio un paso adelante, rebuscando en un pequeño morral que llevaba en su espalda. Sacó una camisa de lana de la bolsa y se la dio a Henry.

—Tome, capitán.

El capitán hizo una pausa, dudando si aceptar o no la camisa del chico. Luego la tomó, rasgando tiras de la áspera tela. Vertió el contenido de su cantimplora sobre la garganta de Glass. La sangre se limpió y fue reemplazada en seguida por el pesado goteo de la herida. Glass comenzó a toser y escupir. Parpadeó con rapidez y luego abrió los ojos de par en par, llenos de pánico.

Su primera sensación fue que se estaba ahogando. Tosió de nuevo mientras su cuerpo trataba de expulsar la sangre de su garganta y sus pulmones. Por un instante, miró fijamente a Henry mientras el capitán lo giraba hacia un lado. En esa postura, Glass pudo inhalar dos veces antes de que la náusea se apoderara de él. Vomitó encendiendo un dolor insoportable en su garganta. Instintivamente estiró los brazos para tocarse el cuello. El brazo derecho no le respondía, pero con la mano izquierda se tocó la garganta. Se sintió sobrecogido por el horror y el pánico ante lo que sus dedos encontraron. En sus ojos apareció una expresión desesperada y buscó en los rostros que lo rodeaban algo que lo tranquilizara. En vez de eso, encontró lo contrario: la terrible confirmación de sus miedos.

Intentó hablar, pero su garganta no logró producir ningún sonido más allá de un espeluznante lamento. Luchó para incorporarse apoyándose sobre los hombros. Henry lo detuvo en el suelo, vertiendo whisky en su garganta. Un ardor abrasador reemplazó los demás dolores. Glass convulsionó una última vez antes de quedar inconsciente de nuevo.

—Tenemos que vendarle las heridas mientras no se da cuenta. Corta más tiras, Bridger.

El chico comenzó a rasgar largas tiras de la camisa. Los otros hombres observaron con solemnidad, de pie como los portadores del féretro en un funeral.

El capitán levantó la mirada.

—Los demás, muévanse. Harris, explora una circunferencia amplia alrededor de nosotros. Asegúrate de que esos tiros no atrajeron atención hacia acá. Alguien encienda las fogatas… Asegúrense de que la madera está seca…, no necesitamos una jodida señal de humo. Y desollen a esa osa.

Los hombres se pusieron en marcha y el capitán volvió con Glass. Tomó una tira de tela de Bridger y la puso en la nuca del herido, atándola con tanta fuerza como se atrevió. Repitió la acción con dos tiras más. La sangre empapó la tela inmediatamente. Enrolló otra tira alrededor de la cabeza de Glass en un burdo esfuerzo por mantener el cuero del cráneo en su lugar. Las heridas de la cabeza también sangraban profusamente, y el capitán limpió con agua y la camisa la sangre que se acumulaba alrededor de los ojos de Glass. Envió a Bridger al río a rellenar la cantimplora.

Cuando este regresó, volvieron a girar a Glass sobre su costado. Bridger lo sostuvo, evitando que su cara se apoyara en la tierra, mientras el capitán Henry revisaba su espalda. Henry vertió agua en los agujeros que la osa le había abierto con los colmillos. Aunque eran profundos, sangraban muy poco. Las cinco heridas paralelas de las garras eran otra historia. Dos en particular le habían abierto cortes profundos en la espalda, dejando expuesto el músculo y sangrando profusamente. La tierra se mezclaba a placer con la sangre, y el capitán echó agua de la cantimplora de nuevo. Sin la tierra, las heridas parecían sangrar aún más, así que el capitán las dejó en paz. Cortó dos tiras largas de la camisa, las acomodó alrededor del cuerpo de Glass y las amarró con fuerza. No funcionó. No consiguieron evitar que su espalda siguiera sangrando.

—¿Y la garganta?

—Tengo que coserla también, pero es un maldito desastre y no sé por dónde empezar. —Henry buscó en su bolsa de caza y sacó un tosco hilo negro y una aguja gruesa.

Los dedos regordetes del capitán fueron sorprendentemente ágiles enhebrando la aguja y haciendo un nudo al final al hilo. Bridger sostuvo las orillas de la herida más profunda para mantenerlas juntas y observó, con los ojos abiertos de par en par, cómo Henry enterraba la aguja en la piel de Glass. La llevó de lado a lado, uniendo la carne al centro de la cortada con cuatro puntadas. Anudó las puntas del grueso hilo. De las cinco heridas de garra de la espalda de Glass, dos eran lo suficientemente profundas como para necesitar que las cosieran. El capitán ni se esforzó en hacerlo por todo su largo. En vez de eso, simplemente las unió en el centro, y el sangrado disminuyó.

—Ahora veamos el cuello.

Lo giraron para acomodarlo boca arriba. A pesar de los toscos vendajes, la garganta seguía burbujeando y silbando. Debajo de la piel abierta, Henry podía ver el cartílago blanco y brillante del esófago y la tráquea. Por las burbujas sabía que esta última estaba cortada o dañada, pero no tenía ni idea de cómo arreglarla. Puso la mano sobre la boca de Glass, buscando su aliento.

—¿Qué va a hacer, capitán?

El capitán anudó el extremo del hilo que tenía en la aguja.

—Aún respira un poco por la boca. Lo mejor que podemos hacer es cerrar la piel… y esperar que el resto lo pueda curar él mismo.

Espaciadas por unos dos centímetros, Henry le dio unas puntadas para cerrarle la garganta. Bridger limpió un pedazo de tierra a la sombra de los sauces y acomodó allí la lona de dormir de Glass. Lo tendieron con tanto cuidado como pudieron.

El capitán tomó el rifle y se alejó del claro, internándose en los sauces que conducían de regreso al río.

Cuando llegó al agua dejó el rifle en la orilla y se quitó su sayo de cuero. Tenía las manos cubiertas de sangre pegajosa y se las lavó en el arroyo. Al ver que algunas partes no se limpiaban, tomó arena de la orilla y la talló contra las manchas. Finalmente se rindió, hizo un cuenco con las manos y presionó el agua helada contra su rostro barbado. Una preocupación conocida regresó. «Ha ocurrido de nuevo.»

No era sorprendente que los nuevos sucumbieran ante la tierra salvaje, pero le resultaba impactante que los veteranos cayeran derrotados. Como Drouillard, Glass había pasado años en la frontera. Era una quilla, alguien que afianzaba a los demás con su presencia tranquila. Y Henry sabía que al amanecer estaría muerto.

El capitán recordó su conversación con Glass de la noche anterior. «¿Apenas fue anoche?» En 1809, la muerte de Drouillard había sido el principio del fin. El grupo de Henry abandonó la estacada del valle de Three Forks y huyó al sur. Eso los alejó del alcance de los pies negros, pero no los protegió de la crueldad de las Rocallosas mismas. El grupo soportó el frío salvaje, estuvo al borde de morir de inanición y sufrió un robo a manos de los crow. Cuando, en 1811, salieron finalmente de las montañas exhaustos, la viabilidad del negocio peletero seguía siendo una pregunta sin respuesta.

Más de una década después, Henry guiaba tramperos de nuevo en busca de la esquiva riqueza de las Rocallosas. En su mente, recorrió las páginas de su pasado reciente: una semana fuera de Saint Louis perdió una barca con diez mil dólares en mercancía para trueque. Los pies negros mataron a dos de sus hombres cerca de las grandes cascadas del Missouri. Durante una semana de viaje por tierra hacia el Grand, tres de sus hombres fueron asesinados por mandan, indios normalmente pacíficos que atacaron por error durante la noche. Ahora Glass, su mejor hombre, estaba herido de muerte tras encontrarse con un oso. «¿Qué pecado me ha hecho cargar con esta maldición?»

De vuelta en el claro, Bridger acomodó una cobija sobre Glass y volteó a ver a la osa. Cuatro hombres trabajaban en desollar al animal. Ponían a un lado los mejores cortes (el hígado, el corazón, la lengua, las entrañas y las costillas) para comerlos de inmediato. Cortaban el resto en tiras y lo tallaban con sal.

Bridger fue hacia la pata de la gran osa y sacó su cuchillo de la funda. Mientras Fitzgerald levantaba la vista de su labor, Bridger comenzó a cortar la garra más grande. Estaba impactado por su tamaño: medía casi quince centímetros de largo y era el doble de gruesa que su pulgar. La punta estaba muy afilada y aún tenía sangre del ataque a Glass.

—¿Quién dice que te toca una garra, chico?

—No es para mí, Fitzgerald. —Bridger tomó la garra y avanzó hacia Glass. Su bolsa de caza estaba junto a él. Bridger la abrió y echó la garra.

Los hombres se atiborraron de comida durante horas esa noche, con sus cuerpos ansiosos por los abundantes nutrientes de la carne grasosa. Sabían que pasarían días antes de que pudieran comer carne fresca de nuevo y le sacaron provecho al banquete. El capitán Henry asignó dos guardias. A pesar del relativo aislamiento del claro, le preocupaban las fogatas.

La mayoría de los hombres se quedó cerca del fuego, tendiendo pinchos de carne ensartada en ramas de sauce. El capitán y Bridger tomaron turnos para revisar a Glass. Abrió los ojos dos veces, vidriosos y sin enfocar. Reflejaban la luz de las flamas, pero no parecían tener brillo propio. Una vez logró tragar agua entre dolorosos espasmos.

Avivaban el fuego en las largas fogatas con la suficiente frecuencia para mantener el calor y el humo en las rejillas donde secaban la carne. En la hora previa al crepúsculo, el capitán Henry fue a ver a Glass y lo encontró inconsciente. Su respiración se había vuelto pesada, y se atragantaba como si cada aliento necesitara de la suma total de sus fuerzas.

Henry volvió junto al fuego, donde encontró a Black Harris mordisqueando una costilla.

—Pudo ser cualquiera, capitán… Enfrentarse al Viejo Efraín así. No hay razón para la mala suerte.

Henry solo sacudió la cabeza. Él conocía la suerte. Durante un tiempo se quedaron en silencio, mientras el primer atisbo de un nuevo día nacía con un brillo apenas perceptible al este, en el horizonte. El capitán tomó el rifle y el cuerno de pólvora.

—Volveré antes de que salga el sol. Cuando los hombres despierten, elige a dos para que caven una tumba.

Una hora después el capitán volvió. Habían iniciado a cavar superficialmente una tumba, pero abandonaron la tarea al parecer. Miró a Harris.

—¿Qué pasó?

—Pues, capitán…, para empezar ni está muerto. No nos pareció correcto seguir cavando con él tirado ahí.

Esperaron toda la mañana a que Glass muriera. Nunca recobró la conciencia. Estaba pálido por la pérdida de sangre y su respiración seguía siendo pesada. Aun así, su pecho subía y bajaba, un aliento seguía al anterior con obstinación.

El capitán Henry caminaba de un lado a otro entre el arroyo y el claro, y al mediodía envió a Black Harris a hacer una exploración río arriba. El sol daba directo sobre sus cabezas cuando Harris volvió. No vio indios, pero sí una trocha de caza en la ribera opuesta, cubierta de huellas de hombres y caballos. A poco más de tres kilómetros río arriba, Harris encontró un campamento vacío. El capitán no podía esperar más.

Les ordenó a dos hombres que cortaran árboles jóvenes. Con la lona de dormir de Glass confeccionarían una camilla.

—¿Por qué no hacemos una angarilla, capitán? ¿Usamos la mula para jalarla?

—Es demasiado complicado jalar una angarilla por el río.

—Entonces no vayamos por el río.

—Construyan la jodida camilla y ya —dijo el capitán. El río era el único referente en terreno desconocido. Henry no tenía intención de alejarse más de dos centímetros de su orilla.

Cuatro

28 de agosto de 1823

Uno por uno, los hombres llegaron al obstáculo y se detuvieron. El río Grand corría hacia la escarpada pared de un peñasco de arenisca, donde este lo obligaba a trazar una curva. Las aguas se revolvían y se acumulaban profundas contra la pared antes de expandirse ampliamente hacia la orilla opuesta. Bridger y Puerco llegaron al último, cargando a Glass entre ellos. Dejaron la camilla en el suelo con suavidad. Puerco se dejó caer toscamente sobre la rabadilla, jadeando, con manchas oscuras de sudor en la camisa.

Según iban llegando, todos los hombres levantaban la vista para evaluar rápidamente las dos opciones de avance. Una era ascender por la pendiente escarpada del peñasco. Era posible, pero solo usando las manos y también los pies. Este fue el camino que tomó Black Harris cuando pasó por ahí dos horas antes que ellos. Podían ver sus huellas y la rama rota de la planta de salvia que había usado para afianzarse. Era obvio que ni los cargadores de la camilla ni la mula podrían trepar.

La otra opción era cruzar el río. La ribera opuesta era plana y acogedora, pero el problema era llegar allí. El estancamiento que creaba el dique parecía tener al menos un metro y medio de profundidad y el río corría con fuerza. Un cambio en el agua hacia la mitad del río señalaba el lugar donde el arroyo se hacía más superficial. Desde ahí sería fácil chapotear hasta el otro lado. Un hombre de paso firme podría caminar con los pies en el agua profunda, sosteniendo su fusil y su pólvora sobre su cabeza; los menos ágiles podrían caerse, pero seguramente nadarían unos pocos metros hasta donde el agua estaba más baja.

Llevar la mula por el río no era problema. Tan famoso era el amor del animal por el agua que los hombres lo llamaban «Pato». Al final del día, la mula se quedaba horas en el agua, metida hasta su barriga colgante. De hecho, fue esta extraña predilección lo que evitó que los mandan la robaran junto con el resto del ganado. Mientras los otros animales pastaban o dormían en la orilla, Pato estaba en el agua baja, de pie sobre un banco de arena. Cuando los bandidos intentaron llevársela, el animal se encontraba firmemente hundido en el lodo. Se necesitó a la mitad de la brigada para sacarla.

Así que el problema no era la mula. El problema, claro, era Glass. Sería imposible sostener la camilla por encima del agua al cruzar.

El capitán Henry consideró sus opciones, maldiciendo a Harris por no haberles dejado una señal para que cruzaran antes. Habían pasado por un vado fácil a un kilómetro y medio río abajo. Odiaba dividir a los hombres aunque fuera por unas cuantas horas, pero parecía tonto hacer que todos regresaran.

—Fitzgerald, Anderson…, es su turno con la camilla. Bernot, tú y yo volveremos con ellos al cruce que pasamos. El resto crucen aquí y esperen.

Fitzgerald miró con odio al capitán y masculló algo entre dientes.

—¿Tienes algo que decir, Fitzgerald?

—Me apunté para ser un trampero, capitán…, no una jodida mula.

—Tomarás tu turno como todos los demás.

—Y le diré lo que todos los demás tienen miedo de decirle en la cara. Todos nos preguntamos si planea arrastrar este cadáver hasta el Yellowstone.

—Planeo hacer con él lo mismo que haría por cualquier otro hombre de esta brigada.

—Lo que hará por todos nosotros es cavar nuestras tumbas. ¿Cuánto tiempo cree que podemos pasearnos por este valle antes de que nos crucemos con un grupo de cazadores? Glass no es el único en esta brigada.

—Tampoco tú eres el único —dijo Anderson—. Fitzgerald no habla por mí, capitán, y apuesto a que no habla por muchos otros.

Anderson caminó hacia la camilla y acomodó su rifle junto a Glass.

—¿Vas a obligarme a arrastrarlo?

Durante tres días cargaron a Glass. A orillas del Grand se alternaban bancos de arena y piedras amontonadas. En la orilla del río, grupos ocasionales de álamos daban paso a las elegantes ramas de los sauces; algunas alcanzaban hasta tres metros de altura. Las orillas escarpadas los obligaban a trepar, enormes agujeros señalaban el lugar donde la erosión había abierto la tierra tan limpiamente como un cuchillo afilado. Maniobraron alrededor de los desastrosos escombros apilados tras el desborde del manantial: montones de piedras, ramas enredadas e incluso árboles enteros, con los troncos blanqueados por el sol y tan suaves como el cristal por el golpeteo del agua y la piedra. Cuando el terreno se volvía demasiado escarpado, cruzaban el río para seguir su cauce con las pieles de ante mojadas, lo que agravaba el peso de su carga.

El río era una carretera en las llanuras, y los hombres de Henry no eran los únicos viajeros que recorrían sus orillas. Las huellas y los campamentos abandonados eran numerosos. Black Harris había visto dos veces pequeños grupos de caza. La distancia había sido demasiado grande para determinar si eran sioux o arikara, aunque ambas tribus representaban peligro. Los arikara eran enemigos seguros desde la batalla en el Missouri. Los sioux habían sido aliados en esa pelea, pero su disposición actual era desconocida. Con solo diez hombres capaces, el pequeño grupo de tramperos ofrecería poca resistencia en un ataque. Al mismo tiempo, sus armas, trampas e incluso la mula eran blancos atractivos. El peligro de una emboscada era constante, y solo tenían las habilidades de exploración de Black Harris y el capitán Henry para mantenerlos a salvo.

«Es un territorio para cruzar con rapidez», pensó el capitán. En vez de eso, avanzaron lentamente, con el paso plúmbeo de una procesión fúnebre.

Glass cobraba y perdía la consciencia, aunque un estado se diferenciaba muy poco del otro. Ocasionalmente podía tomar agua, pero las heridas de la garganta hacían imposible que pasara comida sólida. Dos veces la camilla se cayó, tirando a Glass al suelo. La segunda caída abrió dos de las puntadas de su garganta. Se detuvieron lo suficiente para que el capitán volviera a suturar el cuello, que estaba enrojecido por la infección. Nadie se molestó en revisar las otras heridas. De cualquier manera casi nada podían hacer por ellas. Glass tampoco protestó. Su garganta lo dejaba mudo; el único sonido que producía era el patético silbido de su respiración.

Al final del tercer día llegaron a la confluencia de un pequeño arroyo con el Grand. A menos de medio kilómetro arroyo arriba, Black Harris encontró un manantial rodeado de un amplio pinar. Era un lugar ideal para acampar. Henry envió a Anderson y Harris a buscar presas.

El manantial en sí era más una filtración que un depósito, pero su agua helada se filtraba en las piedras mohosas y se acumulaba en un estanque transparente. El capitán Henry se inclinó para beber mientras pensaba en la decisión que había tomado.

Después de tres días de cargar a Glass, el capitán estimó que habían cubierto solo sesenta y cinco kilómetros. Deberían haber cubierto el doble o más. Mientras que Henry creía que podían estar lejos del territorio arikara, Black Harris cada día encontraba más señales de los sioux.

Más allá de sus preocupaciones sobre dónde estaban, Henry se sentía intranquilo por dónde tendrían que estar. Más que nada, le preocupaba que llegaran demasiado tarde al Yellowstone. Sin un par de semanas para conseguir una provisión de carne, toda la brigada estaría en peligro. El clima de finales de otoño era tan caprichoso como un mazo de cartas. Podían encontrarse con un verano más largo de lo normal o los ululantes vientos de una nevada temprana.

Aparte de por su seguridad física, Henry sentía una enorme presión por el éxito comercial. Con suerte, tras unas cuantas semanas de caza de otoño y algunos trueques con los indios, podrían conseguir suficientes pieles que justificaran el envío de uno o dos hombres río abajo.

Al capitán le encantaba imaginarse el efecto de una piragua cargada de pieles llegando a Saint Louis un brillante día de febrero. Las historias de su exitoso negocio en el Yellowstone tendrían encabezados en el *Missouri Republican*. La prensa atraería a nuevos inversionistas. Ashley podría entablar un acuerdo verbal que le asegurara capital fresco para crear una nueva brigada peletera para el inicio de la primavera. A finales del verano, Henry se veía a sí mismo a cargo de una red de tramperos por todo el Yellowstone. Con suficientes hombres y mercancía que intercambiar, quizá incluso podría comprar la paz con los pies negros, y trampear de nuevo en los valles de Three Forks, donde abundaban los castores. El siguiente invierno necesitarían barcazas para cargar las pieles que habrían cazado.

Pero todo dependía del tiempo. De si llegaban los primeros y con fuerzas. Henry sintió la presión de la competencia desde todos los lugares que señalaba la brújula.

La Compañía British North West había construido fuertes desde el norte hasta muy al sur, donde estaban las aldeas mandan. Los británicos también dominaban la costa oeste, desde donde se extendían tierra adentro por el Columbia y sus afluentes. Circulaban rumores de que los tramperos británicos habían entrado hasta el Snake y el Green.

Desde el sur, varios grupos se abrían paso hacia el norte desde Taos y Santa Fe: la Compañía Peletera de Columbia, la Compañía Peletera Francesa y Stone-Bostwick y Compañía.

La más evidente era la competencia del este, desde el mismo Saint Louis. En 1819, el Ejército de los Estados Unidos comenzó la Expedición del río Yellowstone con el objetivo explícito de ampliar el comercio de pieles. Aunque extremadamente limitada, la presencia del ejército envalentonaba a los empresarios, ansiosos de dedicarse al comercio de pieles. En Missouri, la Compañía Peletera de Manuel Lisa abrió el comercio en el Platte. John Jacob Astor retomó los restos de su Compañía Peletera Americana, apoyado desde el Columbia por los británicos en la guerra de 1812, y estableció nuevas sedes en Saint Louis. Todos competían por recursos limitados de capital y hombres.

Henry le echó un breve vistazo a Glass, tendido en la camilla a la sombra de los pinos. No había vuelto a la tarea de coser adecuadamente el cuero cabelludo de Glass. Aún lo tenía puesto con descuido sobre su cabeza, y había adquirido un color entre negro y morado en las orillas, donde ahora la sangre seca lo mantenía en su lugar; era una corona grotesca para un cuerpo hecho añicos. El capitán sintió de nuevo la polarizante mezcla de compasión y rabia, resentimiento y culpa.

No podía culpar a Glass por el ataque de la grizzly. La osa era simplemente un peligro en su camino, uno de muchos. Cuando la tropa salió de Saint Louis, Henry sabía que habría muertos. El cuerpo herido de Glass apenas enfatizaba el precipicio por el que cada uno de ellos caminaba todos los días. Henry consideraba a Glass su mejor hombre, la mejor combinación de experiencia, habilidad y disposición. A los demás, con la posible excepción de Black Harris, los veía como subordinados. Eran más jóvenes, más tontos, más débiles, menos experimentados. Pero el capitán Henry veía a Glass como un igual. Si le podía pasar a Glass, le podía pasar a cualquiera; le podía pasar a él. El capitán apartó la vista del moribundo.

Sabía que su posición de líder requería que tomara decisiones duras por el bien de la brigada. Sabía que la frontera respetaba (y requería) la independencia y la autosuficiencia sobre todas las cosas. No había privilegios al oeste de Saint Louis. Aun así, a los violentos individuos que constituían su comunidad del Salvaje Oeste los unía el denso tejido de la responsabilidad colectiva. Aunque no había una ley escrita, había una norma primitiva: el respeto riguroso a un acuerdo que trascendía sus intereses egoístas. Era bíblico en su profundidad, y su importancia crecía con cada paso por la tierra salvaje. Cuando surgía la necesidad, un hombre le extendía una mano a sus amigos, a sus compañeros, a los extraños. Al hacerlo, cada uno sabía que un día su propia supervivencia podría depender de tomar la mano de otra persona.

La utilidad de este código parecía haber menguado mientras el capitán luchaba por aplicarlo a Glass. «¿No he hecho todo lo que he podido por él?» Vendando sus heridas, acarreándolo, esperando respetuosamente para que al menos pudiera tener un entierro civilizado. Debido a las decisiones de Henry, habían subordinado sus necesidades colectivas a las de un hombre. Era lo correcto, pero no podía seguir. No en ese lugar.

El capitán había pensado en abandonar inmediatamente a Glass. De hecho, tan grande era su sufrimiento que Henry se preguntó por un momento si debían poner una bala en su cabeza, terminando así con su miseria. Rápidamente desechó la idea de matar a Glass, pero se preguntó si podría comunicarse con el herido de alguna manera, hacerle entender que ya no podía poner en peligro a toda la brigada. Podían buscarle un refugio y dejarlo con un fuego, armas y provisiones. Si mejoraba, podría reunirse con ellos en el Missouri. Conociendo a Glass, sospechaba que esto es lo que pediría si pudiera hablar por sí mismo. Definitivamente no pondría en riesgo las vidas de los demás.

A pesar de todo, el capitán Henry no tenía el valor para abandonar al herido. No había tenido una conversación coherente con Glass desde el ataque de la osa, así que verificar sus deseos era imposible. Ante la ausencia de tal guía clara, no haría suposiciones. Era el líder, y Glass era su responsabilidad.

«Pero también lo son los demás.» También se trataba de la inversión de Ashley. También de su familia en Saint Louis, que había esperado el éxito comercial durante más de una década, aunque siempre parecía tan distante como las montañas mismas.

Esa noche los hombres de la brigada se reunieron alrededor de tres pequeñas hogueras. Tenían carne fresca para ahumar, un ternero de búfalo y el cobijo de los pinos les daba un extra de seguridad para encender fuego. La noche de finales de agosto se enfrió rápido tras la puesta del sol: no fue helada, pero sí un recordatorio de que el cambio de estación acechaba detrás del horizonte.

El capitán se puso de pie para dirigirse a los hombres, una formalidad que anunciaba la seriedad de lo que iba a decir.

—Tenemos que mejorar nuestro tiempo. Necesito dos voluntarios que se queden con Glass. Quédense con él hasta que muera, denle un entierro digno y luego alcáncennos. La compañía Peletera de Rocky Mountain les pagará setenta dólares por el riesgo de quedarse atrás.

Un trozo de pino que explotó desde uno de los fuegos lanzó unas chispas hacia el claro cielo nocturno. Aparte de eso, el campo quedó en silencio mientras los hombres sopesaban la situación y la oferta. Un francés llamado Jean Bernot se persignó. La mayoría simplemente contempló el fuego.

Nadie dijo nada durante largo rato. Todos pensaban en el dinero. Setenta dólares era más de un tercio de su sueldo de todo el año. Visto a través del frío prisma de la economía, definitivamente Glass moriría pronto. Setenta dólares por sentarse en un claro durante unos cuantos días y luego una semana de marcha forzada para alcanzar a la brigada. Claro que todos sabían que existía el riesgo de quedarse atrás. Diez hombres eran poco impedimento para un ataque. Dos no eran nada. Si un enemigo los encontraba… Con setenta dólares no comprarías nada si ya estabas muerto.

—Yo me quedaré con él, capitán. —Los demás voltearon, sorprendidos de que el voluntario fuera Fitzgerald.

El capitán Henry no supo cómo reaccionar por la sospecha que despertaban en él los motivos de Fitzgerald.

Fitzgerald percibió su duda.

—No lo hago por amor, capitán. Lo hago por el dinero, simple y llanamente. Elija a otra persona si quiere a alguien que lo mime.

El capitán Henry recorrió con la mirada el desordenado círculo de hombres.

—¿Quién más se quedará?

Black Harris lanzó una pequeña rama al fuego.

—Yo, capitán. —Glass era amigo de Harris, y la idea de dejarlo con Fitzgerald no le parecía bien. A nadie le agradaba Fitzgerald. Glass merecía algo mejor.

El capitán negó con la cabeza.

—No te puedes quedar, Harris.

—¿Cómo que no me puedo quedar?

—No te puedes quedar. Sé que eras su amigo, y por eso lo siento. Pero necesito que explores.

Siguió otro largo silencio. La mayoría de los hombres contemplaba el fuego con semblante inexpresivo. Uno a uno llegaron a la misma conclusión incómoda: no valía la pena. El dinero no valía la pena. A fin de cuentas, Glass no valía la pena. No era que no lo respetaran, incluso les agradaba. Algunos, como Anderson, sentían que tenían una deuda adicional, cierta obligación con él por sus desinteresados actos de amabilidad del pasado. Sería diferente, pensó Anderson, si el capitán les estuviera pidiendo que defendieran la vida de Glass…, pero esa no era la tarea que tenían por delante. Era esperar a que Glass muriera y luego enterrarlo. No valía la pena.

Henry comenzaba a preguntarse si tendría que confiarle el trabajo solo a Fitzgerald, cuando de pronto Jim Bridger se levantó torpemente.

—Yo me quedaré.

Fitzgerald resopló sarcásticamente.

—Por Dios, capitán, ¡no puede dejarme a hacer esto con este chico tragapuercos! Si es Bridger quien se queda, más le vale que me pague doble por cuidar a dos.

Las palabras golpearon a Bridger como puñetazos. Sintió que le hervía la sangre por la vergüenza y la rabia.

—Capitán, le prometo que cuidaré de mí mismo.

Este no era el resultado que el capitán había esperado. Una parte de él sentía que dejar a Glass con Bridger y Fitzgerald no se diferenciaba mucho del abandono. Bridger era apenas más que un niño. Tras un año con la Compañía Peletera de Rocky Mountain había demostrado que era honesto y capaz, pero no serviría como un contrapeso ante Fitzgerald. Fitzgerald era un mercenario. Pero aun así, pensó el capitán, ¿no era esa la esencia del camino que él había elegido? ¿No estaba simplemente comprando delegados, adquiriendo un sustituto de su responsabilidad colectiva, de su propia responsabilidad? ¿Qué más podía hacer? No había una mejor opción.

—De acuerdo —dijo el capitán—. Los demás nos iremos al alba.

Cinco

30 de agosto de 1823

Era la tarde del segundo día desde la partida del capitán Henry y la brigada. Fitzgerald había enviado al chico a recoger leña, quedándose solo en el campamento con Glass. Glass estaba tendido junto a uno de los pequeños fuegos. Fitzgerald lo ignoraba.

Una formación rocosa coronaba la escarpada ladera sobre el claro. Había unas enormes piedras sobre un montículo, como si unas manos titánicas las hubieran apilado una encima de la otra y luego las hubieran presionado.

En una abertura entre dos de las enormes piedras crecía un pino solitario y torcido. El árbol era un hermano de los pinos *lodgepole* que las tribus locales usaban para construir sus tipis, pero la semilla que le dio origen llegó desde la tierra fértil del bosque que había debajo. Un gorrión la tomó de una piña de pino décadas atrás, cargándola hasta una gran altura sobre el claro. El gorrión soltó la semilla en una grieta entre las rocas. Había tierra en esa grieta y caía lluvia puntualmente para que germinara. Las rocas atrapaban calor durante el día, compensando en parte la exposición de su emplazamiento. La luz del sol no caía directamente, así que el pino creció de lado en vez de extenderse hacia arriba, reptando desde la grieta antes de voltear hacia el cielo. Unas cuantas ramas nudosas se abrían desde el tronco torcido, cada una perfilada por un desaliñado mechón de agujas. Los *lodgepoles* de abajo crecieron rectos como flechas, algunos casi alcanzaron los dos metros sobre el suelo del bosque. Pero ninguno llegó tan alto como el pino torcido sobre la roca.

Desde que el capitán y la brigada se fueron, la estrategia de Fitzgerald fue simple: almacenar una provisión de carne seca para que estuvieran listos para moverse rápido cuando Glass muriera. Mientras tanto, se mantendrían tan lejos de su campamento como les fuera posible.

Aunque no estaban en el curso del río principal, Fitzgerald confiaba poco en su posición en el arroyo. El pequeño riachuelo llevaba directo al claro. Había restos calcinados de fogatas que hacían evidente que otros se habían servido del refugio del manantial. De hecho, Fitzgerald temía que el claro fuera un campamento conocido. Incluso si no lo era, las huellas de la brigada y la mula conducían claramente hacia allí desde el río. Era inevitable que un grupo de caza o de guerra las descubriera si se acercaba a la orilla del Grand.

Fitzgerald miró a Glass con amargura. Con curiosidad morbosa, examinó sus heridas el día en que el resto de la tropa se fue. Las suturas de la garganta del herido resistieron desde que la camilla se cayó, pero toda el área estaba roja por la infección. Las perforaciones de la pierna y el brazo parecían sanar, pero las profundas cortadas de su espalda estaban inflamadas. Por suerte para él, Glass pasaba la mayor parte de su tiempo inconsciente. «¿Cuándo se va a morir el bastardo?»

Fue un destino retorcido el que llevó a John Fitzgerald a la frontera, un camino que comenzó con su huida de Nueva Orleans en 1815, un día después de que, alcoholizado, acuchilló hasta la muerte a una prostituta en un arranque de ira.

Fitzgerald creció en Nueva Orleans, hijo de un marinero escocés y la hija de un mercader cajún. Su padre llegó a puerto una vez al año durante los diez años de matrimonio antes de que su embarcación se hundiera en el Caribe. En cada nueva visita a Nueva Orleans dejaba a su fértil esposa con la semilla de una nueva adición a la familia. Tres meses después de enterarse de la muerte de su esposo, la madre de Fitzgerald se casó con el anciano propietario de una miscelánea, una acción que consideró imprescindible para mantener a su familia. Su pragmática decisión funcionó bien para la mayoría de sus hijos. Ocho sobrevivieron hasta llegar a la edad adulta. Los dos mayores se encargaron de la miscelánea cuando el viejo murió. La mayoría de los otros chicos encontraron trabajos honestos y las chicas se casaron dignamente. John se perdió en alguna parte del camino.

Desde una edad temprana, Fitzgerald demostró tanto una propensión a relacionarse con violencia como una habilidad para ello. Era ágil para resolver problemas con un golpe o una patada, y fue expulsado de la escuela a los diez años por apuñalar con un lápiz a un compañero en la pierna. Fitzgerald no tenía interés en el trabajo duro que implicaba seguir los pasos de su padre en el mar, pero se mezcló gustoso con el sórdido caos de la ciudad costera. Sus habilidades para pelear fueron probadas y perfeccionadas en los muelles donde pasó su adolescencia. A los diecisiete, un barquero le cortó la cara en una trifulca de cantina. El incidente lo dejó con una cicatriz en forma de anzuelo y un nuevo respeto por los cubiertos. Quedó fascinado con los cuchillos y adquirió una colección de dagas y desolladores en una amplia gama de tamaños y formas.

A los veinte años, Fitzgerald se enamoró de una joven prostituta en una taberna cercana al muelle, una chica francesa llamada Dominique Perrau. A pesar de los acuerdos financieros de su relación, aparentemente Fitzgerald no contemplaba todas las implicaciones del oficio de Dominique. Cuando sorprendió a Dominique ejerciendo su negocio con el obeso capitán de una barcaza, el joven fue presa de la rabia. Los apuñaló a ambos antes de huir por las calles. Robó ochenta y cuatro dólares de la tienda de sus hermanos y contrató un pasaje en un bote que recorría el Misisipi con rumbo al norte.

Durante cinco años se ganó la vida en las tabernas de Memphis. Servía en un bar a cambio de un cuarto, una cama y un pequeño salario en el Golden Lion, un conocido negocio con pretensiones que superaban sus posibilidades. Su deber oficial como camarero le daba algo que no había tenido en Nueva Orleans: el permiso para ser violento. Se deshacía de los clientes alborotadores con un placer que sorprendía incluso a la áspera clientela de la taberna. Dos veces había golpeado a alguien hasta casi matarlo.

Fitzgerald poseía una parte de las habilidades matemáticas que habían convertido a sus hermanos en exitosos comerciantes, y aplicaba su inteligencia natural para las apuestas. Durante un tiempo se contentó con despilfarrar su irrisorio estipendio del bar. Con el tiempo se sintió atraído hacia apuestas mayores. Estos nuevos juegos requerían más dinero para jugar, y a Fitzgerald no le faltaban prestamistas.

No mucho después de pedir prestados doscientos dólares al dueño de una taberna rival, Fitzgerald ganó en grande. Consiguió cien dólares en una sola mano de reinas sobre dieces, y pasó la semana siguiente en un derroche de celebración. La ganancia le infundió una falsa confianza en sus habilidades para el juego y un hambre rabiosa de más. Renunció a su trabajo en el Golden Lion y buscó vivir de las cartas. La suerte le jugó una mala pasada, y un mes después le debía doscientos dólares a un usurero llamado Geoffrey Robinson. Esquivó a Robinson durante varias semanas antes de que dos de sus secuaces lo atraparan y le rompieran el brazo. Le dieron una semana para saldar la deuda.

Desesperado, Fitzgerald buscó un segundo prestamista, un alemán llamado Hans Bangemann, para pagarle al primero. Sin embargo, con los doscientos dólares en sus manos Fitzgerald tuvo una epifanía: huiría de Memphis y comenzaría de nuevo en otro lugar. La mañana siguiente abordó otra embarcación hacia el norte. Tocó tierra en Saint Louis a finales del mes de febrero de 1822.

Tras un mes en la nueva ciudad, Fitzgerald se enteró de que dos hombres habían estado preguntando en los pubs por la ubicación de «un jugador con una cicatriz en el rostro». En el pequeño mundo de los prestamistas de Memphis, no había pasado mucho tiempo para que Geoffrey Robinson y Hans Bangemann descubrieran el tamaño de la traición de Fitzgerald. Por cien dólares cada uno, contrataron a un par de secuaces para que encontraran a Fitzgerald, lo mataran y recuperaran sus préstamos tanto como fuera posible. Albergaban pocas esperanzas de recuperar su dinero, pero querían a Fitzgerald muerto. Tenían que mantener sus reputaciones, y la noticia de su plan corrió por las redes de las tabernas de Memphis.

Fitzgerald estaba atrapado. Saint Louis era el puesto fronterizo más al norte de la civilización en el Misisipi. Temía ir al sur, donde los problemas lo esperaban en Nueva Orleans y Memphis. Ese día escuchó a un grupo de clientes de un pub hablando con emoción de un anuncio de periódico en el *Missouri Republican*. Tomó el periódico y lo leyó:

A los jóvenes emprendedores. El que suscribe desea contratar a cien jóvenes para subir por el río Missouri hasta su nacimiento y ser empleados por uno, dos o tres años. Para más detalles preguntar por el capitán Henry, cerca de las minas de plomo en la región de Washington, quien viajará con el grupo como su comandante.

Fitzgerald tomó una decisión apresurada. Con los insignificantes restos del dinero que le había robado a Hans Bangemann compró un sayo de cuero, mocasines y un fusil. Al día siguiente se presentó con el capitán Henry y solicitó un lugar en la brigada peletera. Henry tuvo dudas sobre Fitzgerald desde el principio, pero no quedaban muchas opciones. El capitán necesitaba a cien hombres y Fitzgerald se veía en forma. Si había participado en algunas peleas con cuchillos, mucho mejor. Un mes después, Fitzgerald navegaba en una barcaza con dirección al norte del río Missouri.

Aunque su intención era renunciar a la Compañía Peletera de Rocky Mountain cuando la oportunidad se presentara, Fitzgerald cobró vida en la frontera. Descubrió que su habilidad con los cuchillos se extendía a otras armas. No tenía ninguna de las habilidades de rastreo de los verdaderos hombres de montaña que había en la brigada, pero era excelente con el fusil. Con la paciencia de un francotirador, mató a dos arikara durante el reciente sitio en el Missouri. Muchos de los hombres de Henry se sintieron aterrados durante las peleas con varios indios. A Fitzgerald le parecieron revitalizantes, incluso excitantes.

Fitzgerald le echó una mirada a Glass, posando sus ojos sobre el Anstadt que estaba junto al herido. Miró a su alrededor para asegurarse de que Bridger no estuviera por volver y luego tomó el fusil. Lo apoyó en su hombro y observó sobre el cañón. Le encantaba cómo el arma se acomodaba perfectamente contra su cuerpo, cómo el ancho lente encontraba el blanco con rapidez, cómo la ligereza del arma le permitía mantener la mira firme. Pasó de un blanco a otro, de arriba abajo, hasta que su vista cayó sobre Glass.

Una vez más Fitzgerald pensó que el Anstadt sería suyo pronto. No habían hablado de eso con el capitán, pero ¿quién merecía el fusil más que el hombre que se quedó atrás? Definitivamente su caso era mejor que el de Bridger. Todos los tramperos admiraban el arma de Glass. Setenta dólares era un pago nimio por el riesgo que estaban tomando… Fitzgerald estaba allí por el Anstadt. Un arma así no debería desperdiciarse en un niño. Además, Bridger estaba lo suficientemente contento por tener el fusil de William Anderson. Quizá le lanzara alguna migaja, como el cuchillo de Glass.

Fitzgerald meditó el plan que había trazado desde que se ofreció para quedarse con Glass, un plan que parecía más atractivo a cada hora que pasaba. «¿Qué importancia tiene un día más para Glass?» Por otra parte, Fitzgerald sabía exactamente la importancia que tenía un día más para sus propias posibilidades de sobrevivir.

Bajó el Anstadt. Había una camisa ensangrentada junto a la cabeza de Glass. «Ponla sobre su cabeza por unos minutos… Podremos estar en camino por la mañana.» Miró de nuevo el fusil, con su café oscuro brillando contra los tonos naranja de las hojas de pino caídas. Se estiró para tomar la camisa.

—¿Se despertó? —Bridger estaba de pie detrás de él, con los brazos llenos de leña.

Fitzgerald se sobresaltó y titubeó por un instante.

—¡Por Dios, niño! ¡Sorpréndeme así otra vez y juro por Dios que te mato!

Bridger soltó la madera y caminó hacia Glass.

—Estaba pensando que quizá deberíamos intentar darle un poco de caldo.

—Pero qué amable de tu parte, Bridger. ¡Echa un poco de caldo por esa garganta y quizá durará una semana en vez de morirse mañana! ¿Eso te ayudaría a dormir mejor? ¿Qué crees, que si le das un poco de sopa va a levantarse e irse caminando?

Bridger se quedó en silencio por un minuto, luego dijo:

—Te portas como si quisieras que se muriera.

—¡Claro que quiero que se muera! Míralo. ¡Él se quiere morir! —Fitzgerald hizo una pausa dramática—. ¿Alguna vez fuiste a la escuela, Bridger? —Sabía la respuesta a su pregunta.

El chico negó con la cabeza.

—Bueno, déjame darte una clase de aritmética. El capitán Henry y los demás probablemente están avanzando unos cincuenta kilómetros al día ahora que no tienen que arrastrar a Glass. Imaginemos que nosotros vamos más rápido, digamos que avanzamos sesenta y cinco. ¿Sabes cuánto es sesenta y cinco menos cincuenta, Bridger? —El chico lo contempló inexpresivamente.

—Te diré cuánto es. Quince. —Fitzgerald le mostró los dedos de ambas manos con un gesto burlón—. Muchos, chico. Cualquiera que sea su avance, nosotros solo avanzaremos unos quince kilómetros al día una vez que salgamos tras ellos. Ellos ya están a ciento sesenta kilómetros por delante de nosotros. Eso son diez días para nosotros, Bridger. Y eso asumiendo que se muere hoy y que los encontramos de inmediato. Diez días para que un grupo de cazadores sioux nos encuentre. ¡¿No lo entiendes?! Cada día que nos quedamos aquí son tres días más que estaremos solos. Te vas a ver peor que Glass cuando los sioux terminen contigo, chico. ¿Alguna vez has visto a un hombre al que le han arrancado el cuero cabelludo?

Bridger no dijo nada, aunque sí había viso a un hombre escalpado. Estaba cerca de las grandes cascadas cuando el capitán Henry llevó de regreso al campamento a dos tramperos que los pies negros habían desollado. Bridger recordaba los cuerpos perfectamente. El capitán los había atado panza abajo a una sola mula de carga. Cuando los soltó, cayeron al suelo con rigidez. Los tramperos se reunieron a su alrededor, mientras contemplaban impactados los cuerpos mutilados de los hombres que habían visto esa mañana junto a la fogata. Y no era solo el cuero de sus cabezas lo que les faltaba. También les habían robado las narices y las orejas y les habían sacado los ojos. Bridger recordaba cómo, sin narices, las cabezas se veían más como calaveras que como rostros. Los hombres estaban desnudos y tampoco tenían genitales. Tenían una marcada línea de bronceado en sus cuellos y muñecas. Sobre la línea, sus pieles estaban tan duras y cafés como cuero de montura, pero el resto de su cuerpo era tan blanco como el encaje. Casi parecía gracioso. Era el tipo de cosa sobre la que algún hombre habría bromeado si no hubiera sido tan horrible. Claro que nadie se rio. Bridger siempre pensaba en eso cuando se lavaba, que debajo todos tenían una suave piel blanca, frágil como la de un bebé.

Bridger luchó desesperadamente por retar a Fitzgerald, pero era incapaz de articular algo que refutara su argumento. Esta vez no era por falta de palabras, sino por falta de razones. Era fácil condenar los motivos de Fitzgerald, él mismo había dicho que era por dinero, pero ¿cuál era su propia motivación?, se preguntó. No era el dinero. Todos los números se le mezclaban y su salario normal era más riqueza de la que había visto en su vida. A Bridger le gustaba creer que su motivación era la lealtad, la fidelidad a un compañero de brigada. Definitivamente respetaba a Glass. Él había sido amable, cuidándolo con pequeños detalles, educándolo, defendiéndolo de la vergüenza.

Bridger reconocía que estaba en deuda con Glass, pero ¿qué tan lejos llegaba eso?

El chico recordó la sorpresa y la admiración que vio en los ojos de los hombres cuando se ofreció como voluntario para quedarse con Glass. Qué contaste con la ira y el desprecio de aquella terrible noche en la guardia. Recordó que el capitán le había dado unas palmadas en el hombro cuando la brigada se fue, y que ese simple gesto lo había llenado de una sensación de pertenencia, como si por primera vez mereciera un lugar entre los hombres. ¿No era por eso que estaba allí, en el claro, para salvar su orgullo herido? No para cuidar a otro hombre, sino para cuidarse a sí mismo. ¿No estaba, como Fitzgerald, sacando provecho de la desgracia de otro hombre? Dijeran lo que dijeran de Fitzgerald, al menos era honesto sobre sus motivos para quedarse.

Seis

31 de agosto de 1823

En la mañana del tercer día, Bridger pasó varias horas solo en el campamento, reparando sus mocasines, que se habían agujereado en el transcurso de sus viajes. En consecuencia, tenía los pies raspados y lastimados, y el chico agradeció tener una oportunidad para repararlos. Cortó piel de un cuero sin curtir que la brigada dejó tras su partida; usó un punzón para abrir agujeros en las orillas y reemplazó las suelas con piel nueva en el fondo. Las puntadas eran irregulares pero fuertes.

Mientras examinaba su trabajo, sus ojos cayeron en Glass. Las moscas revoloteaban sobre sus heridas y Bridger notó que tenía los labios resecos y agrietados. El chico se preguntó de nuevo si estaba en un plano moral más alto que Fitzgerald. Llenó su gran taza metálica con agua fría del manantial y la puso en los labios de Glass. La humedad disparó una reacción inconsciente y Glass comenzó a beber.

Bridger se decepcionó cuando Glass terminó. Era bueno sentirse útil. El chico contempló a Glass. Fitzgerald tenía razón, claro. No había duda de que Glass moriría. «Pero ¿no debería hacer lo mejor posible por él? ¿Al menos confortarlo en sus horas finales?»

La madre de Bridger podía extraer una propiedad curativa de cualquier cosa que creciera. Muchas veces deseó haberle puesto más atención cuando volvía del bosque con la canasta llena de flores, hojas y corteza. Sabía algunas cosas básicas, y en la orilla del claro encontró lo que estaba buscando: un pino con su goma pegajosa supurando como melaza. Usó su oxidado cuchillo para arrancar la goma, tallando hasta que la hoja quedó untada con una buena cantidad. Regresó con Glass y se hincó junto a él. El chico se enfocó primero en las heridas de pierna y brazo, las profundas perforaciones de los colmillos de la grizzly. Aunque las áreas de alrededor seguían siendo negras y azules, la piel parecía regenerarse. Bridger usó el dedo para aplicar la goma, llenando las heridas y untándolas alrededor.

Luego giró a Glass sobre un costado a fin de revisar su espalda. Las toscas suturas se habían abierto cuando la camilla se cayó y había señales de sangrado reciente. Aun así, no era la sangre lo que le daba a la espalda de Glass un brillo carmesí. Era una infección. Los cinco cortes paralelos se extendían casi por todo el largo de su espalda. Tenía pus amarillo en el centro de las cortadas y las orillas prácticamente resplandecían con un rojo exaltado. El olor le recordó a Bridger al de la leche echada a perder. Sin saber qué hacer, simplemente untó toda el área con goma de pino, volviendo dos veces a los árboles a recoger más.

Por último Bridger le examinó las heridas del cuello. Las suturas del capitán seguían en su lugar, aunque al chico le pareció que apenas disimulaban el desastre que había debajo de la piel. Glass continuaba respirando, inconsciente, con su murmullo silbante, como el cascabeleo impreciso de partes rotas en una máquina. Bridger caminó de nuevo hacia los pinos, esta vez buscando un árbol con corteza suelta. Encontró uno y con su cuchillo arrancó la capa exterior, y juntó la suave corteza interior en su sombrero.

Bridger llenó de nuevo su taza con agua del manantial y la puso sobre las brasas. Cuando hirvió, agregó la corteza de pino, machacando la mezcla con el pomo de su cuchillo. Trabajó hasta que obtuvo una consistencia densa y blanda como lodo. Esperó a que el emplasto se enfriara un poco y luego se lo puso a Glass en la garganta, aplicando la mezcla en las cortadas y extendiéndola hacia afuera en dirección a sus hombros. Luego Bridger fue a su pequeño bolso y sacó los restos de su camisa de repuesto. Usó la tela para cubrir el emplasto y levantó la cabeza de Glass para hacer un nudo firme detrás de su cuello.

Bridger dejó que la cabeza del herido volviera suavemente a la tierra, sorprendido al descubrirse contemplando los ojos abiertos de Glass. Brillaban con una intensidad y una lucidez que se yuxtaponía extrañamente a su cuerpo roto. Bridger lo observó, intentando descifrar el mensaje que Glass claramente intentaba comunicar. «¿Qué está diciendo?»

Glass observó al chico por un minuto antes de cerrar los ojos de golpe. En los breves momentos en que estaba despierto, Glass sentía una sensibilidad exacerbada, como si de pronto fuera consciente de los trabajos secretos de su cuerpo. Los esfuerzos del chico lo aliviaron. El ligero picor de la goma de pino tenía una cualidad medicinal, y el calor del emplasto ofrecía un gran consuelo para su garganta. Al mismo tiempo, Glass sintió que su cuerpo estaba preparándose para otra batalla decisiva. No en la superficie, sino en lo más profundo.

Para cuando Fitzgerald volvió al campamento, las sombras del final del día se habían extendido hasta mezclarse con el brillo decreciente de la noche que iniciaba. Llevaba una cierva sobre su hombro. Había destazado al animal, cortado su cuello y removido sus vísceras. Dejó que la cierva cayera junto a una de las fogatas. Aterrizó en una posición poco natural, muy diferente a su elegancia cuando estaba viva.

Fitzgerald observó la cobertura nueva en las heridas de Glass. Su rostro se tensó.

—Estás desperdiciando tu tiempo con él. —Hizo una pausa—. Me importaría un bledo si no estuvieras desperdiciando también mi tiempo.

Bridger ignoró el comentario, aunque sintió que la sangre subía a su cara.

—¿Cuántos años tienes, chico?

—Veinte.

—Mentiroso de mierda. Ni siquiera puedes hablar sin chillar. Apuesto a que nunca has visto una teta que no sea de tu mamá.

El chico miró hacia otro lado, odiando a Fitzgerald por su habilidad de sabueso para percibir la debilidad.

Fitzgerald absorbió la incomodidad de Bridger como los nutrientes de la carne cruda. Se rio.

—¿¡Qué!? ¿Nunca has estado con una mujer? Tengo razón, ¿verdad, chico? ¿Qué pasa, Bridger? ¿No tenías dos dólares para una golfa antes de que saliéramos de Saint Louis?

Fitzgerald acomodó su enorme cuerpo en el suelo, preparándose para disfrutar.

—Quizá no te gustan las chicas. ¿Eres maricón, niño? Quizá necesito dormir boca arriba para evitar que te pongas caliente conmigo por la noche. —Bridger siguió sin decir nada—. O quizá ni siquiera tienes pito.

Sin pensarlo, Bridger se puso de pie con un salto, tomó su fusil, lo cargó y apuntó el largo cañón a la cabeza de Fitzgerald.

—¡Fitzgerald, hijo de puta! ¡Di una palabra más y te reviento la maldita cabeza!

Fitzgerald se incorporó sorprendido, contemplando la oscura boca del cañón del fusil. Durante un largo rato permaneció así. Luego sus ojos oscuros se movieron lentamente hacia Bridger y una sonrisa se extendió hasta encontrarse con la cicatriz de su cara.

—Bien por ti, Bridger. Quizá no te acuclillas para orinar, después de todo.

Soltó un ronquido ante su chiste, sacó su cuchillo y se puso a desollar a la cierva. En el silencio del campamento, Bridger tomó conciencia del pesado sonido de su propia respiración y pudo sentir el rápido latido de su corazón. Bajó el arma y puso la culata en el suelo; luego se tendió en el piso. De pronto se sintió cansado y se puso la cobija alrededor de los hombros.

Tras varios minutos, Fitzgerald dijo:

—Hey, chico.

Bridger levantó la mirada, pero no dijo nada en respuesta.

Fitzgerald se pasó despreocupadamente por la nariz el anverso de su mano ensangrentada.

—Tu arma nueva no disparará sin un pedernal.

Bridger observó su fusil. El pedernal no estaba en el seguro. La sangre subió de nuevo a su cara, aunque esta vez se odió a sí mismo tanto como a Fitzgerald, que se rio en silencio y continuó su hábil labor con el largo cuchillo.

En realidad, Jim Bridger iba a cumplir diecinueve años ese año y tenía una complexión delgada que lo hacía parecer aún más joven. El año de su nacimiento, 1804, coincidió con el inicio de la expedición de Lewis y Clark. Fue la emoción generada por su regreso lo que llevó al padre de Jim a aventurarse al oeste desde Virginia en 1812.

La familia Bridger se estableció en una pequeña granja en Six-Mile-Prairie cerca de Saint Louis. Para un niño de ocho años, el viaje al oeste era una gran aventura de caminos sinuosos, cazar para comer y dormir bajo el toldo del cielo abierto. En la nueva granja, Jim encontró un campo de juegos de diecisiete hectáreas con praderas, bosques y arroyos. En su primera semana en la nueva propiedad, Jim descubrió un pequeño manantial. Recordaba a la perfección su emoción al llevar a su padre al lugar escondido y su orgullo cuando construyeron la casa junto al manantial. Entre otros negocios, el padre de Jim se aventuró en la topografía. Jim generalmente lo acompañaba, lo que estimuló aún más su gusto por la exploración.

La infancia de Bridger terminó abruptamente a los trece años cuando su madre, padre y hermano mayor murieron de fiebre el mismo mes. De pronto, el chico descubrió que era responsable tanto de sí mismo como de una hermana menor. Una tía anciana fue a cuidar a su hermana, pero la carga financiera de la familia cayó sobre Jim. Tomó un trabajo con el dueño de un *ferry*.

El Misisipi de la infancia de Bridger estaba rebosante de tráfico. Desde el sur, las manufacturas se transportaban río arriba hacia el creciente Saint Louis, mientras que río abajo fluían los toscos recursos de la frontera. Bridger escuchaba historias sobre la gran ciudad de Nueva Orleans y los puertos extranjeros que estaban más allá. Conoció a los salvajes barqueros que llevaban sus productos río arriba con la pura fuerza de su cuerpo y su voluntad. Habló con los conductores que transportaban productos de Lexington y Terre Haute. Vio el futuro del río en la forma de los barcos que escupían vapor, agitándose contracorriente.

Pero no fue el río Misisipi el que atrapó la imaginación de Bridger: fue el Missouri. A unos diez kilómetros de su *ferry*, los dos grandes ríos se unían en uno, las aguas salvajes de la frontera se convertían en la trivial corriente del día a día. Era la confluencia de lo nuevo y lo viejo, lo conocido y lo desconocido, la civilización y lo salvaje. Bridger vivía para los escasos momentos en que los comerciantes de pieles y los viajeros colgaban sus elegantes sacos de lana en el andén del *ferry*, a veces incluso acampaban durante la noche. Lo maravillaban sus historias de indios salvajes, caza abundante, llanuras eternas y montañas elevadas.

Para Bridger la frontera se convirtió en una atractiva presencia que podía sentir, pero no definir, una fuerza magnética que lo jalaba inexorablemente hacia algo de lo que había escuchado, pero que nunca había visto. Un día, un pastor que montaba una mula con la columna hundida abordó el *ferry* de Bridger y le preguntó si conocía la misión que Dios tenía para su vida. Sin pensarlo, Bridger respondió: «Ir a las Rocallosas». El pastor estaba jubiloso y animó al chico a considerar el trabajo de misionero con los salvajes. Bridger no tenía interés en llevarle a Jesús a los indios, pero la conversación hizo mella en él. El chico llegó a creer que ir al oeste era más que el deseo por estar en otro lugar. Llegó a verlo como parte de su alma, una pieza faltante que solo podía completarse en alguna montaña o llanura lejanas.

Con ese futuro imaginado como telón de fondo, Bridger empujó el lento *ferry*. Adelante y atrás, avanzando y retrocediendo, movimiento sin avance, sin aventurarse nunca un kilómetro más allá de los puntos de llegada y salida. Era el opuesto de la vida que había imaginado para sí mismo, una vida de viajes y exploraciones a través de tierras desconocidas, una vida en la que nunca tendría que volver sobre sus pasos.

Tras un año en el *ferry*, Bridger hizo un desesperado e impulsivo esfuerzo por hacer algún avance hacia el oeste, apuntándose como aprendiz de un herrero en Saint Louis. El herrero lo trataba bien e incluso le daba una paga modesta para que les enviara algo a su hermana y su tía. Pero los términos del trabajo de aprendiz eran claros: tenía que pasar cinco años a su servicio.

Si bien el nuevo trabajo no lo ponía en la tierra salvaje, al menos Saint Louis le ofrecía un poco más. Durante media década Bridger se empapó de la sabiduría popular de la frontera. Cuando los llaneros llegaban para herrar sus caballos o reparar sus trampas, Bridger superaba su timidez para preguntarles por sus viajes. ¿Dónde habían estado? ¿Qué habían visto? El chico escuchaba historias sobre John Colter, que venció, desnudo, a cien pies negros que intentaban escalparlo. Como todos en Saint Louis, llegó a tener noticias de comerciantes exitosos como Manuel Lisa y los hermanos Chouteau. Lo más emocionante para Bridger era cuando veía ocasionalmente a los héroes en persona. Una vez al mes, el capitán Andrew Henry visitaba al herrero para herrar a su caballo. Bridger se aseguraba de ofrecerse como voluntario para el trabajo, aunque fuera solo por la oportunidad de intercambiar algunas palabras con el capitán. Sus breves encuentros con Henry eran una reafirmación de fe, una manifestación tangible de algo que de otro modo solo existiría como fábula y leyenda.

Las condiciones del trabajo de aprendiz de Bridger se extendieron hasta su cumpleaños dieciocho, el 17 de marzo de 1882. Por coincidir con los idus de marzo, una compañía local de actores presentó una interpretación de *Julio César* de Shakespeare. Bridger pagó un ojo de la cara por un asiento. La extensa obra no tuvo mucho sentido. Los hombres se veían tontos con vestidos largos, y durante mucho tiempo Bridger no estuvo seguro si los actores hablaban en inglés. Aun así, disfrutó el espectáculo y después de un rato comenzó a desarrollar un gusto por el ritmo del lenguaje poco natural. Un actor atractivo y con voz fuerte pronunció una línea que acompañaría a Bridger durante el resto de su vida.

En los asuntos humanos hay un oleaje que,
Tomado a favor, trae fortuna…

Tres días después, el herrero le contó a Bridger sobre una noticia que publicó el *Missouri Republican*. «A los jóvenes emprendedores…» Bridger sabía que su oleaje había llegado.

Cuando despertó a la mañana siguiente, Bridger encontró a Fitzgerald inclinado sobre Glass, presionando la frente del hombre herido con la mano.

—¿Qué haces, Fitzgerald?

—¿Cuánto lleva con esta fiebre?

Bridger se acercó rápidamente a Glass y tocó su piel. Estaba vaporosa por el calor y el sudor.

—Lo examiné anoche y parecía estar bien.

—Pues ahora no está bien. Son los sudores de la muerte. El hijo de puta al fin se va a ir.

Bridger se quedó ahí, sin saber si sentirse triste o aliviado. Glass comenzó a temblar y tiritar. Parecía haber pocas posibilidades de que Fitzgerald estuviera equivocado.

—Mira, chico…, tenemos que estar preparados para movernos. Voy a explorar el Grand. Tú toma las bayas y muele esa carne hasta convertirla en *pemmican*.

—¿Y Glass?

—¿Qué con él, chico? ¿Te convertiste en doctor en lo que llevamos acampando aquí? Ya no hay nada que podamos hacer.

—Podemos hacer lo que se supone que deberíamos estar haciendo…, esperar con él y enterrarlo cuando muera. Ese fue nuestro trato con el capitán.

—¡Talla una lápida si eso te hace sentir mejor! ¡Constrúyele un jodido altar, maldita sea! Pero si vuelvo y esa carne no está lista, ¡te azotaré hasta que quedes peor que él! —Fitzgerald tomó su fusil y desapareció arroyo abajo.

Era un día típico de principios de septiembre, soleado y fresco por la mañana, caluroso por la tarde. El terreno era más plano donde el arroyo se encontraba con el río; sus aguas fluían en un hilo que se abría sobre un banco de arena antes de unirse a la agitada corriente del Grand. Las huellas esparcidas de la brigada peletera, claras aún después de cuatro días, atrajeron la atención de Fitzgerald. Levantó la vista río arriba, donde un águila se posaba como un centinela en la rama desnuda de un árbol muerto. Algo asustó al ave. Abrió las alas y con dos poderosos aleteos se levantó de su percha. Haciendo un giro agudo sobre la punta de su ala, el ave dio la vuelta y voló río arriba.

El fuerte relincho de un caballo cortó el aire de la mañana. Fitzgerald se dio la vuelta. El sol del día caía directo sobre el río; sus penetrantes rayos se mezclaban con el agua formando un danzante mar de luz. Entrecerrando los ojos ante el resplandor, Fitzgerald pudo distinguir las siluetas de unos indios montados. Se lanzó al suelo. «¿Me vieron?» Se quedó en la tierra durante un instante, con la respiración agitada. Reptó hacia el único refugio disponible, una arboleda de sauces entre la maleza. Escuchó atentamente y oyó de nuevo el relincho, pero no el golpeteo agitado de los caballos al galope. Revisó para asegurarse de que su fusil y su pistola estaban cargados, se quitó el sombrero de piel de lobo y levantó la cabeza para echar un vistazo entre los sauces.

Había cinco indios a una distancia de menos de doscientos metros en la orilla opuesta del Grand. Cuatro de los jinetes formaban un amplio círculo alrededor del quinto, quien azotaba con un látigo a un caballo pinto que se rehusaba a avanzar. Dos se reían y todos parecían fascinados por la lucha con el caballo.

Uno llevaba un penacho completo de plumas de águila. Fitzgerald estaba lo suficientemente cerca para ver con claridad un collar de garra de oso alrededor de su pecho y las pieles que envolvían sus trenzas. Tres llevaban armas; los otros dos, arcos. Ni los hombres ni los caballos tenían pintura de guerra, y Fitzgerald supuso que estaban cazando. No estaba seguro de cuál era su tribu, aunque su suposición era que cualquier indio en ese área vería a los tramperos con hostilidad. Fitzgerald calculó que estaban apenas más allá del alcance del fusil. Eso cambiaría rápidamente si atacaban. Si se acercaban, tendría una oportunidad de disparar con el fusil y otra con la pistola. Podría recargar el fusil una vez si el río los retrasaba. «Tres tiros para cinco blancos.» No le gustaban las probabilidades.

Pecho a tierra, Fitzgerald reptó hacia el cobijo de los sauces más altos, cerca del arroyo. Gateó entre las viejas huellas de la brigada, maldiciendo las marcas que traicionaban tan claramente su posición. Giró de nuevo cuando llegó a los sauces más gruesos, aliviado de que los indios se hubieran mantenido ocupados con el necio caballo pinto. Aun así, llegarían a la confluencia del arroyo con el río en un instante. Notarían el arroyo y luego las huellas. «¡Las malditas huellas!», que señalaban como una flecha arroyo arriba.

Fitzgerald avanzó desde los sauces hasta los pinos. Giró para echar un vistazo final al grupo de caza. El caprichoso caballo pinto había desistido y ahora los cinco indios continuaban por el río. «Tenemos que irnos ya.» Fitzgerald recorrió a toda prisa la corta distancia hasta el campamento por el arroyo.

Bridger estaba azotando la carne del venado contra una piedra cuando Fitzgerald llegó corriendo al claro.

—¡Cinco tipos vienen por el Grand! —Fitzgerald comenzó a echar desesperadamente sus pocas pertenencias en su bolsa. Levantó la vista de pronto, con los ojos llenos de intensidad y miedo y luego de rabia—. ¡Muévete, chico! ¡Seguirán nuestras huellas en cualquier momento!

Bridger guardó carne en su alforja. Se echó su morral y su bolsa de caza al hombro y después tomó su fusil, que estaba recargado contra un árbol junto al Anstadt de Glass. «¡Glass!» Las implicaciones de su huida azotaron al chico como una súbita y aleccionadora bofetada. Bajó la vista hacia el hombre herido.

Por primera vez esa mañana, Glass tenía los ojos abiertos. Mientras Bridger lo observaba, tuvo primero la mirada vidriosa y confundida de alguien que despierta de un profundo sueño. Entre más observaba, más parecía enfocarse. Una vez que lo hubo logrado, era claro que sus ojos devolvían la mirada con absoluta lucidez; era claro que Glass, como Bridger, había comprendido el significado de los indios en el río.

Cada poro del cuerpo de Bridger parecía latir con la intensidad del momento, aunque tenía la impresión de que los ojos de Glass expresaban serenidad. «¿Comprensión? ¿Perdón? ¿O es solo lo que yo quiero creer?» Mientras el chico lo contemplaba, la culpa lo atrapó como un par de colmillos apretados. «¿Qué piensa Glass? ¿Qué pensaría el capitán?»

—¿Estás seguro de que vienen arroyo arriba? —La voz de Bridger se quebró al decirlo. Odiaba su falta de control, su debilidad evidente en un momento que exigía fuerza.

—¿Quieres quedarte a averiguarlo? —Fitzgerald avanzó hacia el fuego para recoger la carne que quedaba secándose en las rejillas.

Bridger miró de nuevo a Glass. El herido movía los labios agrietados, luchando para formar palabras a través de una garganta que se había quedado muda.

—Intenta decir algo. —El chico se arrodilló, esforzándose por entender. Glass levantó lentamente la mano y señaló con un dedo tembloroso. «Quiere el Anstadt»—. Quiere su fusil. Quiere que lo acomodemos con su fusil.

El chico sintió el punzante dolor de una poderosa patada contra su espalda y se descubrió tendido boca abajo. Luchó para incorporarse sobre manos y rodillas, levantando la vista hacia Fitzgerald. La ira de su rostro parecía mezclarse con los rasgos deformes del sombrero de piel de lobo.

—¡Muévete, maldita sea!

Torpemente, Bridger se puso de pie, azorado y con los ojos muy abiertos. Observó cómo Fitzgerald avanzaba hacia Glass, quien estaba tendido boca arriba con sus pocas pertenencias apiladas junto él: una bolsa de caza, un cuchillo en una funda decorada con cuentas, una pequeña hacha, el Anstadt y un cuerno para pólvora.

Fitzgerald se inclinó para tomar la bolsa de caza de Glass. Metió la mano para sacar el pedernal y el raspador de metal, echándolos en el bolsillo frontal de su sayo de cuero. Tomó el cuerno y lo deslizó sobre su hombro. El hacha la acomodó bajo su ancho cinturón de cuero.

Bridger lo contempló sin comprender.

—¿Qué haces?

Fitzgerald se agachó de nuevo, tomó el cuchillo de Glass y se lo lanzó a Bridger.

—Toma esto.

Bridger lo atrapó, contemplando horrorizado la funda en sus manos. Solo quedaba el fusil. Fitzgerald lo levantó, revisando rápidamente que estuviera cargado.

—Lo siento, viejo Glass. Todo esto ya no te servirá de mucho.

Bridger estaba estupefacto.

—No podemos dejarlo sin sus cosas.

El hombre del sombrero de piel de lobo levantó brevemente la mirada y luego desapareció en el bosque.

Bridger miró el cuchillo que tenía en sus manos y luego a Glass, cuyos ojos veían con rabia directamente hacia él, súbitamente reanimados como brasas bajo un fuelle. Bridger se sintió paralizado. Emociones encontradas luchaban en su interior, peleando por comandar sus actos, hasta que una llegó de pronto para imponerse abrumadoramente: estaba asustado.

El chico se dio la vuelta y corrió hacia el bosque.

Siete

2 de septiembre de 1823, por la mañana

E ra de día. Glass podía saberlo sin moverse, pero aparte de eso no tenía idea de la hora. Estaba tendido donde se desplomó el día anterior. La rabia lo llevó hasta la orilla del claro, pero la fiebre lo detuvo allí.

La osa lo había destrozado por fuera y ahora la fiebre lo estaba destrozando por dentro. Sentía como si lo hubieran vaciado. Temblaba sin control, anhelando la calidez abrasadora del fuego. Echó un vistazo al campamento y vio que no salía humo de los restos calcinados de las hogueras. Sin fuego no había calor.

Se preguntó si al menos podría volver a acercarse a su manta andrajosa, e hizo un esfuerzo tentativo por moverse. Cuando reunió fuerzas, la respuesta que le ofreció su espalda fue como un débil eco a través de un gran abismo.

El movimiento irritó algo en lo profundo de su pecho. Sintió que se avecinaba una tos y tensó los músculos de su estómago para reprimirla. Tenía los músculos adoloridos por las muchas batallas anteriores, y a pesar de sus esfuerzos, la tos salió de golpe. Glass hizo una mueca de dolor, como si le extrajeran un anzuelo enterrado profundamente. Se sentía como si le estuvieran extrayendo las entrañas por la garganta.

Cuando el dolor de la tos disminuyó, se enfocó de nuevo en la manta. «Tengo que calentarme.» Requirió toda su fuerza para levantar la cabeza. La manta estaba a unos veinte metros. Rodó sobre su costado hasta apoyarse sobre el estómago, moviendo el brazo izquierdo frente a su cuerpo. Dobló la pierna izquierda y luego la enderezó para impulsarse. Con su único brazo bueno y su única pierna buena, se empujó y se arrastró por el claro. Los seis metros se sintieron como treinta kilómetros, y se detuvo a descansar tres veces. Cada aliento salía como un rechinido de su garganta, y sintió de nuevo una apagada pulsación en su espalda herida. Se estiró para tomar la manta cuando estuvo a su alcance. Se la acomodó alrededor de los hombros, acogiendo el pesado calor de la lana de Hudson's Bay. Luego se desmayó.

Durante la larga mañana, el cuerpo de Glass luchó contra la infección de las heridas. Se deslizó entre la consciencia, la inconsciencia y un estado de confusión intermedio donde todo lo que lo rodeaba era como páginas aleatorias de un libro, destellos desperdigados de una historia sin una continuidad que los uniera. Cuando estaba consciente, deseaba desesperadamente volver a dormir, aunque fuera para descansar del dolor. Pero cada interludio de sueño venía precedido de la aterradora idea de que quizá no volvería a despertar. «¿Así se siente morir?»

Glass no tenía idea de cuánto tiempo llevaba tumbado cuando apareció la serpiente. La observó con una mezcla de terror y fascinación mientras se deslizaba casi con despreocupación desde el bosque hacia el claro. Tenía un toque de prudencia; la serpiente se detuvo en el campo abierto del claro, deslizando la lengua dentro y fuera de la boca para evaluar el aire. Pero, a grandes rasgos, era un depredador en su elemento, en una búsqueda segura de una presa. La serpiente comenzó a avanzar de nuevo, acelerando de pronto su lento movimiento ondulante para impulsarse a una velocidad sorprendente. Fue directamente hacia él.

Glass quiso alejarse rodando, pero había algo inevitable en la forma en la que la serpiente se movía. Una parte de Glass recordó el consejo de mantenerse inmóvil ante la presencia de una serpiente. Se congeló, tanto por hipnosis como por decisión propia. La serpiente avanzó hasta quedar a pocos metros de su rostro y se detuvo. Glass la contempló, intentando imitar la capacidad del reptil para no parpadear. No podía enfrentarla. Los ojos negros de la serpiente eran tan implacables como la peste. Observó, fascinado, cómo la serpiente se enroscaba lentamente en una espiral perfecta; todo su cuerpo estaba al servicio del único propósito de lanzarse para atacar. La lengua entraba y salía de su boca, explorando, evaluando. Desde la mitad del bucle, la cola de la serpiente comenzó a agitarse de atrás hacia adelante; su cascabel era como un metrónomo que marcaba los breves momentos previos a la muerte.

El primer ataque llegó tan rápido que Glass no tuvo tiempo para retroceder. Se quedó contemplando horrorizado cómo la cascabel lanzaba la cabeza hacia adelante, con la quijada abierta, revelando unos colmillos que goteaban veneno. Los hundió en el antebrazo de Glass. Él gritó de dolor mientras el veneno recorría su cuerpo. Sacudió el brazo, pero los colmillos no lo soltaron; la serpiente se sacudía en el aire junto con el brazo de Glass. Finalmente cayó con su largo cuerpo en perpendicular al torso de Glass. Antes de que él pudiera rodar para alejarse, la serpiente se reincorporó y volvió a atacar. Esta vez Glass no pudo gritar. La serpiente enterró sus colmillos en su garganta.

Glass abrió los ojos. El sol caía sobre él, en el único ángulo desde donde podía iluminar el suelo del claro. Rodó cuidadosamente sobre su costado para evitar el resplandor. A diez metros de distancia, una serpiente de cascabel yacía extendida de lado a lado. Una hora antes había devorado un conejo cola de algodón. Ahora un enorme bulto distorsionaba sus proporciones mientras el conejo pasaba lentamente por el tracto digestivo del reptil.

En pánico, Glass se miró el brazo. No tenía marcas de colmillos. Con cuidado, se tocó el cuello, casi esperando encontrar una serpiente pegada a él. Nada. El alivio lo inundó al darse cuenta de que la serpiente, o al menos las mordidas de la serpiente, habían sido los horrores imaginarios de una pesadilla. Miró de nuevo al animal, aletargado mientras su cuerpo trabajaba en digerir a su presa.

Se llevó la mano del cuello al rostro y sintió la gruesa capa de salada humedad del sudor, pero su piel estaba fresca. La fiebre había cedido. «¡Agua!» Su cuerpo le pedía a gritos que bebiera. Se arrastró hacia el manantial. Su garganta destrozada aún le permitía tomar solamente tragos muy pequeños. Incluso esos le causaban dolor, aunque el agua helada se sentía como un bálsamo que lo reavivaba y lo limpiaba desde adentro.

La vida excepcional de Hugh Glass comenzó de una forma nada excepcional como el primogénito de Victoria y William Glass, un albañil inglés de Filadelfia. Filadelfia crecía rápidamente con el cambio de siglo, y los constructores no tenían problemas para encontrar trabajo. William Glass nunca se enriqueció, pero mantenía cómodamente a cinco hijos. Con ojo de albañil, entendía su responsabilidad para con sus hijos como la colocación de unos cimientos. Consideraba que proveerlos de una educación sería el logro con que culminaría su vida.

Cuando Hugh demostró una considerable aptitud académica, William lo animó a seguir la carrera de derecho. Pero Hugh no tenía interés en las pelucas blancas y los libros mohosos de los abogados. Su pasión era la geografía.

La Compañía de Transporte Rawsthorne e Hijos tenía una oficina en la misma calle donde vivía la familia Glass. En el recibidor de su edificio exhibían un enorme globo terráqueo, uno de los pocos que había en Filadelfia. En su camino a casa desde la escuela, Hugh se detenía a diario en la oficina y giraba el globo sobre su eje, explorando los océanos y las montañas del mundo con los dedos. Coloridos mapas adornaban las paredes de la oficina, donde estaban trazadas la mayoría de las rutas de transporte más importantes de su tiempo.

Las delgadas líneas atravesaban anchos océanos, conectando Filadelfia con los grandes puertos del mundo. A Hugh le gustaba imaginar los lugares y las personas que estaban al final de esas delgadas líneas: desde Boston hasta Barcelona, desde Constantinopla hasta Catay.

William aceptó darle a su hijo un poco de libertad y animó a Hugh a estudiar cartografía. Pero a Hugh dibujar mapas le parecía demasiado pasivo. La fuente de su fascinación no estaba en la representación abstracta de lugares, sino en los lugares mismos y sobre todo las vastas áreas denominadas *terra incognita*. Los cartógrafos del momento poblaban esos espacios desconocidos con grabados de aterradores monstruos. Hugh se preguntaba si tales bestias existirían realmente o eran invenciones de la pluma de un cartógrafo. Le preguntó a su padre, quien respondió: «Nadie lo sabe». La intención de William era asustar a su hijo para conducirlo a una búsqueda más práctica. La táctica falló. A los trece años, Hugh anunció su intención de convertirse en capitán de barco.

En 1802, Hugh cumplió dieciséis, y William, temeroso de que el chico se escapara al mar, cedió ante los deseos de su hijo. William conocía al capitán holandés de una fragata de Rawsthorne e Hijos, y le pidió que aceptaran a Hugh a bordo como mozo de cabina. El capitán, Jozias van Aartzen, no tenía hijos propios y tomó muy en serio su responsabilidad hacia Hugh. Durante una década trabajó para educarlo en los asuntos del mar. Cuando el capitán murió en 1812, Hugh había ascendido a la categoría de primer oficial.

La guerra de 1812 interrumpió el negocio tradicional de Rawsthorne e Hijos con Gran Bretaña. La compañía se diversificó rápidamente en nuevos negocios, peligrosos pero lucrativos: burlar bloqueos. Hugh pasó los años de la guerra evitando buques de guerra británicos mientras su veloz fragata transportaba ron y azúcar entre el Caribe y puertos americanos sitiados. Cuando la guerra terminó en 1815, Rawsthorne e Hijos mantuvo sus negocios caribeños y Hugh se convirtió en el capitán de un pequeño buque de carga.

Hugh Glass acababa de cumplir treinta y uno el verano en que conoció a Elizabeth van Aartzen, la nieta de diecinueve años del capitán que lo había educado. Rawsthorne e Hijos patrocinó la celebración del 4 de julio con baile y ron cubano. El estilo del baile no daba pie a conversaciones, pero sí provocaba docenas de breves y emocionantes encuentros. Glass percibió algo único en Elizabeth, algo seguro de sí mismo y desafiante. Se descubrió cautivado por completo.

La llamó al día siguiente y después, cuando atracaba en Filadelfia. Ella tenía mundo y cultura, conversaba con facilidad de personas y lugares remotos. Podían hablar en un lenguaje abreviado, cada uno era capaz de terminar las ideas del otro. Se reían con facilidad de sus historias. El tiempo que pasaba lejos de Filadelfia se volvió una tortura, pues Glass recordaba el brillo del sol de la mañana en sus ojos, su piel pálida bajo la luz de la luna en un barco.

En un brillante día de mayo de 1818, Glass volvió a Filadelfia con una pequeña bolsa de terciopelo en el bolsillo del pecho de su uniforme. Dentro guardaba una resplandeciente perla que colgaba de una delicada cadena de oro. Se la dio a Elizabeth y le pidió que se casara con él. Planearon la boda para el verano.

Glass se fue una semana después hacia Cuba, donde se encontró atrapado en el puerto de La Habana, esperando la resolución de una disputa local sobre la entrega tardía de cien barriles de ron. Tras un mes en La Habana, llegó otro barco de Rawsthorne e Hijos. Trajo una carta de su madre con la noticia de que su padre había muerto. Le imploraba que volviera a Filadelfia inmediatamente.

Hugh sabía que la disputa por el ron bien podía tardar meses en resolverse. En ese tiempo podía viajar a Filadelfia, encargarse de la herencia de su padre y volver a Cuba. Si en La Habana los procedimientos legales avanzaban con más rapidez, su primer oficial podía conducir el barco de regreso a Filadelfia. Glass reservó un lugar en el *Bonita Morena*, una embarcación mercantil española cuya salida hacia Baltimore estaba programada para esa semana.

Resultó que el barco español nunca navegaría más allá de las murallas del Fuerte McHenry, y Glass nunca volvería a ver Filadelfia. A un día de haber salido de La Habana, apareció un navío sin bandera en el horizonte. El capitán del *Bonita Morena* intentó huir, pero su lenta embarcación no podía competir con el veloz cúter pirata. Este llegó junto al barco mercantil y disparó cinco cañones cargados con racimos de metralla. Con cinco de sus marineros muertos en cubierta, el capitán arrió las velas.

El capitán esperaba que su rendición los indultara. No lo hizo. Veinte piratas abordaron el *Bonita Morena*. El líder, un mulato con un diente y una cadena de oro, se acercó al capitán, quien estaba formalmente parado en el puesto de mando.

El mulato sacó un revólver de su cinturón y le disparó a quemarropa en la cabeza. La tripulación y los pasajeros se quedaron pasmados, esperando su destino. Hugh Glass estaba entre ellos, mirando a los bucaneros y a su embarcación. Hablaban una retorcida mezcla de criollo, francés e inglés. Glass sospechó, correctamente, que eran baratarianos, soldados de infantería del creciente sindicato del pirata Jean Lafitte.

Jean Lafitte había plagado el Caribe años antes de la guerra de 1812. Los americanos le pusieron poca atención, ya que sus blancos eran principalmente británicos. En 1814, descubrió una vía autorizada para dar rienda suelta a su odio contra Inglaterra. El teniente general Sir Edward Pakenham y seiscientos veteranos de Waterloo sitiaron Nueva Orleans. Al frente del ejército americano, el general Andrew Jackson se vio superado cinco a uno en número. Cuando Lafitte ofreció los servicios de sus baratarianos, Jackson no pidió referencias. Lafitte y sus hombres combatieron valientemente en la batalla de Nueva Orleans. En la embriaguez de la victoria americana, Jackson aconsejó un perdón absoluto para Lafitte por sus crímenes anteriores, y el presidente Madison se lo concedió rápidamente.

Lafitte no tenía intenciones de abandonar la profesión que había elegido, pero aprendió el valor del apoyo de la corona. México estaba en guerra con España. Lafitte estableció un asentamiento en la isla de Galveston que llamó Campeche, y ofreció sus servicios a la Ciudad de México. Los mexicanos contrataron a Lafitte y su pequeño navío, autorizando el ataque contra cualquier barco español. A cambio, Lafitte obtuvo permiso para saquear.

La brutal realidad de este arreglo se presentaba ahora ante los ojos de Hugh Glass. Cuando dos miembros de la tripulación avanzaron para ayudar al capitán, herido de muerte, les dispararon a ambos. Las tres mujeres que había a bordo, incluyendo una anciana viuda, fueron llevadas al cúter, donde una tripulación lasciva les dio la bienvenida a bordo. Mientras una banda de piratas inspeccionaba el cargamento bajo la cubierta, otro grupo comenzó una evaluación más sistemática de la tripulación y los pasajeros. A dos ancianos y un banquero obeso les fueron retiradas todas sus posesiones y los lanzaron al mar.

El mulato hablaba español y también francés. Se paró frente a la tripulación cautiva, explicándoles sus opciones. Cualquier hombre dispuesto a renunciar a España podía unirse al servicio de Jean Lafitte. Cualquier hombre que no lo estuviera podía unirse a su capitán. La docena de marineros eligió a Lafitte. La mitad fue llevada al cúter, la otra mitad se unió a una tripulación pirata en el *Bonita Morena*.

Aunque Glass apenas hablaba algunas palabras en español, entendió lo principal del ultimátum del mulato. Cuando este se le acercó con el revólver en mano, Glass se señaló a sí mismo y dijo una palabra en francés: «*Marin*». Marinero.

El mulato lo contempló, evaluándolo en silencio. Una sonrisa cruel y divertida apareció en la orilla de su boca, y dijo: «À *bon? Okay Monsieur le marin, hissez le foc*», pidiéndole que izara las velas.

Glass buscó desesperadamente en los rincones de su rudimentario francés. No tenía idea de qué significaba *hissez le foc*. Sin embargo, en ese contexto entendía muy claramente el alto riesgo que implicaba la prueba del mulato. Asumiendo que el reto involucraba su buena fe como marino, avanzó con seguridad hacia la proa del barco y tomó el motón de la vela que lanzaría el barco contra el viento.

«*Bien fait, Monsieur le marin*», dijo el mulato. Era agosto de 1819. Hugh Glass se había convertido en pirata.

Glass miró de nuevo la abertura en el bosque por donde Fitzgerald y Bridger habían huido. Su quijada se endureció mientras pensaba en lo que habían hecho, y sintió de nuevo el deseo visceral de lanzarse a perseguirlos. Pero esta vez también sintió la debilidad de su cuerpo. Por primera vez desde el ataque de la osa, tenía la mente despejada. Con esa claridad vino una valoración alarmante de su situación.

Con considerable turbación, Glass comenzó a examinar sus heridas. Con la mano izquierda siguió los bordes de su cabeza. Había alcanzado a ver una imagen borrosa de su rostro en las aguas estancadas del manantial, y pudo ver que la osa casi le había escalpado. Como nunca había sido un hombre vanidoso, su apariencia le resultaba particularmente irrelevante dado el estado de cosas. Si sobrevivía, suponía que sus cicatrices podrían ofrecerle incluso cierto respeto entre sus compañeros.

Lo que le preocupaba era su garganta. Incapaz de ver la herida salvo en el reflejo del manantial, solo pudo indagar cuidadosamente con los dedos. Glass se tocó las suturas y apreció las rudimentarias habilidades quirúrgicas del capitán Henry. Tenía un vago recuerdo del capitán trabajando sobre él momentos después del ataque, aunque los detalles y la cronología seguían borrosos.

Estirando su cuello hacia abajo, pudo ver que las marcas de garras se extendían desde sus hombros hasta su cuello. La grizzly le arañó profundamente los músculos del pecho y la parte superior del brazo. La brea de pino de Bridger había sellado las heridas. Se veían relativamente saludables, aunque un agudo dolor muscular le impedía levantar el brazo derecho. La brea de pino le hizo pensar en Bridger. Recordaba que el chico le había cuidado las heridas. Aun así, no fue la imagen de Bridger curándolo la que se grabó en su mente. En vez de eso, lo vio mirando hacia atrás desde la orilla del claro, con el cuchillo robado en mano.

Miró a la serpiente y reflexionó: «Dios, qué no daría por mi cuchillo». La cascabel aún podía moverse. Evitó seguir pensando en Fitzgerald y Bridger. «Ahora no.»

Glass bajó la mirada hacia su pierna derecha. La brea de Bridger cubría las heridas de la parte alta de su muslo; tenía la extremidad tiesa como la de un cadáver. Puso a prueba la pierna rodando ligeramente para reacomodar el peso, luego empujando hacia abajo. Un dolor intolerable emanó de las heridas. Claramente, la pierna no soportaría ningún peso.

Por último, con el brazo izquierdo examinó las profundas tajadas de su espalda. Sus dedos palparon los cinco cortes paralelos. Tocó la pegajosa mezcolanza de brea de pino, suturas y costra. Cuando se miró la mano, también tenía sangre fresca. Las cortadas comenzaban en su trasero y se volvían más profundas conforme subían por su espalda. Las heridas más graves estaban entre los omóplatos, donde su mano no alcanzaba.

Habiendo completado su autoexploración, Glass llegó a varias conclusiones con impasiblidad: estaba indefenso. Si los indios o los animales lo descubrían, no podría ofrecer resistencia. No podía quedarse en el claro. No estaba seguro de cuántos días había estado en el campamento, pero sabía que el manantial cubierto debía de ser bien conocido por cualquier indio de la zona. Glass no tenía idea de por qué no lo habían descubierto el día anterior, pero sabía que su suerte no podía durar mucho más.

Pese al riesgo de encontrarse con indios, Glass no tenía intenciones de alejarse del Grand. Era una fuente conocida de agua, comida y orientación. Pero había una pregunta crítica: ¿río arriba o abajo? Por más que Glass quisiera embarcarse en una búsqueda inmediata de quienes lo traicionaron, sabía que hacerlo sería una estupidez. Estaba solo, sin armas, en una tierra hostil. Se encontraba débil por la fiebre y el hambre. No podía caminar.

Le dolía considerar una retirada, incluso una temporal, pero Glass sabía que no había otra opción. El establecimiento comercial del Fuerte Brazeau se hallaba a más de quinientos sesenta kilómetros río abajo, en la confluencia del río White y el Missouri. Si podía llegar hasta ahí, conseguiría provisiones y luego comenzaría su búsqueda en serio.

«Quinientos sesenta kilómetros.» Un hombre saludable en un buen clima podría cubrir esa distancia en dos semanas. «¿Qué tan lejos puedo arrastrarme en un día?» No tenía idea, pero no planeaba quedarse en un solo lugar. No parecía que tuviera el brazo y la pierna inflamados, y Glass asumió que se curarían con el tiempo. Gatearía hasta que su cuerpo pudiera soportar un bastón. Si solo cubría cinco kilómetros al día, que así fuera. Mejor tener esos cinco kilómetros detrás de él que delante. Además, moverse aumentaría sus posibilidades de encontrar comida.

El mulato y su barco español recién capturado navegaron al oeste, hacia la bahía de Galveston y la colonia pirata de Lafitte en Campeche. Atacaron a otro comerciante español a ciento sesenta kilómetros al sur de Nueva Orleans, atrayendo a su presa con el disfraz de la bandera española del *Bonita Morena* hasta que quedó al alcance de su cañón. Una vez a bordo de su nueva víctima, la *Castellana*, los bucaneros realizaron de nuevo su brutal selección. Esta vez tenían prisa, ya que la descarga del cañón había destrozado la *Castellana* más allá de la línea de flotación. Se hundía.

Los piratas estaban de suerte. La *Castellana* iba de Sevilla a Nueva Orleans con un cargamento de armas pequeñas. Si podían sacar las pistolas del barco antes de que se hundiera, obtendrían una enorme ganancia. Lafitte estaría complacido.

El asentamiento de Texas había comenzado a concretarse en 1819, y el enclave pirata de Jean Lafitte de la isla de Galveston trabajaba diligentemente para llevarle suministros. Los pueblos brotaban como plantas desde el río Grande hasta el Sabine, y todos ellos necesitaban provisiones. El particular método de Lafitte para obtener sus mercancías hacía innecesarios a los intermediarios. De hecho, eliminó literalmente a los intermediarios. Dada su ventaja competitiva sobre tratantes más convencionales, Campeche creció, convirtiéndose en un imán para toda clase de traficantes, negreros, piratas en ciernes y cualquiera que buscara un ambiente tolerante con el comercio ilícito. El estatus ambiguo de Texas ayudó a proteger a los piratas de Campeche de la intervención de poderes externos. México se beneficiaba de los ataques a los barcos españoles, y España se encontraba demasiado débil para desafiarlos. Durante un tiempo, los Estados Unidos estuvieron dispuestos a mirar al otro lado. Después de todo, Lafitte dejaba en paz a los barcos americanos y, sobre todo, era el héroe de la batalla de Nueva Orleans.

Aunque sin grilletes físicos, Hugh Glass se encontraba profundamente atrapado en la empresa criminal de Jean Lafitte. A bordo, cualquier tipo de rebelión tendría como resultado la muerte. Su participación en diversos ataques a comerciantes españoles no dejaba lugar a dudas de la posición de los piratas respecto a quienes no estaban de acuerdo con ellos. Glass se las arregló para evitar derramar sangre con sus propias manos; las demás acciones las justificaba con la doctrina de la necesidad.

El tiempo que pasaba en tierra tampoco le ofrecía a Glass ninguna oportunidad razonable para escapar. Lafitte era el gobernante supremo de la isla. Toda la bahía de Texas estaba habitada sobre todo por indios karankawa, conocidos por su canibalismo. Más allá del territorio de los karankawa estaban los tónkawa, los comanches, los kiowa y los osage. Ninguno de esos pueblos era hospitalario con los blancos, aunque no tenían tendencia a comérselos. Los pequeños parches de civilización desperdigados aún incluían un gran número de españoles, que eran propensos a colgar por pirata a cualquiera que llegara por la costa. Bandidos mexicanos y justicieros texicanos daban el toque final a la mezcla de esa tierra.

Finalmente, la voluntad del mundo civilizado de tolerar un floreciente estado pirata tenía sus límites. El más importante fue que los Estados Unidos decidieron mejorar sus relaciones con España. Este esfuerzo diplomático se hizo más difícil por el acoso constante a los barcos españoles, generalmente en aguas de los Estados Unidos. En noviembre de 1820, el presidente Madison envió a Campeche al teniente Larry Kearney, el USS *Enterprise* y una flota de buques de guerra americanos. El teniente le ofreció a Lafitte una sucinta elección: abandonar la isla o explotar en pedazos.

Jean Lafitte podía ser intrépido, pero también era pragmático. Cargó sus barcos con todo el botín que le fue posible, prendió fuego a Campeche y se fue navegando con su flota de bucaneros para no reaparecer en la historia nunca más.

Hugh Glass se detuvo en las caóticas calles de Campeche esa noche de noviembre y tomó una súbita decisión sobre el rumbo de su futuro. No tenía intención de unirse a la banda de piratas en su huida. Glass había llegado a ver el mar, al que alguna vez abrazó como sinónimo de libertad, como nada más que el reducido perímetro de pequeños barcos. Decidió virar en una nueva dirección.

El resplandor carmesí del fuego proveyó a la última noche de Campeche de un esplendor apocalíptico. Los hombres se agolpaban en los diseminados edificios, tomando cualquier cosa de valor. El licor, que nunca escaseó en la isla, fluía con especial desenfreno. Las disputas por el botín encontraban una rápida solución con las armas de fuego, llenando el pueblo del ritmo de las explosiones de pequeñas armas. Corrieron rumores enloquecidos de que la flota americana iba a bombardearlo. Los hombres luchaban salvajemente por trepar a bordo de los barcos que estaban por zarpar, cuyas tripulaciones combatían a los pasajeros no deseados con espadas y revólveres.

Mientras Glass se preguntaba adónde ir, chocó de frente con un hombre llamado Alexander Greenstock. Al igual que Glass, Greenstock era un prisionero que había sido reclutado cuando su barco fue capturado. Glass trabajó con él en una incursión reciente al golfo.

—Sé que hay un esquife en la costa sur —dijo Greenstock—. Iré en él a tierra firme.

Entre las pobres opciones en contienda, los riesgos de tierra firme parecían el menor de los males. Glass y Greenstock avanzaron por el pueblo. Ante ellos, en un camino estrecho, tres hombres fuertemente armados viajaban sobre una carreta jalada por caballos, precariamente provista de barriles y cajas de embalaje. Un hombre azotaba al caballo, mientras los otros dos vigilaban su botín. La carreta golpeó una piedra y una caja rodó al suelo con estruendo. Los hombres la ignoraron, apresurándose para alcanzar su barco.

Sobre la caja se leía «Kutztown, Pensilvania». Dentro había fusiles recién hechos por la armería de Joseph Anstadt. Glass y Greenstock tomaron un arma cada uno, sin poder creer su suerte. Rebuscaron en los pocos edificios que no habían quedado reducidos a cenizas y finalmente encontraron balas, pólvora y unos cuantos cachivaches que intercambiar.

Les tomó casi toda la noche remar por la orilla este de la isla y cruzar la bahía de Galveston. El agua capturaba la luz danzante de la colonia en llamas, dando la impresión de que toda la bahía estaba ardiendo. Vieron claramente los pesados perfiles de la flota americana y los barcos de Lafitte huyendo. Cuando estuvieron a menos de cien metros de tierra firme, una enorme explosión retronó desde la isla. Glass y Greenstock voltearon para ver hongos de fuego bramando en la *Maison Rouge*, la residencia y armería de Jean Lafitte. Remaron los últimos metros que los separaban de la bahía y saltaron al oleaje bajo. Glass chapoteó hasta la orilla, dejando el mar tras de sí para siempre.

Sin plan ni destino, los dos hombres avanzaron con lentitud por la costa de Texas. Establecieron su rumbo basándose más en lo que querían evitar que en lo que deseaban encontrar. Se preocupaban constantemente por los karankawa. En la playa se sentían expuestos, pero las gruesas selvas de caña y los lodosos pantanos los desanimaban de avanzar tierra adentro. Se preocupaban por las tropas españolas y por la flota americana.

Después de caminar durante siete días, los diminutos puestos fronterizos de Nacogdoches aparecieron en la distancia. Sin duda habían llegado noticias del asalto americano a Campeche. Supusieron que los locales pensarían que cualquiera que llegara desde Galveston era un pirata fugitivo, firme candidato a ser colgado en cuanto lo vieran. Glass sabía que Nacogdoches era el punto de partida del enclave español de San Fernando de Bexar. Decidieron evitar el pueblo y cortar camino tierra adentro. Esperaban que lejos de la costa tuvieran menos conocimiento de los acontecimientos de Campeche.

Sus esperanzas eran erróneas. Llegaron a San Fernando de Bexar seis días después y fueron arrestados rápidamente por los españoles. Tras una semana en la sofocante celda de una prisión, ambos fueron presentados ante el comandante Juan Palacio del Valle Lersundi, el magistrado local.

El comandante Palacio los observó con una mirada cansada. Era un soldado desilusionado, un aspirante a conquistador que en vez de eso se convirtió en el administrador de una polvorienta zona aislada en la recta final de una guerra que sabía que España perdería. Mientras el comandante contemplaba a los dos hombres que tenía frente a él, pensó que lo más fácil sería ordenar que los colgaran. Como recorrían la costa sin nada más que sus rifles y sus ropas, asumió que eran piratas o espías, aunque ambos aseguraban haber sido capturados por Lafitte mientras viajaban en barcos españoles.

Pero el Comandante Palacio no tenía ganas de ahorcamientos. La semana anterior había sentenciado a muerte a un joven soldado español por quedarse dormido durante una guardia, el castigo prescrito para esa infracción. El ahorcamiento lo dejó profundamente deprimido y pasó la mayor parte de la semana confesándose con el padre local. Contempló a los dos prisioneros y escuchó su historia. ¿Era la verdad? ¿Cómo podía estar seguro? Y sin saberlo, ¿con qué autoridad podía quitarles la vida?

Les ofreció a Glass y Greenstock un trato. Eran libres de irse de San Fernando de Bexar con una condición: que viajaran hacia el norte. Si iban al sur, Palacio temía que otras tropas españolas los atraparan. Lo último que necesitaba era una reprimenda por indultar piratas.

Los hombres conocían poco Texas, pero Glass se entusiasmó de pronto, a punto de aventurarse sin brújula al interior del continente.

Y así comenzaron a avanzar hacia el norte y el este, asumiendo que en algún momento se toparían con el gran Misisipi. Durante más de ciento sesenta kilómetros de caminata, Glass y Greenstock se las arreglaron para sobrevivir en la llanura de Texas. Las presas eran abundantes, incluyendo miles de cabezas de ganado salvaje, así que la comida casi no era un problema. El peligro venía de los territorios de indios hostiles. Tras sobrevivir al territorio de los karankawa, evitaron exitosamente a los comanches, los kiowa, los tónkawa y los osage.

Su suerte se terminó en las orillas del río Arkansas. Acababan de cazar una cría de búfalo y se preparaban para destazarlo. Veinte loup pawnee a caballo escucharon el disparo y fueron a toda velocidad hacia la cresta de una colina ondulante. La planicie sin árboles no ofrecía ningún escondite, ni siquiera rocas. Sin caballos, no tenían ni una oportunidad. Tontamente, Greenstock levantó su arma y la detonó, disparándole al caballo de uno de los guerreros que los atacaba. Un instante después estaba muerto, con tres flechas en el pecho. Solo una hirió a Glass en el muslo.

Glass ni siquiera levantó su rifle, contemplando con una fascinación desconectada de los acontecimientos cómo diecinueve caballos iban a toda velocidad hacia él. Atisbó brevemente la pintura del pecho del caballo guía y su pelo negro contra el cielo azul, pero apenas sintió la piedra redondeada de la vara india que se estrelló contra su cráneo.

Un jefe anciano con el cabello peinado en mechones rígidos se le acercó, bajando la mirada hacia el extraño hombre que tenía frente a él, uno de los pocos blancos que había visto en su vida. El jefe, llamado Toro Que Patea, dijo algo que Glass no entendió, aunque los pawnee reunidos comenzaron a vitorear y ulular, claramente encantados. Glass se hallaba tendido sobre la orilla de un gran círculo en medio de la aldea. Conforme su visión borrosa comenzó a enfocarse, vio una pira cuidadosamente preparada en el centro del círculo y rápidamente conjeturó cuál era la causa de la alegría de los pawnee. Una anciana les gritó a unos niños, quienes se echaron a correr mientras los pawnee se dispersaban para preparar la quema ceremonial.

Dejaron solo a Glass y este pudo evaluar su situación. Imágenes gemelas del campamento flotaban frente a sus ojos, uniéndose solamente si entrecerraba los ojos o cerraba uno de ellos. Al bajar la mirada hacia su pierna, vio que los pawnee le habían hecho el favor de arrancarle la flecha. No había penetrado profundamente, pero la herida sin duda le haría ir más lento si intentaba huir. En resumen, apenas podía ver y caminar; ni hablar de correr.

Dio unos golpecitos sobre el bolsillo frontal de su camisa, aliviado de que el pequeño envase de pintura de cinabrio no se le hubiera caído. El cinabrio era uno de los pocos bienes con los que comerciar que había tomado en su escape de Campeche. Rodando hacia su costado para ocultar sus acciones, sacó el envase, lo abrió y escupió en el polvo, mezclándolo con el dedo. Luego extendió la pintura sobre su rostro, cubriendo cuidadosamente cada centímetro de piel expuesta desde la frente hasta el borde de su camisa. También se untó una gran cantidad de la densa pintura en la palma de la mano. Volvió a tapar el pequeño bote y lo enterró en el arenoso terreno que tenía debajo de él. Al terminar, rodó sobre su estómago, descansando su cabeza en el recodo de su brazo para ocultar su cabeza.

Se quedó en esa posición hasta que fueron por él, mientras escuchaba los animados preparativos de su ejecución. Cayó la noche, aunque un enorme fuego iluminaba el círculo del centro del campamento pawnee.

En realidad, Glass nunca estuvo seguro de si planeó su acto como una especie de gran gesto simbólico final o si realmente esperaba el efecto que de hecho tuvo. Había escuchado que la mayoría de los salvajes eran supersticiosos. En cualquier caso, el efecto fue dramático y, como resultado, salvó su vida.

Dos guerreros pawnee y el jefe Toro Que Patea fueron a cargarlo hasta la pira. Cuando lo encontraron tendido con la cara hacia abajo, lo interpretaron como una señal de miedo. Toro Que Patea cortó las ataduras del poste, mientras los dos guerreros lo tomaban de un hombro cada uno para ponerlo de pie de un tirón. Ignorando el dolor de su muslo, Glass se levantó de golpe hasta estar cara a cara con el jefe, los guerreros y la tribu reunida.

La tribu pawnee quedó con la boca abierta por el impacto. Glass tenía todo el rostro rojo como la sangre, como si le hubieran arrancado la piel. Lo blanco de sus ojos atrapaba la luz del fuego y brillaba como la luna de otoño. La mayoría de los indios nunca había visto a un hombre blanco, así que su barba poblada contribuía a darle la apariencia de animal demoniaco. Glass golpeó a uno de los guerreros con la mano abierta, dejando una huella bermellón grabada en su pecho. La tribu ahogó un grito colectivo.

Durante un largo momento hubo completo silencio. Glass contempló a los pawnee y los azorados pawnee lo contemplaron a él. Un poco sorprendido por el éxito de su táctica, Glass se preguntó qué debería hacer a continuación. Entró en pánico al pensar que uno de los indios pudiera recuperar de pronto la compostura. Glass decidió comenzar a gritar, e incapaz de pensar en nada más que decir, empezó a recitar a gritos el Padre Nuestro:

—Padre nuestro, que estás en los cielos, santificado sea tu nombre...

El jefe Toro Que Patea lo contempló totalmente confundido. Había visto unos cuantos blancos antes, pero este hombre parecía una especie de chamán o demonio. Ahora el extraño canto del hombre parecía hechizar a toda la tribu.

Glass siguió vociferando:

—Tuyo es el reino, tuyo el poder y la gloria por siempre, Señor. Amén.

Finalmente el hombre dejó de gritar. Se quedó ahí, jadeando como un caballo agotado. El jefe Toro Que Patea miró a su alrededor. Su gente miraba de un lado a otro, al jefe y al enloquecido hombre demonio. El jefe Toro Que Patea podía sentir el reproche de la tribu. ¿Qué les había llevado? Era tiempo de tomar nuevas medidas.

Avanzó lentamente hacia Glass, deteniéndose frente a él. El jefe se llevó la mano al cuello para quitarse un collar del cual colgaba un par de patas de halcón. Se lo puso a Glass alrededor del cuello, mirando inquisitivamente al hombre demonio a los ojos.

Glass miró al círculo que tenía frente a él. En el centro, cerca de la pira, había una fila de cuatro sillas bajas hechas de mimbre tejido. Claramente eran los asientos de primera fila para el espectáculo que hubiera sido su quema ritual. Cojeó hasta una de las sillas y se sentó. El jefe Toro Que Patea dijo algo, y dos mujeres corrieron rápidamente a traer agua y comida. Luego le dijo algo al guerrero con la huella bermellón en el pecho. El guerrero salió a toda prisa; volvió con el Anstadt y lo colocó en el suelo junto a Glass.

Glass pasó casi un año con los loup pawnee en las llanuras entre los ríos Arkansas y Platte. Después de superar su desconfianza inicial, Toro Que Patea adoptó al hombre blanco como un hijo. Lo que Glass no había aprendido sobre la supervivencia en la tierra salvaje en su viaje desde Campeche lo aprendió de los pawnee durante ese año.

En 1821, algunos hombres blancos habían comenzado a viajar por las llanuras entre el Platte y el Arkansas. Ese verano, Glass estaba cazando con un grupo de diez pawnee cuando se encontraron con dos hombres con una carreta. Glass les pidió a sus amigos pawnee que se quedaran atrás y avanzó lentamente. Los hombres eran agentes federales enviados por William Clark, Superintendente de Asuntos Indios de los Estados Unidos. Clark invitaba a los jefes de todas las tribus circundantes a Saint Louis. Para demostrar la buena fe del gobierno, la carreta estaba cargada de regalos: mantas, agujas para coser, cuchillos, ollas de hierro fundido.

Tres semanas después, Glass llegó a Saint Louis acompañado por Toro Que Patea.

Saint Louis estaba en la frontera entre las dos fuerzas que atraían a Glass. Desde el este sentía de nuevo el poderoso llamado de sus raíces en el mundo civilizado: a Elizabeth y a su familia, a su profesión y a su pasado. Desde el oeste sentía la seductora atracción de *terra incognita*, de la libertad sin igual, de los nuevos comienzos. Glass envió tres cartas a Filadelfia: a Elizabeth, a su madre y a Rawsthorne e Hijos. Tomó un trabajo administrativo con la Compañía de Transporte de Misisipi y esperó respuesta.

Pasaron más de seis meses. A principios de marzo de 1822 llegó una carta de su hermano. Le escribió que su madre había muerto apenas un mes después que su padre.

Eso no era todo. «Además, es mi triste deber informarte que tu querida Elizabeth ha muerto. Contrajo una fiebre en enero pasado y, aunque luchó, no se recuperó.» Glass se desplomó sobre una silla. La sangre abandonó su rostro y se preguntó si vomitaría. Siguió leyendo: «Espero que te dé tranquilidad saber que sus restos descansan cerca de mamá. También deberías saber que su fidelidad hacia ti fue inquebrantable, incluso cuando todos creímos que habías muerto».

El 20 de marzo, Glass llegó a las oficinas de la Compañía de Transporte de Misisipi para encontrar a un grupo de hombres apiñados alrededor de un anuncio en el *Missouri Republican*. William Ashley estaba formando una brigada peletera con destino al norte de Missouri.

Una semana después, llegó una carta de Rawsthorne e Hijos en la que le ofrecían un nuevo cargo como capitán de un cúter en el trayecto de Filadelfia a Liverpool. La tarde del 14 de abril leyó la oferta por última vez y luego la lanzó al fuego, viendo cómo las llamas devoraban el último eslabón tangible que lo unía con su vida anterior.

A la mañana siguiente, Hugh Glass se unió al capitán Henry y los hombres de la Compañía Peletera de Rocky Mountain. A sus treinta y seis años, Glass ya no se consideraba un hombre joven. Y a diferencia de los jóvenes, Glass no se consideraba alguien sin nada que perder. Su decisión de ir al oeste no era apresurada ni forzada, sino tan deliberada como cualquier otra elección en su vida. Al mismo tiempo, no podía explicar ni articular sus razones. Era algo que sentía, más que algo que entendiera.

En una carta a su hermano, escribió: «Me siento llamado a hacer esto como nunca me había sentido llamado a hacer nada en mi vida. Estoy seguro de que tengo razón al hacerlo, aunque no te puedo decir exactamente por qué».

Ocho

2 de septiembre de 1823, por la tarde

Glass volvió a mirar con atención a la serpiente de cascabel, aún aletargada por la absorbente tarea de digerir a su presa. No se había movido ni un centímetro desde que Glass recuperó la consciencia. «Comida.»

Tras saciar su sed en el pequeño manantial, Glass tomó conciencia de un hambre profunda e intensa. No tenía idea de cuánto tiempo había pasado desde la última vez que comió, pero le temblaban las manos por la falta de sustento. Cuando levantó la cabeza, el claro giró lentamente formando un círculo a su alrededor.

Se arrastró cuidadosamente hacia la serpiente, con la imagen de su horrible sueño aún vívida. Se movió hasta quedar a menos de dos metros, deteniéndose para tomar una piedra del tamaño de una nuez. Con la mano izquierda echó a rodar la piedra, que golpeó a la serpiente. Esta no se movió. Glass tomó una piedra del tamaño de un puño y se arrastró hasta que tuvo la serpiente a su alcance. Demasiado tarde, la serpiente hizo un lento movimiento para esconderse. Glass aplastó la roca contra su cabeza, golpeándola repetidas veces hasta que estuvo seguro de que estaba muerta.

Después de matar a la cascabel, el siguiente reto de Glass era destriparla. Miró a su alrededor. Su bolsa de caza estaba cerca de la orilla del claro. Gateó hasta ella, vaciando lo que quedaba de su contenido en el suelo: unas cuantas torundas para limpiar su fusil, una navaja de afeitar, dos patas de halcón en un collar de cuentas y la garra de quince centímetros de la osa grizzly que estaba en la bolsa; se preguntó cómo llegó allí. Tomó las torundas, pensando que podría usarlas para encender un fuego y reconociendo con amargura que no servirían para su propósito original. La navaja de afeitar fue el único gran descubrimiento. Su hoja era demasiado frágil para funcionar como un arma, pero podía servir para varias finalidades prácticas. La más inmediata: destazar a la serpiente. Echó la navaja de afeitar en la bolsa de caza, se la colgó de su hombro y se arrastró de nuevo hacia la serpiente.

Las moscas ya sobrevolaban la cabeza ensangrentada de la serpiente. Glass era más respetuoso. Una vez había visto la cabeza cercenada de una serpiente enterrarse en la nariz de un perro fatalmente curioso. Recordando al desafortunado perro, puso una larga vara sobre la cabeza de la serpiente y la presionó con su pierna izquierda. No podía levantar el brazo derecho sin provocarse un intenso dolor en el hombro, pero la mano le funcionaba con normalidad. La usó para manejar la navaja, serruchando con la hoja para separar la cabeza del cuerpo. Con el palo lanzó la cabeza hacia la orilla del claro.

Abrió la panza comenzando por el cuello. La navaja perdió el filo rápidamente, reduciendo su efectividad a cada centímetro. Se las arregló para cortar la serpiente de lado a lado con un tajo de casi metro y medio. Con la serpiente abierta, le sacó las entrañas y las lanzó a un lado. Comenzando de nuevo por el cuello, separó la piel escamosa del músculo con la navaja. Ahora la carne brillaba frente a él, irresistible ante su hambre.

Mordió la serpiente, arrancando la carne cruda como si fuera una mazorca de maíz. Finalmente arrancó un trozo. Masticó la carne elástica, aunque sus dientes servían de poco para cortarla. Sin hacer caso a nada más que su hambre, cometió el error de tragar. El enorme trozo de carne cruda se sintió como una piedra al pasar por su esófago herido. El dolor le hizo tener arcadas. Tosió, y por un instante pensó que podría ahogarse. Finalmente la carne pasó por su esófago.

Aprendió la lección. Pasó el resto de las horas de luz sacando pequeños trozos de carne con el rastrillo, aplastándolos entre dos rocas para romper la carne fibrosa y luego mezclando cada bocado con un gran trago de agua del manantial. Era una manera ardua de comer, y Glass aún se sentía hambriento cuando llegó a la cola. Era preocupante, pues dudaba que su siguiente comida le llegara con tanta facilidad.

En los últimos momentos de luz examinó los cascabeles de la punta de la cola. Había diez, uno por cada año de vida de la serpiente. Glass nunca había visto a una serpiente con diez cascabeles. «Diez años son mucho tiempo.» Pensó en la serpiente, sobreviviendo y prosperando durante una década con la fuerza de sus brutales atributos. Y luego un solo error, un momento de exposición, y había terminado muerta, devorada casi antes de que su sangre dejara de correr. Cortó los cascabeles de los restos de la serpiente y los recorrió con sus dedos como un rosario. Después de un rato los echó en su bolsa de caza. Quería que le sirvieran como recordatorio.

Estaba oscuro. Glass se envolvió en su manta, encorvó la espalda y se quedó dormido.

Despertó de un sueño irregular, sediento y hambriento. Cada herida le dolía. «Quinientos sesenta kilómetros al Fuerte Kiowa.» Sabía que no podía permitirse pensar en eso, no del todo. «Un kilómetro a la vez.» Se puso el Grand como su primera meta. Estaba inconsciente cuando la brigada se alejó del río principal hacia el arroyo, pero por las discusiones de Bridger y Fitzgerald suponía que estaba cerca.

Glass retiró la manta Hudson's Bay de sus hombros. Con la navaja cortó tres largas tiras de la tela de lana. Envolvió su rodilla izquierda, la buena, con la primera. Necesitaría una almohadilla si iba a gatear. Con las otras dos tiras se envolvió las palmas de las manos, dejando libres los dedos. Enrolló el resto de la manta y ató la larga correa de su bolsa de caza por ambos lados. Revisó para asegurarse de que la bolsa estaba bien afianzada, luego se acomodó la bolsa y la manta sobre la espalda. Se puso la correa alrededor de ambos hombros, dejándose las manos libres.

Glass bebió abundantemente del arroyo y comenzó a gatear. De hecho, no era tanto un gateo como algo parecido a arrastrarse rápidamente. Podía equilibrarse con el brazo derecho, pero no soportaba su peso. La pierna derecha solo podía seguirlo. Se había ejercitado doblando y estirando la extremidad izquierda para destensar los músculos, pero esta seguía tan rígida como un asta de bandera.

Alcanzó el mejor ritmo de que era capaz. Reforzándose con la mano derecha, mantenía su peso en el lado izquierdo y se impulsaba hacia adelante con el brazo izquierdo, levantando la rodilla izquierda y luego arrastrando su tiesa pierna izquierda tras él. Una y otra vez, metro a metro. Se detuvo varias veces para acomodar la manta y la bolsa de cazador. El movimiento de empujar y jalar constantemente aflojaba los amarres de la mochila. Finalmente encontró la sucesión correcta de nudos para mantener el bulto en su lugar.

Durante un tiempo, las tiras de lana de su rodilla funcionaron bastante bien, aunque tenía que ajustarlas con frecuencia. Le faltó considerar el efecto de arrastrar la pierna derecha. El mocasín le ofrecía protección en la parte baja del pie, pero no le cubría el tobillo. Después de menos de cien metros ya tenía un raspón, y se detuvo para cortar una tira de manta con la que cubrir el área en contacto con el suelo.

Le tomó casi dos horas arrastrarse arroyo abajo hacia el Grand. Para cuando llegó al río, las piernas y los brazos le dolían por el movimiento extraño y poco común. Observó las viejas huellas de la brigada y se preguntó por gracia de quién no las habían visto los indios.

Aunque nunca lo sabría, la explicación estaba en la orilla opuesta. Si hubiera cruzado el río, habría visto las enormes marcas de un oso esparcidas por un área de bayas negras. Igualmente claras eran las huellas de los cinco caballos indios. Por una ironía que Glass nunca apreciaría, fue un oso grizzly lo que lo salvó de los indios. Como Fitzgerald, el oso había descubierto el área de bayas cerca del Grand. El animal estaba atiborrándose cuando los cinco guerreros arikara llegaron al río. De hecho, fue el olor del oso lo que hizo que el caballo pinto estuviera renuente a avanzar. Confundido por la imagen y el olor de cinco indios a caballo, el oso avanzó pesadamente entre los arbustos. Los cazadores fueron tras él sin ver las huellas de la orilla opuesta.

Una vez que Glass salió del cobijo protector de los pinos, el horizonte se amplió en un escenario que solo interrumpían colinas onduladas y algunos grupos desperdigados de álamos. Los gruesos sauces que había junto al río impedían que siguiera gateando, pero poco ayudaban a bloquear el penetrante calor del sol de finales de la mañana. Sintió riachuelos de sudor corriendo por su espalda y su pecho y el picor de la sal que se colaba en sus heridas. Tomó unos últimos sorbos del fresco arroyo. Observó río arriba entre tragos, considerando por última vez la idea de ir directamente a la caza. «Aún no.»

La frustrante necesidad de ese retraso era como agua sobre el hierro ardiente de su determinación: la endurecía, haciéndola inmaleable. Juró sobrevivir, aunque fuera solamente para vengarse de los hombres que lo habían traicionado.

Glass se arrastró durante tres horas más ese día. Calculó que había cubierto poco más de tres kilómetros. Las orillas del Grand variaban, alternando extensiones de arena, pasto y piedras. El agua era baja con frecuencia y, si hubiera podido levantarse, podría haber cruzado el río para aprovechar el terreno más fácil.

Pero cruzar no era una opción para Glass, cuyo gateo lo relegaba a la orilla norte. Las rocas generaban una dificultad especial. Para cuando se detenía, los parches de lana estaban hechos trizas. La lana funcionaba para evitar raspones, pero no impedían moretes. Tenía la rodilla y las palmas negras y azules, sensibles al tacto. El músculo de su brazo derecho comenzó a acalambrarse, y de nuevo sintió una estremecedora debilidad por la falta de comida. Como anticipó, no apareció ninguna fuente fácil de carne en su camino. Por lo pronto, tendría que subsistir a base de plantas.

Por su tiempo con los pawnee, Glass poseía un amplio conocimiento de las plantas de la llanura. Abundantes grupos de juncos crecían donde el terreno se aplanaba en remansos pantanosos, con sus peludas cabezas cafés cubriendo los delgados tallos verdes, que llegaban a crecer más de un metro. Glass desenterró con un trozo de madera las raíces de los tallos, retiró la piel exterior y se comió los tiernos brotes. Así como los juncos crecían abundantemente en el pantano, también había los mosquitos. Zumbaban incesantemente alrededor de la piel expuesta de su cabeza, cuello y brazos. Los ignoró durante un rato mientras cavaba, hambriento, entre los juncos. Finalmente alcanzó el límite de su hambre, o al menos la alimentó lo suficiente como para preocuparse más por los punzantes piquetes de los mosquitos. Se arrastró otros cien metros río abajo. No tenía escapatoria de los mosquitos a esa hora, pero su número disminuyó al alejarse del agua estancada del pantano.

Durante tres días se arrastró río abajo por el Grand. Los juncos continuaron abundando, y Glass encontró una variedad de otras plantas que sabía que eran comestibles: cebollas, dientes de león, incluso hojas de sauce. Dos veces encontró bayas y se detuvo para atiborrarse, cortándolas hasta que se le quedaron los dedos morados por el jugo.

Aun así, no encontró lo que su cuerpo deseaba. Habían pasado doce días desde el ataque de la grizzly. Antes de ser abandonado, Glass había tomados unos cuantos tragos de caldo en un par de ocasiones. Por lo demás, la cascabel había sido su única comida real. Las bayas y las raíces podrían alimentarlo por unos pocos días, pero para sanar, para ponerse de pie, sabía que necesitaba los ricos nutrientes que solo la carne le podía proporcionar. La serpiente había sido un golpe de suerte azaroso, y era poco probable que se repitiera.

De todos modos, pensó, no tendría nada de suerte si se quedaba en un mismo lugar. A la mañana siguiente volvería a avanzar arrastrándose. Si la suerte no lo encontraba, él haría su mejor esfuerzo para conseguirla.

Nueve

8 de septiembre de 1823

Olió el cadáver del búfalo antes de verlo. También lo escuchó. O al menos escuchó las nubes de moscas que revoloteaban alrededor de la masa apilada de pellejo y hueso. Los tendones mantenían el esqueleto casi intacto, aunque los carroñeros habían limpiado toda la carne. La enorme y frondosa cabeza y los caídos cuernos negros le daban al animal el único toque de dignidad, aunque eso también había sido minado por las aves, que se habían llevado sus ojos a picotazos.

Mirando a la bestia, Glass no sintió asco, solo decepción por que otros se le hubieran adelantado al llegar a esa fuente potencial de alimento. Varias huellas rodeaban el área. Glass supuso que hacía cuatro o cinco días que murió. Contempló el montón de huesos. Por un instante imaginó su propio esqueleto regado en el inhóspito terreno, en algún rincón olvidado de la pradera, despojado de su carne, convertido en carroña para las urracas y los coyotes. Pensó en una frase de las Escrituras: «Polvo eres, y en polvo te convertirás». «¿Esto es lo que significa?»

Sus pensamientos pasaron rápidamente a reflexiones más prácticas. Había visto a indios famélicos hervir pellejos hasta convertirlos en una pegajosa masa comestible. Aunque hubiera estado dispuesto a intentarlo, no tenía un recipiente donde hervir agua. Tuvo otra idea. Junto al animal muerto, había una roca del tamaño de una cabeza. La levantó con la mano izquierda y la lanzó torpemente contra la parte más pequeña del costillar. Uno de los huesos se quebró, y Glass se estiró para tomar una de las piezas. La anhelada médula estaba seca. «Necesito un hueso más grande.»

Una de las patas traseras del búfalo estaba separada del cuerpo; el hueso estaba limpio hasta la pezuña. La acomodó contra una roca plana y comenzó a golpearla con la otra roca. Finalmente se agrietó, y a continuación el hueso se quebró.

Tenía razón: el hueso más grueso aún contenía la médula verdosa. En retrospectiva, debió de haber sabido por su olor que no debía comérsela, pero el hambre nubló su razón. Ignoró el sabor amargo y succionó el tuétano del hueso; luego hurgó en busca de más en el costillar roto. «Mejor arriesgarse que morir de inanición.» Al menos la médula era fácil de tragar. Enajenado por la idea y por el mismo mecanismo de comer, pasó casi una hora rompiendo huesos y raspando su contenido.

Más o menos en ese momento sintió el primer retortijón. Comenzó como un dolor hueco muy dentro de sus intestinos. De repente se sintió incapaz de sostener su propio peso y rodó sobre su costado. Sentía una presión en la cabeza tan intensa que Glass tomó consciencia de las grietas de su propio cráneo. Comenzó a sudar abundantemente. Como cuando la luz del sol atraviesa un cristal, el dolor de su abdomen se volvió más focalizado con rapidez, quemándolo. La náusea subió por su estómago como una gran e inevitable marea. Comenzó a tener arcadas y la indignidad de las convulsiones quedó en segundo plano ante el insoportable dolor que sentía mientras la bilis ascendía por su garganta herida.

Durante horas se quedó allí tendido. Su estómago se vació rápidamente pero no dejó de convulsionar. Entre los ataques de arcadas se quedaba completamente quieto, como si al estar inmóvil pudiera esconderse de la enfermedad y el dolor.

Cuando el primer episodio del mal se acabó, se arrastró para alejarse del cadáver, ansioso por escapar de su repulsivo aroma dulzón. El movimiento reavivó tanto su dolor de cabeza como la náusea de su estómago. Se alejó menos de treinta metros del búfalo arrastrándose hasta una densa arboleda de sauces; se acomodó en posición fetal y cayó en un estado que parecía más inconsciencia que sueño.

Durante un día y una noche su cuerpo se purgó a sí mismo de la rancia médula. El dolor de las heridas de la grizzly ahora se combinaba con una difusa y generalizada debilidad. Glass llegó a visualizar su fuerza como la arena de un reloj. Minuto a minuto sentía cómo su vitalidad se alejaba, deslizándose lentamente. Como en un reloj de arena, sabía que llegaría el momento en que el último grano rodaría por la abertura, dejando el espacio superior vacío. No podía deshacerse de la imagen del esqueleto del búfalo, de la poderosa bestia despojada de su carne que se podría en la llanura.

En la mañana del segundo día después del episodio con el búfalo, Glass despertó hambriento, extremadamente hambriento. Lo tomó como una señal de que el veneno había salido de su sistema. Esperaba continuar su pesado avance arrastrándose río abajo, en parte porque aún confiaba en encontrar alguna fuente de comida, pero sobre todo porque sabía cuál era el significado de detenerse. Calculó que en dos días no había cubierto más de medio kilómetro. Glass sabía que la enfermedad le había costado más que tiempo y distancia. Había minado su fuerza, se había llevado cualquier mínima reserva que quedara en él.

Si no encontraba carne en los siguientes días, asumió que moriría. Su experiencia con el búfalo y sus secuelas lo mantendrían alejado de todo lo que no acabara de morir, sin importar qué tan desesperado estuviera. Su primer pensamiento fue hacer una espada o matar un conejo con una piedra, pero el dolor de su hombro derecho le impedía levantar el brazo, ni qué decir de lanzar algo lo suficientemente fuerte para generar un tiro letal. Carecía del tino para golpear nada con la mano izquierda.

Así que cazar estaba descartado. Eso dejaba las trampas. Con cordaje y un cuchillo para tallar disparadores, Glass conocía diversas formas de atrapar una pequeña presa con un cepo. Como carecía incluso de esos elementos básicos, decidió intentarlo con una trampa de piedra. Se trataba de un artefacto simple: una piedra grande precariamente recargada sobre un palo, preparada para desplomarse cuando una presa incauta tocara el disparador.

En los sauces que estaban a la vera del Grand había rastros de animales en zigzag. Las huellas punteaban la arena húmeda cerca del río. En la hierba crecida vio los revueltos surcos donde un venado se había echado durante la noche. Glass consideró que era poco probable que pudiera atrapar a un venado con una trampa de piedra. Para empezar, dudaba que pudiera levantar una piedra o árbol que pesara lo suficiente. Decidió enfocarse en los conejos que había visto continuamente junto al río.

Glass buscó huellas cerca del denso follaje que era el preferido de los conejos. Encontró un álamo derribado recientemente por un castor; las ramas cubiertas de hojas creaban una enorme red de obstáculos y lugares donde esconderse. Las huellas que salían del árbol y regresaban a él estaban rodeadas de excrementos del tamaño de un chícharo.

Cerca del río, Glass encontró tres piedras adecuadas: lo suficientemente planas como para ofrecer una amplia superficie con la que aplastar al animal cuando se tropezara; lo suficientemente pesadas para tener una fuerza letal. Las piedras que eligió eran del tamaño de un barril de pólvora y pesaban alrededor de catorce kilos cada una. Con el brazo y la pierna tullidos, le tomó cerca de una hora empujarlas, una por una, de la ribera hasta el árbol.

Luego buscó las ramas que necesitaba para sostener las trampas mortales. El álamo caído proveía varias opciones. Eligió tres ramas de dos centímetros y medio de diámetro y las partió de un tamaño similar al de su brazo. Luego rompió las tres varas en dos. Quebrar la primera hizo que un dolor agudo recorriera su hombro y espalda, así que recargó las otras dos contra el álamo y las rompió con una de las rocas.

Cuando terminó tenía una rama partida en dos para cada trampa. Juntando las dos partes por el corte, la rama rota soportaría, aunque precariamente, el peso de la piedra inclinada. En el punto donde las dos piezas del palo de apoyo se juntaban, Glass iba a acomodar una vara disparadora con cebo. Cuando algo tocara o jalara esta vara, las ramas de apoyo se desplomarían como un árbol, dejando caer el peso letal sobre el blanco incauto.

Para las varas, Glass eligió tres delgadas ramas de sauce cortadas como de cuarenta centímetros. Había visto hojas de diente de león cerca del río y juntó un montón para cebar las trampas, cubriendo con las más tiernas cada uno de los disparadores.

Un estrecho camino cubierto de estiércol conducía a la parte más gruesa del álamo caído. Glass eligió ese lugar para la primera trampa y comenzó a acomodar las piezas.

La dificultad de la trampa de piedra estribaba en encontrar el balance entre la estabilidad y la fragilidad. La estabilidad evitaba que la trampa se desplomara sola, aunque demasiada haría que nunca se cayera; la fragilidad permitía que la trampa se desplomara fácilmente cuando una presa la tocara, pero demasiada provocaría que se cayera sola. Encontrar este balance requería fuerza y coordinación, y las heridas de Glass lo privaban de ambas. Su brazo derecho no podía soportar el peso de la roca, así que la acomodó torpemente apoyándola en su pierna derecha. Mientras tanto, luchó para sostener con la mano izquierda las dos piezas de la vara de soporte con el disparador acomodado entre ellas. Una y otra vez la estructura colapsaba. Dos veces decidió que había hecho una trampa demasiado sólida y la derribó él mismo.

Después de casi una hora, finalmente encontró un buen punto de equilibrio. Localizó otros dos lugares más apropiados en los rastros que había cerca del álamo y colocó las otras trampas; luego se retiró hacia el río.

Glass encontró un lugar protegido en una pequeña ladera. Cuando las punzadas de hambre le resultaron insoportables, comió las amargas raíces de los dientes de león que había arrancado para las trampas. Bebió del río para quitarse el sabor de la boca y se tendió a dormir. Los conejos eran más activos en la noche. Revisaría las trampas por la mañana.

Un dolor agudo de garganta lo despertó antes del amanecer. La primera luz del nuevo día se filtró al este, en el horizonte, como si fuera sangre. Glass cambió de posición intentando aliviar inútilmente el dolor de su hombro. Conforme el dolor cedía, fue consciente del aire frío de la mañana que comenzaba. Encorvó los hombros y jaló la manta hecha jirones para cerrársela alrededor del cuello. Se quedó allí, incómodo, por una hora, esperando a que hubiera luz suficiente para revisar las trampas.

Aún tenía el sabor amargo en la boca mientras se arrastraba hacia el álamo caído. Estaba vagamente consciente de la peste de un zorrillo. Ambas sensaciones se evaporaron cuando imaginó a un conejo rostizándose en un espetón sobre un fuego chispeante. Los nutrientes de la carne; podía olerla, saborearla.

A menos de cincuenta metros Glass pudo ver las tres trampas. Una permanecía intacta, pero las otras dos habían sido derribadas: las piedras estaban en el suelo y las ramas de soporte habían colapsado. Glass sintió su pulso latiendo en su garganta mientras avanzaba arrastrándose a toda prisa.

A tres metros de la primera trampa vio numerosas huellas nuevas en el estrecho camino y pilas desperdigadas de excremento fresco. Su respiración se detuvo cuando observó la parte trasera de la roca: no sobresalía nada. Levantó la piedra aún con esperanza. La trampa estaba vacía. Se desanimó por la decepción. «¿La dejé demasiado inestable? ¿Se cayó sola?» Se arrastró rápidamente hacia la otra roca. Nada sobresalía del frente. Se torció para observar el otro lado, el punto ciego de la trampa.

Vio un destello de blanco y negro y escuchó un siseo apenas perceptible. Sintió el dolor antes de que su mente pudiera procesar lo que había pasado. La trampa había aplastado la pata delantera de un zorrillo, pero la capacidad del animal de lanzar un rocío pernicioso seguía bastante viva. Se sentía como como si le hubieran vertido una lámpara de aceite hirviendo en los ojos. Rodó de espaldas en un esfuerzo inútil de evitar más vapor. Completamente cegado, avanzó hacia el río en parte arrastrándose y en parte rodando.

Llegó a un estanque profundo junto a la ribera con la desesperada intención de lavarse el rocío abrasador. Con la cara dentro del agua, Glass intentó abrir los ojos, pero el ardor era demasiado intenso. Pasaron veinte minutos antes de que pudiera volver a ver, y aun así solo lo lograba entrecerrando dolorosamente los ojos, a través de unas ranuras acuosas y rojas como la sangre. Finalmente se arrastró a la orilla. El nauseabundo tufo del zorrillo se aferró a su piel y su ropa como el hielo a una ventana. Una vez vio a un perro rodar en la tierra durante una semana, intentando deshacerse del olor del zorrillo. Como el perro, sabía que el hedor se quedaría con él durante días.

Conforme el ardor de sus ojos se calmaba, Glass hizo un rápido inventario de sus heridas. Se tocó el cuello y se miró los dedos. No había sangre, aunque seguía doliéndole en el interior cuando tragaba o inhalaba profundamente. Se dio cuenta de que habían pasado días sin que intentara hablar. Con indecisión abrió la boca y forzó que el aire pasara por su laringe. La acción le produjo un intenso dolor y un patético y agudo gemido. Se preguntó si alguna vez volvería a ser capaz de hablar con normalidad.

Estiró el cuello para ver los cortes paralelos que iban de su garganta a su hombro. La brea de pino de Bridger aún cubría el área. Todo el hombro le dolía, pero las cortadas parecían sanar. Las perforaciones del muslo también se veían relativamente saludables, aunque su pierna aún no soportaba el peso de su cuerpo. Tocándose la cabeza podía imaginar que se veía horrible, pero ya no sangraba y no le dolía.

Además de la garganta, la zona que más le preocupaba era la espalda. No tenía la agilidad necesaria para inspeccionarse las heridas con las manos, y siendo incapaz de verlas, su mente evocaba imágenes terribles. Notaba sensaciones extrañas que suponía que eran las costras quebrándose repetidamente. Sabía que el capitán Henry le había cosido, y en ocasiones sentía que los cabos sueltos del hilo lo raspaban.

Más que nada, sentía el vacío corrosivo del hambre.

Se quedó tendido en la arenosa ribera, exhausto y profundamente desanimado por el giro más reciente de los acontecimientos. Un racimo de flores amarillas coronaba un delgado tallo verde. El tallo se veía como cebollín, pero Glass lo sabía: era un zigadenus venenoso. «¿Es la Providencia? ¿Está ahí para mí?» Glass se preguntó cómo funcionaría el veneno. ¿Se hundiría pacíficamente en un sueño sin fin o su cuerpo se contorsionaría en una agónica muerte? ¿Qué tan diferente de su estado actual podría ser? Al menos así tendría la certeza de que el final se acercaba.

Mientras estaba tendido en la ribera en los primeros momentos del alba, una cierva grande emergió de los sauces de la orilla opuesta. Miró con cuidado a izquierda y derecha antes de avanzar, vacilante, para beber agua del río. Estaba a menos de treinta metros de distancia, era un blanco fácil para su fusil. «¡El Anstadt!»

Por primera vez ese día, pensó en los hombres que lo abandonaron. Su rabia creció mientras contemplaba a la cierva. Abandono era una palabra demasiado benévola para describir su traición. El abandono era un acto pasivo: consistía en huir o dejar algo atrás. Si sus guardianes no hubieran hecho más que abandonarlo, en ese momento estaría observando sobre el cañón de su arma, a punto de dispararle a la cierva. Con su cuchillo destazaría al animal, encendería el fuego con una chispa de su pedernal sobre el raspador de metal y la cocinaría. Se miró a sí mismo: estaba mojado de pies a cabeza, herido, hediendo por el zorrillo, con el sabor amargo de las raíces aún en la boca.

Lo que Fitzgerald y Bridger habían hecho era más que un abandono, era mucho peor. No eran simples viandantes camino a Jericó, que desviaron la mirada y cruzaron al otro lado. Glass no creía que tuviera derecho a los cuidados de un samaritano, pero al menos esperaba que sus guardianes no le hicieran daño.

Fitzgerald y Bridger habían actuado con deliberación, robándole las pocas pertenencias que podía haber usado para salvarse. Al quitarle esa oportunidad, lo habían matado. Lo habían asesinado, tanto como si le hubieran clavado un cuchillo en el corazón o puesto una bala en la cabeza. Lo habían asesinado, pero él no moriría. Juró que no moriría porque viviría para asesinar a sus asesinos.

Hugh Glass se impulsó y continuó arrastrándose por la orilla del Grand.

Glass estudió el relieve del terreno que lo rodeaba. A menos de cincuenta metros, tres de los lados de una zanja poco profunda conducían a una ancha y seca hondonada. Salvia y matorrales cortos proveían un escondite moderado. La zanja le recordó de pronto a las onduladas colinas que había junto al río Arkansas. Recordó una trampa que les había visto una vez a los niños pawnee. Para ellos era un juego; para Glass, el ejercicio era muy serio.

Se arrastró lentamente hasta el fondo de la zanja y se detuvo en el punto que parecía el centro natural. Encontró una roca de bordes afilados y comenzó a cavar en la tierra compacta y arenosa.

Cavó un pozo con un diámetro de unos diez centímetros y una profundidad que le permitía meter el brazo hasta su bíceps. A partir de la mitad, amplió el agujero para que tuviera la forma de una botella de vino con el cuello hacia arriba. Extendió la tierra sobrante para ocultar la evidencia de que se había cavado recientemente. Respiraba pesadamente por el esfuerzo y se detuvo a descansar.

Luego fue a buscar una gran roca plana. Encontró una a doce metros del agujero. También encontró tres rocas pequeñas que acomodó en un patrón triangular alrededor del agujero. La roca plana la puso encima como un techo; el espacio que había debajo creaba la ilusión de ser un lugar donde esconderse.

Con una rama camufló el área alrededor de la trampa; luego se arrastró lentamente para alejarse del agujero. En distintos lugares vio diminutas heces delatoras, una buena señal. A menos de cincuenta metros del agujero se detuvo. Tenía la rodilla y las palmas de las manos en carne viva por arrastrarse. El muslo le dolía por el movimiento, y de nuevo sintió la terrible sensación de que las costras de su espalda se quebraban y comenzaban a sangrar. Detenerse ofrecía un alivio temporal a sus heridas, pero también le hacía tomar consciencia de su profunda fatiga, un dolor leve que emanaba desde adentro y luego circulaba hacia afuera. Glass peleó contra el deseo de cerrar los ojos y sucumbir al sueño que lo llamaba. Sabía que no recuperaría las fuerzas a menos que comiera.

Se forzó a adoptar una postura de gateo. Poniendo mucha atención en la distancia, se movió en el amplio círculo, con el pozo que había cavado como punto central. Le tomó treinta minutos completar un circuito. De nuevo su cuerpo le suplicaba que se detuviera y descansara, pero sabía que hacerlo en ese momento minaría la efectividad de su trampa. Siguió gateando, trazando espirales que se cerraban hacia el pozo en círculos aún más pequeños. Cuando encontraba una densa mata de maleza, se detenía para agitarla. Dirigía hacia el pozo escondido cualquier cosa que estuviera dentro del círculo.

Una hora después, llegó al agujero. Quitó la roca plana de encima y escuchó. Había visto a un niño pawnee meter la mano dentro de una trampa similar y sacarla, entre gritos, con una serpiente de cascabel pegada. El error del chico le dejó una fuerte impresión. Miró a su alrededor buscando una rama adecuada. Encontró una larga con el extremo plano y la golpeó varias veces dentro del agujero.

Tras asegurarse de que lo que hubiera en la trampa estaba muerto, metió la mano. Uno por uno, sacó cuatro ratones y dos ardillas. No era un método de caza glorioso, pero Glass estaba exultante con los resultados.

La zanja ofrecía cierta protección, y decidió arriesgarse a hacer un fuego, maldiciendo la falta de su pedernal y raspador de metal. Sabía que era posible encender una llama frotando dos ramas, pero nunca había hecho fuego de esa manera. Sospechaba que el método, si es que funcionaba, le tomaría una eternidad.

Lo que necesitaba era un arco y un huso, una máquina rudimentaria para hacer fuego. La máquina tenía tres partes: una pieza plana de madera con un agujero donde se insertaba la punta del huso; una vara redondeada de unos dos centímetros de grosor y veinte de largo; y un arco, como el de un chelista, para girar el huso y hacer que la punta friccionara contra la pieza plana de madera.

Glass buscó las piezas en la hondonada. No fue difícil encontrar un trozo plano de madera y dos ramas para el huso y el arco. «Cuerda para el arco.» No tenía. «La correa de mi bolsa.» Sacó la navaja y cortó la correa; luego la ató a las orillas de la vara. Después usó la navaja para tallar las orillas y hacer un agujero en la pieza plana de madera, cuidándose de hacerlo solo un poco más grande que el diámetro de la vara del huso para que la punta pudiera embonar perfectamente.

Con el arco y el huso acomodados, Glass juntó yesca y combustible. De su bolsa de caza sacó las torundas, jalándolas para deshilachar las orillas. También había guardado algodón de los juncos. Apiló la yesca con holgura en un pozo superficial y después agregó pasto seco. A las pocas piezas de madera seca que encontró agregó estiércol de búfalo, completamente seco tras pasar largos días bajo el sol.

Con todo listo para el fuego, Glass tomó los componentes del arco y el huso. Llenó el agujero en la pieza plana de madera con yesca, apoyó la punta del huso en el agujero. El huso quedó erguido, apoyado contra la pieza plana de madera. Luego le dio una vuelta a la cuerda del arco alrededor del huso, y sostuvo la punta saliente del huso contra la palma de su mano derecha, aún protegida por la almohadilla de lana que usaba para arrastrarse. Con la mano izquierda manejó el arco. El movimiento de atrás hacia adelante hizo que el huso girara en el agujero de la madera plana, creando fricción y calor.

La falla de este mecanismo se volvió evidente desde el principio. Con el movimiento del arco, una punta del huso, con la que quería crear el fuego, giraba y tallaba dentro del agujero en la madera. Hasta ahí, todo funcionaba. Pero la otra rotaba contra la piel de su mano. Glass recordó que los pawnee usaban un trozo de madera, más o menos del tamaño de la palma de su mano, para sostener el extremo superior del huso. Buscó de nuevo la pieza correcta de madera. Encontró un trozo adecuado y usó la navaja para abrir una hendidura donde apoyar la parte superior del huso.

Era torpe con la mano izquierda y necesitó varios intentos para encontrar el ritmo correcto, moviendo el arco con constancia sin perder el agarre del huso. Pronto estaba girando con suavidad. Después de varios minutos, el humo comenzó a salir del agujero. De pronto la yesca ardió en llamas. Tomó algodón de los juncos y lo acercó para que el fuego lo lamiera, protegiéndolo con una mano ahuecada. Cuando el algodón se prendió, transfirió la llama a la yesca de la pequeña hoguera. Sintió que el viento le azotaba la espalda y por un instante entró en pánico de que extinguiera la llama, pero la yesca se prendió y después la hierba seca. En pocos minutos estaba lanzando el estiércol de búfalo en una pequeña fogata.

No había mucha carne para cuando desolló a los pequeños roedores y les quitó las entrañas. Pese a todo, era fresca. Si su técnica con las trampas requería demasiado tiempo, al menos tenía el beneficio de la sencillez.

Glass aún tenía un hambre voraz mientras descarnaba el diminuto costillar del último roedor. Decidió detenerse antes al día siguiente. Quizá cavaría pozos en dos lugares. La idea de un progreso más lento lo irritaba. ¿Cuánto tiempo más podía evitar a los arikara en las orillas del muy transitado Grand? «No hagas eso. No veas demasiado a futuro. La meta de cada día es la mañana siguiente.»

Tras cocinar su cena, el fuego ya no ameritaba el riesgo. Lo cubrió de arena y se fue a dormir.

Diez

15 de septiembre de 1823

Unas colinas gemelas enmarcaban el valle que estaba frente a Glass; el río Grand pasaba por un estrecho canal que se abría entre ellas. Glass recordaba las colinas del viaje río arriba con el capitán Henry. Mientras se arrastraba hacia el este por el Grand, los elementos distintivos se volvían cada vez más escasos. Incluso los álamos parecían haber sido devorados por el mar de hierba de la llanura.

Henry y la brigada peletera acamparon cerca de las colinas, y Glass planeaba detenerse en el mismo sitio, esperando que se les hubiera olvidado algo útil. De cualquier modo, recordó que la alta ladera junto a las colinas ofrecía un buen escondite. Grandes cúmulos de nubes cargadas de lluvia se posaron ominosamente sobre el horizonte, al oeste. La tormenta pronto estaría sobre él y quería instalarse antes de que cayera.

Glass se arrastró junto al río hasta el campamento. Un círculo de piedras ennegrecidas señalaba el lugar donde recientemente había ardido fuego. Recordó que la brigada peletera acampaba sin fogatas, y se preguntó quién habría llegado después de ellos. Se detuvo, retiró la bolsa de caza y la manta de su espalda y bebió un largo trago de agua del río. Tras él, la ladera creaba el refugio que recordaba. Observó el río de un lado a otro, atento a cualquier señal de indios, decepcionado de que la vegetación pareciera escasa. Sintió la conocida punzada del hambre y se preguntó si estaría suficientemente protegido para cavar un pozo para ratones efectivo. «¿Vale la pena el esfuerzo?» Comparó los beneficios de tener un techo con los de la comida. Los roedores lo habían alimentado ya por dos semanas. Aun así, Glass sabía que solo luchaba para no hundirse: sin ahogarse, pero sin avanzar hacia la seguridad de la playa.

Una brisa ligera, que sintió fría sobre el sudor de su espalda, anunció que las nubes se aproximaban. Glass volvió del río y se arrastró ladera arriba para revisar la tormenta.

Lo que vio más allá de la orilla de la ladera lo dejó sin aliento. Cientos de búfalos pastaban en el valle, oscureciendo la llanura durante más de un kilómetro y medio. Delante de él, un enorme ejemplar hacía guardia a no más de cincuenta metros. El enmarañado mantón de pelo tostado sobre su negro cuerpo acentuaba la poderosa cabeza y hombros, haciendo que los cuernos casi parecieran redundantes. El macho bufó y olfateó el aire, confundido por la brisa revuelta. Detrás de él, una hembra se revolcaba sobre su espalda, levantando una nube de polvo. Una docena de hembras y becerros pastaban distraídamente.

Glass vio a su primer búfalo en las llanuras de Texas. Desde entonces los había visto en cientos de ocasiones, en manadas grandes y pequeñas. Aun así, el avistamiento de los animales no dejaba de llenarlo de asombro por lo numerosos que eran, por la pradera que los alimentaba.

A menos de cien metros río abajo desde donde estaba Glass, una manada de ocho lobos también observaba al gran macho y los animales dominantes que vigilaban el entorno. El líder de la manada estaba sentado sobre sus patas traseras cerca de una mata de salvia. Había esperado pacientemente durante toda la tarde el momento que acababa de llegar, cuando un espacio se abriera entre los dominantes y el resto de la manada. Un hueco. Una debilidad fatal.

El gran lobo se levantó de pronto sobre sus cuatro patas. Era alto pero estrecho. Sus piernas se veían desgarbadas, nudosas y extrañamente proporcionadas con su cuerpo negro azabache. Sus dos cachorros peleaban juguetonamente cerca del río. Algunos de los lobos estaban tendidos durmiendo plácidamente como sabuesos domésticos. En conjunto, los animales parecían más mascotas que predadores, aunque todos se avivaron ante el súbito movimiento del líder de la manada.

No fue hasta que comenzaron a moverse que su fuerza letal se volvió obvia. Esta no derivaba de su musculatura o su agilidad. En vez de eso, emanaba de una inteligencia colectiva que hacía que sus movimientos tuvieran una intención y fueran implacables. De uno en uno, los animales convergieron en una unidad letal, cohesionados en la fuerza colectiva de la manada.

El gran lobo trotó hacia el espacio que se había abierto entre los búfalos dominantes y el rebaño. La manada se dispersó tras él con una precisión y una unidad de objetivo que a Glass le pareció casi militar. Incluso los cachorros parecían comprender el propósito de su empresa. Los búfalos que estaban en la orilla del rebaño principal retrocedieron, empujando a sus becerros delante de ellos antes de voltearse, hombro con hombro, formando en una línea contra los lobos. El espacio se abrió aún más con el movimiento del rebaño principal, dejando fuera de su perímetro al macho y a una docena de búfalos.

El gran macho se preparó para atacar; atrapó a un lobo con un cuerno y lanzó al aullante animal a seis metros. Los lobos gruñeron y rugieron, mordiendo con sus brutales colmillos los costados expuestos del búfalo. La mayoría de los dominantes se reunieron con el rebaño principal, dándose cuenta por instinto de que su seguridad dependía de su gran número.

El lobo líder de la manada lanzó un mordisco al tierno cuarto trasero de un becerro. Confundido, el becerro se alejó del rebaño hacia la escarpada ladera junto al río. Conscientes de su error mortal, la manada de lobos corrió de inmediato tras su presa. El becerro avanzó sin control, berreando mientras corría. Rodó por la ladera, rompiéndose la pierna en la caída. Luchó por ponerse de pie. La pierna rota le colgaba en una extraña posición y el becerro colapsó por completo cuando intentó apoyarla. Cayó al suelo y la manada de lobos se abalanzó sobre él. Enterraban sus colmillos en cada parte de su cuerpo. El líder de la manada hundió sus dientes en la tierna garganta y rasgó la carne.

La última batalla del becerro tuvo lugar a no más de setenta metros de la ladera donde se encontraba Glass. Desde su posición, observó la escena con una mezcla de fascinación y miedo, contento de que su puesto de vigilancia estuviera a favor del viento. La manada enfocó toda su atención en el becerro. El líder y su compañera comieron primero, hundiendo el hocicos sangriento en el suave vientre. Dejaron comer a los cachorros, pero no a los demás. En ocasiones otro lobo se abría paso hasta la presa caída, pero un mordisco o un gruñido del enorme macho negro lo devolvía a su lugar, espantado.

Glass observó al becerro y los lobos mientras pensaba con rapidez. El becerro había nacido en la primavera. Después de engordar durante un mes en la pradera, pesaba casi setenta kilos. «Setenta kilos de carne fresca.» Tras dos semanas consiguiendo comida a cuentagotas, Glass apenas podía imaginar tal abundancia. Al principio, confiaba en que la manada dejara suficiente comida para que él hurgara. Pero conforme los observaba, el premio disminuía a una velocidad alarmante. Satisfechos, el macho y su compañera finalmente se alejaron tranquilamente del animal muerto, arrastrando una pata trasera para los cachorros. Los otros cuatro lobos se abalanzaron sobre los despojos.

Con creciente desesperación, Glass consideró sus opciones. Si esperaba demasiado tiempo, dudaba que quedara algo para él. Contempló la posibilidad de seguir viviendo a base de ratones y raíces. Aunque pudiera encontrar suficientes para alimentarse, la tarea tomaba demasiado tiempo. Dudaba que hubiera recorrido cincuenta kilómetros desde que comenzara a arrastrarse. A ese paso, tendría suerte si llegaba al Fuerte Kiowa antes de que comezaran las heladas. Y por supuesto, cada día que pasaba expuesto en el río era una nueva oportunidad para que los indios se toparan con él.

Necesitaba con desesperación la innegable fuerza que la carne del búfalo le daría. No sabía por gracia de quién el becerro se había puesto en su camino. «Es mi oportunidad.» Si quería una parte, tendría que pelear por ella. Y tenía que hacerlo ya.

Revisó la zona buscando algo que le sirviera como arma. No veía nada más que rocas, madera y salvia. «¿Un garrote?» Se preguntó por un momento si podría defenderse a golpes de los lobos. Parecía poco probable. No podía mover el brazo con la suficiente fuerza para infligir un buen golpe. Y por sus rodillas, no tenía la ventaja de la altura. «Salvia.» Recordó las breves pero impresionantes llamas que producían las ramas de salvia secas. «¿Una antorcha?»

Sin otra opción, buscó rápidamente algo con lo que encender un fuego. El flujo de los manantiales había traído el tronco de un gran álamo a la ladera, creando una barrera natural contra el viento. Glass cavó un pozo poco profundo en la tierra junto al tronco.

Sacó el arco y el huso, agradecido por tener al menos los elementos para encender rápidamente una llama. De la bolsa de caza sacó las últimas torundas y un gran montón de algodón de junco. Miró río abajo a la manada de lobos, que aún desgarraba el becerro. «¡Maldita sea!»

Miró a su alrededor en busca de combustible. Aparte del tronco, el río había dejado poco del álamo. Encontró una maraña de salvia seca, arrancó cinco ramas grandes y las apiló junto a la hoguera.

Glass puso el arco y el huso en la hoguera cubierta, acomodando cuidadosamente la yesca. Comenzó a mover el arco, con lentitud al principio, luego más rápido al encontrar el ritmo. En pocos minutos ardía un débil fuego junto al álamo.

Miró río abajo, a los lobos. El líder, su compañera y sus dos cachorros estaban echados a menos de veinte metros del becerro. Al comer en primer lugar, ahora se conformaban con roer la sabrosa médula de la pata trasera. Glass esperó que se mantuvieran al margen de la pelea. Eso dejaba cuatro lobos sobre el cuerpo muerto.

Los loup pawnee, como su nombre indicaba, veneraban al lobo por su fuerza y sobre todo por su astucia. Glass había acompañado a grupos de pawnee que cazaban lobos; sus pieles eran parte importante en muchas ceremonias. Pero nunca había hecho nada como lo que planeaba hacer en ese momento: arrastrarse hacia una manada de lobos y retarlos por comida, armado solo con una antorcha de salvia.

Las cinco ramas se retorcían como enormes manos artríticas. Otras más pequeñas salían de las ramas principales a intervalos regulares, la mayoría de ellas estaban cubiertas de larguiruchas tiras de hojas azul-verdosas, secas y quebradizas. Tomó una de las ramas y la puso en el fuego. Prendió inmediatamente y una llama de treinta centímetros ardió rápidamente en su punta. «Se quema demasiado rápido.» Glass se preguntó si la llama aguantaría la distancia que lo separaba de los lobos, por no mencionar si funcionaría como arma ante la lucha que le esperaba. Decidió asegurar su apuesta. En vez de prender toda la salvia, cargaría la mayoría de las ramas sin encender, como munición de respaldo que añadiría a la antorcha según lo necesitara.

Glass miró de nuevo a los lobos. De pronto parecían más grandes. Dudó por un momento. Decidió que no había vuelta atrás. «Esta es mi oportunidad.» Con la rama de salvia ardiendo en una mano y las cuatro ramas de repuesto en la otra, Glass se arrastró ladera abajo hacia los lobos. A menos de cincuenta metros, el líder y su compañera levantaron la vista de la pata para observar a ese extraño animal que se aproximaba al becerro. Vieron a Glass como una curiosidad, no como una amenaza. Después de todo, ya habían comido hasta quedar satisfechos.

A menos de veinte metros, el viento cambió de dirección y los cuatro animales que estaban sobre el cuerpo muerto percibieron el olor a humo. Todos se dieron la vuelta. Glass se detuvo, cara a cara con los lobos. En la distancia, era fácil verlos como simples perros. De cerca, no no se parecían en nada a sus primos domésticos. Un lobo blanco mostró sus dientes ensangrentados y dio medio paso hacia el intruso; un profundo gruñido salió de su garganta. Bajó un hombro, movimiento que de alguna manera pareció defensivo y ofensivo al mismo tiempo.

El lobo blanco luchaba contra instintos opuestos: la defensa de su presa y el miedo al fuego. Un segundo lobo, este con una oreja casi perdida por completo, saltó junto al primero. Los otros dos siguieron rasgando la carne del búfalo, agradecidos por tenerlo en exclusiva. La rama en llamas que Glass llevaba en la mano comenzó a titilar. El lobo blanco dio otro paso hacia Glass, quien recordó de pronto la repugnante sensación de los dientes de la osa rasgando su carne. «¿Qué hice?»

De pronto hubo un relámpago de luz brillante y, tras una breve pausa, el bajo profundo de un trueno que cayó sobre el valle. Una gota de lluvia le golpeó el rostro y el aire azotó la flama. Glass sintió un repugnante retortijón en su estómago. «Dios, no… ¡Ahora no!» Tenía que actuar con rapidez. El lobo blanco estaba listo para atacar. «¿Es cierto que pueden oler el miedo?» Tenía que hacer algo inesperado. Tenía que atacar.

Tomó las cuatro ramas de salvia de su mano derecha y las sumó a la rama que ardía en la izquierda. Las llamas cobraron vida, devorando descontroladas el combustible seco. Glass necesitaba ambas manos para sostener las ramas juntas, lo que significaba que ya no podría usar la mano izquierda para equilibrarse. Un dolor insoportable ascendió desde su muslo derecho herido mientras apoyaba el peso sobre la pierna y casi se cayó. Se las arregló para mantenerse erguido mientras se lanzaba, trastabillando sobre las rodillas en su mejor escenificación de un ataque. Soltó el sonido más fuerte que pudo, que le salió como una especie de gemido espeluznante. Avanzó agitando la antorcha ardiente como una espada encendida.

Se la lanzó al lobo con una oreja. Las llamas rozaron el rostro del animal y este saltó hacia atrás con un aullido. El lobo blanco se lanzó a un costado de Glass, hundiéndole los dientes en el hombro. Glass se giró, estirando el cuello para alejarlo del lobo. Solo unos pocos centímetros separaban el rostro de Glass del lobo, y podía oler el aliento ensangrentado del animal. Glass luchó de nuevo para mantener el equilibrio. Sacudió los brazos para que las llamas llegaran al lobo, quemándole la panza y la ingle. El lobo soltó el hombro de Glass y dio un paso atrás.

Glass escuchó un gruñido detrás de él y se agachó instintivamente. El lobo de una oreja pasó rodando sobre su cabeza, sin lograr atacar el cuello de Glass, pero tumbándolo de lado. El impacto de la caída le hizo gruñir y reavivó el dolor de su espalda, garganta y hombro. La antorcha se le cayó al suelo, desperdigándose en el terreno arenoso. Glass se estiró para alcanzar las ramas, desesperado por tomarlas antes de que se extinguieran. Al mismo tiempo, luchó por extender las rodillas.

Los dos lobos lo rodearon lentamente, esperando su momento, más cuidadosos ahora que habían probado las llamas. «No puedo dejar que se pongan detrás de mí.» Un relámpago brilló de nuevo, seguido del fuerte sonido de un trueno con más rapidez en esta ocasión. La tormenta casi estaba encima. La lluvia caería a chorros en cualquier momento. «No hay tiempo.» Aunque aún no llovía, las llamas de la antorcha se estaban extinguiendo.

El lobo blanco y el que tenía una oreja se acercaron. Parecían presentir que la batalla estaba llegando a su clímax. Glass les lanzó la antorcha y estos aminoraron el paso, pero no retrocedieron. Estaba a solo unos metros del becerro. Los dos lobos que estaban comiendo lograron arrancar una pata trasera y se retiraron del escándalo de la pelea con la extraña criatura del fuego. Por primera vez, Glass vio que había los montones de salvia seca alrededor del animal muerto. «¿Arderán?»

Con sus ojos fijos en los dos lobos, Glass puso su antorcha en la salvia. Hacía semanas que no llovía. La maleza estaba seca como yesca y se encendió fácilmente. En un instante, las llamas superaron el medio metro junto al becerro. Glass encendió otros dos matorrales. Pronto, el cadáver estaba en medio de tres arbustos en llamas. Como Moisés, Glass se puso de rodillas sobre el animal muerto, sacudiendo los restos de la antorcha. Un relámpago brilló y un trueno resonó. El viento sacudió las llamas alrededor de la maleza. La lluvia ya caía, aunque no con la fuerza suficiente como para apagar la salvia.

El efecto fue impresionante. El lobo blanco y el lobo con una oreja miraron a su alrededor. El líder, su compañera y los cachorros cruzaron a zancadas la pradera. Con la panza llena y la tormenta a punto de caer, fueron a buscar refugio a su guarida cercana. Los otros dos lobos también los siguieron, arrastrando la pata de becerro por la llanura.

El lobo blanco se encorvó como si se preparara para atacar. Pero de pronto, el que solo tenía una oreja se dio la vuelta y corrió tras la manada. El lobo blanco se detuvo para evaluar el cambio en las circunstancias. Sabía bien cuál era su lugar en la manada: otros guiaban y él los seguía. Otros elegían la presa que iban a matar, él ayudaba a cazarla. Otros comían primero, él se conformaba con los restos. El lobo nunca había visto un animal como el de aquel día, pero sabía con precisión cuál era su lugar en los turnos para comer. El lobo blanco echó un último vistazo al búfalo, al hombre y a la salvia humeante; luego se dio la vuelta y se lanzó tras los demás.

Glass observó cómo los lobos desaparecían al otro lado del borde de la ladera. A su alrededor, el humo se elevaba mientras la lluvia apagaba la salvia. Un minuto más y habría estado indefenso. Se maravilló por su suerte mientras observaba rápidamente la mordida en su hombro. Dos heridas sangraban abundantemente, pero no eran profundas.

El becerro estaba tendido en la grotesca posición en que culminaron sus esfuerzos fallidos por escapar de los lobos. Los colmillos, brutalmente eficientes, abrieron el cadáver de par en par. La sangre fresca formaba un charco bajo la garganta rasgada, un carmesí con un brillo tenebroso que se destacaba contra los tenues cafés de la arena de la hondonada. Los lobos enfocaron su atención en las suculentas vísceras que el mismo Glass deseaba. Hizo rodar al becerro sobre su lomo y vio con breve decepción que no quedaba nada del hígado. Tampoco estaban la vesícula, los pulmones y el corazón. Pero un pequeño trozo de intestino colgaba del animal. Glass sacó la navaja de su bolsa de caza, siguiendo el ondulado órgano hasta el cuerpo con la mano izquierda, e hizo una incisión de un metro en el estómago. Era casi incapaz de controlarse ante la inmediatez de la comida; puso la extremidad que había cortado en su boca y la devoró.

Si bien la manada de lobos se quedó con los mejores órganos, también le hizo a Glass el favor de casi desollar a su presa. Avanzó hacia la garganta, donde jaló la elástica piel con la ayuda de la navaja. El ternero estaba bien alimentado. Una grasa blanca y delicada se pegaba al músculo de su cuello regordete. Los tramperos llamaban a esa grasa «vellón» y la consideraban una delicia. Cortó unos trozos y se los metió en la boca, tragándoselos casi sin masticar. Cada deglución reavivaba el insoportable ardor de su garganta, pero el hambre era más fuerte. Se atiborró bajo la lluvia, que caía a cántaros, para cubrir la cantidad mínima que le permitía considerar otros peligros.

Trepó de nuevo al borde de la ladera, examinando el horizonte en todas direcciones. Grupos dispersos de búfalos pastaban tranquilamente, pero no había señales de lobos o indios. La lluvia y los truenos habían terminado tan rápidamente como llegaron. Los rayos inclinados del sol de la tarde sucedieron a las grandes nubes de lluvia, formando líneas iridiscentes que se extendían del cielo a la tierra.

Glass se acomodó para valorar su suerte. Los lobos se habían llevado una parte, pero tenía un enorme regalo. Glass no se hacía ilusiones con esta situación, pero no moriría de hambre.

Acampó tres días en la ladera junto al becerro. Durante las primeras horas ni siquiera encendió una hoguera y se atragantó sin control con delgadas rebanadas de la gloriosa carne fresca. Finalmente se detuvo lo suficiente para prender un fuego con el que rostizar y secar la carne, cerca de la ladera para ocultar las flamas tanto como fuera posible.

Construyó rejillas con ramas verdes de una salceda cercana. Después de una hora quitó toda la carne del cuerpo muerto con el rastrillo sin filo, y colgó la carne en las rejillas mientras avivaba constantemente el fuego. En tres días secó casi siete kilos de carne, lo suficiente para alimentarse por dos semanas si era necesario, más lo que pudiera conseguir por el camino.

Los lobos sí dejaron un trozo de primera calidad: la lengua. Disfrutó esta delicia como un rey. Asó las costillas y los huesos de las piernas en el fuego uno por uno, quebrándolos para sacar su deliciosa y fresca médula.

Retiró el cuero con la navaja sin filo. Una tarea que hubiera tomado minutos requirió horas; durante ese tiempo pensó con amargura en los dos hombres que le robaron su cuchillo. No tenía ni el tiempo ni las herramientas para trabajar la piel de la manera correcta, pero sí hizo una tosca alforja antes de que la piel se secara hasta convertirse en un tieso cuero sin curtir. Necesitaba la bolsa para cargar la carne seca.

Al tercer día Glass fue a buscar una larga rama para usarla como bastón. En la pelea con los lobos se sorprendió del peso que su pierna herida podía soportar. Estuvo ejercitando la pierna los dos días anteriores, estirándola y probándola. Con la ayuda de un bastón, creía que ya podría caminar erguido, una idea que le fascinaba después de tres semanas de arrastrarse como un perro rengo. Encontró una rama de álamo de la forma y tamaño apropiados. Cortó una larga tira de la manta Hudson's Bay y la envolvió en el puño del bastón formando una almohadilla.

Tira a tira, la manta había quedado reducida a un trozo de tela de no más de treinta centímetros de ancho por sesenta de largo. Glass cortó una abertura en la mitad de la tela con la navaja, lo suficientemente grande para meter su cabeza. La prenda resultante no tenía el tamaño para llamarla capote, pero al menos cubriría sus hombros y evitaría que la alforja lastimara su piel.

Esa última noche que pasó junto a las colinas, el aire se enfrió de nuevo. Los últimos trozos del becerro destazado se secaban en las rejillas sobre los carbones carmesí. El fuego le daba un reconfortante brillo a su campamento, un pequeño oasis de luz en medio de la negrura del valle sin luna. Glass chupó la médula de la última costilla. Al lanzar el hueso al fuego, se dio cuenta de que no tenía hambre. Disfrutó el calor que irradiaba el fuego, un lujo del que no volvería a disponer en un futuro cercano.

Tres días de comida habían hecho su trabajo para reparar su cuerpo herido. Se inclinó sobre su pierna derecha para probarla. Los músculos estaban tensos y sensibles, pero funcionales. Su hombro también había mejorado. Su brazo no había recuperado la fuerza, pero sí un poco de flexibilidad. Aún le asustaba tocarse la garganta. Los restos de las suturas sobresalían, aunque la piel se había cerrado. Se preguntaba si debería intentar cortar las suturas con la navaja, pero le dio miedo hacerlo. Después de gritarles a los lobos, no había probado su voz en días. No lo haría por el momento. Era algo que tenía poco que ver con su supervivencia en las próximas semanas. Si había cambiado, daba lo mismo. Pero agradecía el hecho de tragar con menos dolor.

Glass sabía que el becerro de búfalo había cambiado su suerte. Aun así, era fácil moderar el entusiasmo por su situación. Había sobrevivido un día más, pero estaba solo y sin armas. Entre él y el Fuerte Brazeau había casi quinientos kilómetros de campo abierto. Dos tribus indias (una era posiblemente hostil; la otra lo era sin duda) seguían el mismo río del que él dependía para orientarse. Y claro, como Glass sabía dolorosamente bien, los indios no eran su única amenaza.

Sabía que debía irse a dormir. Con el nuevo bastón esperaba recorrer diecisiete kilómetros, quizá incluso veinticinco, al día siguiente. Aun así, algo lo empujaba a alargar ese fugaz momento de alegría: estaba satisfecho, descansado y abrigado.

Metió la mano en su bolsa de caza y sacó la garra de osa. La giró lentamente a la tenue luz del fuego, fascinado de nuevo por la sangre seca en la punta; era su propia sangre, ahora que lo pensaba. Comenzó a tallar la gruesa base de la garra con la navaja, abriendo un estrecho canal al que dio profundidad con cuidado. De su bolsa también tomó su collar de patas de halcón. Ató el cordón del collar alrededor del canal que había tallado en la base de la garra, y lo anudó con fuerza. Finalmente, lo cerró detrás de su cuello.

Le gustaba la idea de que la garra que lo hirió colgara inanimada alrededor de su cuello. «Un amuleto de buena suerte», pensó; luego se quedó dormido.

Once

16 de septiembre de 1823

«¡ **M**aldita sea!» John Fitzgerald contemplaba el río que tenía delante, o más exactamente, la curva que formaba.

Jim Bridger avanzó a su lado.

—¿Qué pasa? ¿Gira al este?

Sin previo aviso, Fitzgerald abofeteó al chico en la boca. Bridger se tambaleó y se fue de espaldas, cayendo sobre su costado con una expresión de sorpresa en el rostro.

—¿Por qué lo hiciste?

—¿Crees que no veo que el río gira al este? ¡Cuando necesite que explores, te lo diré! ¡Por lo demás, mantén tus ojos abiertos y tu jodida boca cerrada!

Por supuesto, Bridger tenía razón. Durante más de ciento cincuenta kilómetros, el río que seguían había corrido principalmente hacia el norte, el rumbo exacto que querían seguir. Fitzgerald ni siquiera estaba seguro de cuál era el nombre del río, pero sabía que todo desembocaba en algún momento en el Missouri. Si hubiera continuado su curso hacia el norte, Fitzgerald creía que el río podría llegar a estar a un día de camino del Fuerte Unión. Incluso tenía la esperanza de que estuvieran en el Yellowstone, aunque Bridger sostenía que estaban demasiado al este.

En cualquier caso, Fitzgerald había esperado seguir el río hasta que llegaran al Missouri. A decir verdad, no tenía instinto para la geografía del vasto páramo que se abría frente a él. El terreno presentaba pocos rasgos distintivos desde que se alejaron del nacimiento del alto Grand. El horizonte se extendía por kilómetros frente a ellos; era un mar de hierba apagada y abultadas colinas, cada una exactamente igual a la anterior.

Seguir el río les aseguraba que serían capaces de orientarse y que tendrían un suministro fácil de agua. Pero Fitzgerald no deseaba virar al este, la nueva dirección que tomaba el río, según se podía ver. El tiempo seguía siendo su enemigo. Cuanto más caminaran solos, sin Henry y la brigada, mayores eran las probabilidades de infortunio.

Se quedaron ahí durante varios minutos mientras Fitzgerald observaba y buscaba una solución. Finalmente Bridger respiró profundamente y dijo:

—Deberíamos ir al noroeste.

Fitzgerald iba a reprenderlo, pero no tenía ni idea de qué hacer. Señaló el seco pastizal que se extendía hasta el horizonte.

—¿Supongo que sabes dónde encontrar agua ahí?

—No. Pero no necesitamos mucha con este clima. —Bridger notó la indecisión de Fitzgerald y sintió que su propia opinión se reforzaba. A diferencia de Fitzgerald, él sí tenía instinto para orientarse en campo abierto. Siempre lo había tenido; una brújula interna parecía guiarlo en terrenos sin particularidades—. Creo que no estamos a más de dos días del Missouri, y quizá igual de cerca del fuerte.

Fitzgerald combatió el deseo de golpear a Bridger de nuevo. De hecho, pensó en matar al chico. Lo habría hecho en el Grand, de no haber sido porque sentía que dependía del fusil extra. Dos tiradores no eran mucho, pero eran mejor que uno solo.

—Mira, chico. Tú y yo tenemos que llegar a un pequeño acuerdo antes de que nos reunamos con los otros. —Bridger había anticipado esta conversación desde que abandonaron a Glass. Bajó la mirada, ya avergonzado de lo que sabía que vendría a continuación—. Hicimos lo mejor que pudimos por el viejo Glass, nos quedamos con él más de lo que debimos. Setenta dólares no es suficiente para que los ree te escalpen.

Bridger no dijo nada, así que Fitzgerald continuó.

—Glass estaba muerto desde el instante en que esa grizzly lo acabó. Lo único que no hicimos fue enterrarlo. —Bridger seguía mirando hacia otro lado. La rabia de Fitzgerald comenzó a hervir—. ¿Sabes qué, Bridger? Me importa un jodido bledo lo que pienses acerca de lo que hicimos. Pero te diré esto: tú sueltas la sopa y yo te abro la garganta de oreja a oreja.

Doce

17 de septiembre de 1823

El capitán Andrew Henry no se detuvo para apreciar el franco esplendor del valle que se extendía frente a él. Desde su punto de observación en un peñasco alto sobre la confluencia de los ríos Missouri y Yellowstone, Henry y sus siete compañeros dominaban un vasto horizonte delimitado por una amplia meseta. Frente a esta se elevaban suaves colinas, que se derramaban como rubias olas entre la escarpada plataforma y el Missouri. Aunque la ladera cercana había sido desprovista de sus árboles, algunos álamos gruesos aún perseveraban en el lado más lejano, luchando contra el otoño para defender la posesión temporal de su verdor.

Henry tampoco se detuvo a contemplar el sentido filosófico de la unión de los dos ríos. No se imaginó las praderas de las altas montañas donde las aguas comenzaban su camino, tan puras como diamante líquido. Ni siquiera se dio un momento para apreciar la relevancia práctica de la localización del fuerte, que recibía sabiamente el comercio de las dos grandes vías de agua.

Los pensamientos del capitán Henry no se concentraban en lo que veía, sino en lo que no veía. Y no veía caballos. Vio el movimiento disperso de hombres y el humo de un gran fuego, pero ni un solo caballo. «Ni siquiera una maldita mula.» Disparó su fusil al aire, tanto por la frustración como en señal de saludo. Los hombres en el campo detuvieron sus actividades, buscando la fuente del disparo. Dos armas le respondieron. Henry y sus siete hombres caminaron pesadamente por el valle hacia el Fuerte Unión.

Habían pasado ocho semanas desde que Henry salió del fuerte, dirigiéndose a la aldea arikara a toda prisa para ayudar a Ashley. Henry dejó dos instrucciones a su partida: trampear los arroyos circundantes y proteger a los caballos a toda costa. La suerte del capitán Henry parecía que nunca iba a cambiar.

Puerco retiró el fusil de su hombro derecho, donde parecía haberle creado una permanente hendidura en la piel. Comenzó a mover la pesada arma a su hombro izquierdo, pero ahí la correa de su bolsa de caza había creado su propia herida por abrasión. Finalmente se resignó a cargar el arma frente a él, decisión que le recordó el latente dolor en sus brazos.

Puerco pensó en la cómoda cama de paja de la parte trasera de la tienda del tonelero en Saint Louis, y llegó una vez más a la conclusión de que unirse al capitán Henry había sido un terrible error.

En sus primeros veinte años de vida, jamás había caminado más de tres kilómetros. En las pasadas seis semanas, no había pasado ni un solo día sin que caminara menos de treinta, y a menudo los hombres recorrían cincuenta o incluso más. Dos días antes, Puerco se había acabado las suelas de su tercer par de mocasines. Enormes agujeros dejaban pasar el helado rocío de la mañana. Las piedras le hicieron rasguños zigzagueantes. Y lo peor de todo, se había parado en un nopal espinoso. Aunque lo había intentado en varias ocasiones, no había logrado extraer las espinas con su cuchillo para desollar, y ahora un dedo infectado le hacía gesticular por el dolor a cada paso.

Por no mencionar el hecho de que nunca había tenido tanta hambre en su vida. Anhelaba el simple placer de mojar un panecillo en gravy o de clavar los dientes en una gruesa pierna de pollo. Recordaba con gran cariño el rebosante plato metálico de comida que le daba tres veces al día la esposa del tonelero. Ahora su desayuno consistía en carne seca, fría y escasa. Apenas se detenían para el almuerzo, que también consistía en carne fría. Con la inquietud del capitán por los disparos, incluso las cenas consistían principalmente en carne seca y fría. Y en las ocasiones en que sí tenían una presa fresca, Puerco comía con ansiedad, atragantándose con pedazos de animal salvaje o esforzándose para obtener la médula de los huesos rompiéndolos. La comida en la frontera requería tanto jodido trabajo. El esfuerzo que necesitaba hacer para comer lo dejaba muerto de hambre.

Puerco cuestionaba su decisión de ir al oeste a cada rugido de su estómago, a cada doloroso paso. Las riquezas de la frontera seguían tan esquivas como siempre. No había visto una trampa para castores en seis meses. Mientras caminaba al fuerte, los caballos no eran lo único ausente. «¿Dónde estaban las pieles?» Unas cuantas pieles de castor colgaban de unas ramas de sauce junto a las paredes de madera del fuerte, al lado de un revoltijo de búfalo, alce y lobo, pero esto no era ni de cerca la bonanza a la que había esperado regresar.

Un hombre llamado Bill el Chaparro avanzó y estiró la mano para saludar. Henry la ignoró.

—¿Dónde diablos están los caballos?

Bill el Chaparro se quedó con la mano extendida, solitaria e incómoda, por un momento. Finalmente la dejó caer.

—Los pies negros se los robaron, capitán.

—¿Alguna vez has escuchado sobre hacer guardia?

—Hicimos guardias, capitán, pero salieron de la nada e hicieron que la manada saliera en estampida.

—¿Los persiguieron?

Bill el Chaparro negó lentamente con la cabeza.

—No nos ha ido muy bien con los pies negros.

Fue un sutil recordatorio, pero también efectivo. El capitán Henry suspiró profundamente.

—¿Cuántos caballos quedan?

—Siete… Bueno, cinco y dos mulas. Murphy los tiene todos con un grupo trampero en el arroyo Beaver.

—No parece que los tramperos hayan hecho mucho.

—Trabajamos en ello, capitán, pero todo lo que estaba cerca del fuerte ya fue atrapado. Sin caballos no podemos cubrir más terreno.

Jim Bridger estaba hecho un ovillo debajo de una manta andrajosa. Por la mañana habría una gruesa escarcha en el suelo, y el chico sintió el frío seco que se colaba hasta lo más profundo de sus huesos. Otra vez dormirían sin fuego. A regañadientes, su incomodidad se rindió ante su fatiga y se durmió.

En su sueño estaba en la orilla de un enorme desfiladero. El cielo era del morado oscuro del inicio de la noche. La oscuridad prevalecía, pero aún había suficiente luz para iluminar los objetos con un tenue resplandor. La aparición se presentó primero con la más vaga de las formas, aún distante. Se aproximó a él lenta e inevitablemente. Sus contornos tomaron forma conforme se acercaba; tenía el cuerpo torcido y renco. Bridger quiso huir, pero el desfiladero que había detrás de él hacía imposible escapar.

Cuando estuvo a tres metros pudo ver su horrible rostro. Era antinatural; sus rasgos estaban distorsionados como los de una máscara. Tenía las mejillas y la frente surcadas de cicatrices. La nariz y las orejas estaban colocadas al azar, sin relación de equilibro o simetría. Tenía el rostro enmarcado por una melena enmarañada y una barba, lo que aumentaba la impresión de que el ser que estaba frente a él ya no era humano.

Conforme se acercaba, los ojos del espectro comenzaron a arder, con la mirada fija en Bridger. Era una mirada llena de odio imposible de evitar.

El espectro levantó los brazos como un segador y clavó un cuchillo profundamente en el pecho de Bridger. El cuchillo atravesó su esternón limpiamente, sorprendiendo al chico con la penetrante fuerza del golpe. Bridger trastabilló hacia atrás, captó un último destello de los ojos encendidos y se cayó.

Observó el cuchillo de su pecho mientras el desfiladero se lo tragaba. No le sorprendió reconocer el recubrimiento de plata del mango. Era el cuchillo de Glass. Pensó que en cierta forma era un alivio morir; resultaba más fácil que vivir con la culpa.

Bridger sintió un golpe seco en las costillas. Abrió los ojos sobresaltado y vio a Fitzgerald parado sobre él.

—Es hora de movernos, chico.

Trece

5 de octubre de 1823

Los restos carbonizados de la aldea arikara le hicieron pensar a Hugh Glass en esqueletos. Era espeluznante caminar entre ellos. Ese lugar, que había bullido tan recientemente con la enérgica vida de quinientas familias, estaba ahora tan muerto como un cementerio; era como un monumento ennegrecido en un alto peñasco sobre el Missouri.

La aldea se extendía a lo largo de trece kilómetros al norte de la confluencia con el Grand, mientras que el Fuerte Brazeau se ubicaba a más de cien al sur. Glass tenía dos razones para tomar el desvío río arriba por el Missouri. Se había quedado sin carne seca del búfalo y una vez más dependía de raíces y bayas. Glass recordó los dorados trigales que rodeaban las aldeas arikara y confió en encontrar comida en ellos.

También sabía que la aldea lo proveería de materiales para hacer una balsa. En ella, podría flotar perezosamente río abajo hacia el Fuerte Brazeau. Mientras caminaba lentamente por la aldea, se dio cuenta de que no habría problema para encontrar materiales de construcción. Entre las chozas y las empalizadas, había cientos de troncos útiles.

Glass se detuvo para echar un vistazo a una gran cabaña en el centro de la aldea, claramente una especie de edificio comunal. Atisbó movimiento en su oscuro interior. Retrocedió tambaleándose, el corazón se le aceleró. Se detuvo, echando un vistazo a la cabaña mientras sus ojos se acostumbraban a la luz. Ya que no necesitaba el bastón, había afilado la punta de la rama de álamo para hacer una tosca espada. La sostuvo en posición de ataque.

Un pequeño perro, un cachorro, gimoteó en el centro de la cabaña. Aliviado y emocionado ante la posibilidad de comer carne fresca, Glass dio un paso adelante. Volteó la espada para poner la punta roma hacia el frente. Si podía conseguir que el perro se acercara, con un rápido golpe podría destrozarle el cráneo. «No hay necesidad de dañar la carne.» Presintiendo el peligro, el perro se lanzó hacia un oscuro recoveco al fondo del cuarto abierto.

Glass lo persiguió con rapidez, y se detuvo sorprendido cuando el perro saltó a los brazos de una anciana. La mujer estaba agazapada en un camastro, echa un ovillo sobre una manta andrajosa. Abrazó al cachorro como a un bebé. Hundió la cara en el animal y solo su cabello blanco era visible en las sombras. Gritó y comenzó a gemir histéricamente. Después de unos instantes, el gemido adoptó un patrón, un cántico atemorizante y premonitorio. «¿Es su canto de la muerte?»

Los brazos y los hombros que sostenían al perrito no eran más que piel vieja y curtida que colgaba holgadamente sobre sus huesos. Cuando los ojos de Glass se ajustaron, vio los desechos y la suciedad regados a su alrededor. Había agua en una gran olla de arcilla, pero ninguna señal de comida. «¿Por qué no ha juntado maíz?» Glass tomó algunas mazorcas mientras entraba a la aldea. Los sioux y los venados se llevaron la mayor parte de la cosecha, pero definitivamente quedaban sobras. «¿Está coja?»

Glass metió la mano en su alforja y sacó una mazorca de maíz. La peló y se inclinó para ofrecérsela a la anciana. Sostuvo el maíz mucho tiempo mientras la mujer continuaba su canto entre gemidos. Después de un rato el cachorro olfateó el maíz y comenzó a lamerlo. Glass estiró la mano y tocó la cabeza de la anciana, acariciándole suavemente el pelo blanco. Finalmente la mujer dejó de cantar y volteó su rostro hacia la luz que se colaba por la puerta.

Glass ahogó un grito. Tenía los ojos completamente blancos; estaba totalmente ciega. Ahora entendía por qué los arikara habían dejado a la anciana cuando huyeron en mitad de la noche.

Glass tomó su mano y, con suavidad, hizo que envolviera con ella el maíz. La anciana masculló algo que él no pudo entender y se llevó el maíz a la boca. Glass vio que no tenía dientes y presionaba el maíz crudo con las encías. El dulce jugo pareció despertar su hambre y mordisqueó inútilmente la mazorca. «Necesita caldo.»

Miró a su alrededor en la choza. Encontró un caldero oxidado junto al hogar que estaba en el centro del cuarto. Miró el agua de la gran olla de arcilla. Era salobre y algunos sedimentos flotaban en su superficie. Tomó la olla y la llevó afuera. Tiró el agua y la rellenó en un pequeño arroyo que corría por la aldea.

Glass encontró otro perro junto al arroyo, y a este no le perdonó la vida. En seguida, un fuego ardía en el centro de la choza. Asó una parte del perro en una vara sobre el fuego, y otra la hirvió en el caldero. Echó maíz en la olla con la carne del perro y continuó su búsqueda por la aldea. Muchas de las chozas de arcilla no habían sido afectadas por el fuego, y Glass se alegró de encontrar varias medidas de cordaje para la balsa. También encontró una taza metálica y un cucharón hecho de cuerno de búfalo.

Cuando volvió a la gran cabaña encontró a la anciana ciega tal como la había dejado, chupando la mazorca de maíz. Caminó hacia el caldero, llenó de caldo la taza metálica y la puso junto a ella en el camastro. El cachorro, desconcertado ante el aroma de su camarada que se asaba en el fuego, se agazapó a los pies de la mujer. La mujer también podía oler la carne. Tomó la taza y tragó el caldo en cuanto la temperatura se lo permitió. Glass volvió a llenar la taza, esta vez agregando pequeños trozos de carne que cortó con la navaja. Llenó la taza tres veces antes de que la anciana dejara de comer y se quedara dormida. Le ajustó la manta para cubrirle los hombros huesudos.

Fue hacia el fuego y comenzó a comer el perro asado. Los pawnee consideraban al perro una delicia; mataban ocasionalmente un canino de la misma manera en que los hombres blancos sacrificaban de vez en cuando un lechón. Glass prefería el búfalo sin duda, pero en su actual estado, el perro estaba bastante bien. Sacó maíz de la olla y lo comió también, reservando el caldo y la carne hervida para la mujer.

Había comido por una hora cuando la anciana gritó. Glass fue rápidamente a su lado. Ella repetía algo una y otra vez. «*He tuwe he…* *He tuwe he…*» Esta vez no hablaba con el tono temeroso de su canto de muerte, sino con una voz tranquila que buscaba con urgencia comunicar una idea importante. Las palabras no significaban nada para Glass. Sin saber qué más hacer, tomó la mano de la mujer. Ella la apretó débilmente y la llevó a su mejilla. Se quedaron así por un rato. Sus ojos ciegos se cerraron y se quedó dormida.

En la mañana estaba muerta.

Glass pasó la mayor parte de la mañana construyendo una tosca pira funeraria con vista al Missouri. Cuando terminó, volvió a la gran cabaña y envolvió a la anciana en su manta. La cargó hasta la pira, mientras el perro los seguía lastimeramente como un extraño cortejo. Al igual que la pierna herida, el hombro de Glass sanó bien en las semanas que transcurrieron desde la batalla con los lobos. Aun así, hizo un gesto de dolor al levantar el cuerpo para llevarlo a la pira. Sintió las conocidas y desconcertantes punzadas en la columna. Su espalda seguía preocupándolo. Con suerte, estaría en el Fuerte Brazeau en unos cuantos días. Allí, alguien podría curarlo adecuadamente.

Se quedó un momento junto a la pira; las antiguas tradiciones volvían a él de un pasado distante. Por un momento, se preguntó qué palabras habrían pronunciado en el funeral de su madre, qué palabras habrían pronunciado para Elizabeth. Se imaginó un montículo de tierra recién removida junto a una tumba abierta. La idea de un entierro siempre le había parecido agobiante y fría. Le gustaba más la tradición india de poner los cuerpos en alto, como si los pasaran a los cielos.

El perro gimió de pronto y Glass se giró rápidamente. Cuatro indios montados cabalgaban hacia él con lentitud, a una distancia de menos de setenta metros. Por sus ropas y cabello, Glass supo de inmediato que eran sioux. Entró en pánico por un instante, calculando la distancia que lo separaba de los gruesos árboles del despeñadero. Recordó su primer encuentro con los pawnee y decidió quedarse en su lugar.

Había pasado más de un mes desde que los tramperos y los sioux fueron aliados en el sitio contra los arikara. Glass recordó que los sioux habían renunciado a la pelea en desacuerdo con las tácticas del coronel Leavenworth, un sentimiento que compartían los hombres de la Compañía Peletera de Rocky Mountain. «¿Aún se conservarán los restos de esa alianza?» Así que se quedó ahí, fingiendo tanta seguridad como le fue posible, y observó a los indios aproximarse.

Eran jóvenes; tres apenas superaban la adolescencia. El cuarto era un poco mayor, quizá tendría unos veinte años. Los guerreros más jóvenes avanzaron con cautela, con sus armas listas, como si se estuvieran acercando a un animal extraño. El mayor cabalgaba por delante de los otros. Llevaba un fusil London, pero sostenía el arma con indiferencia, con el cañón sobre el cuello de un enorme semental *buckskin*. El animal tenía una marca grabada en el anca : «E.U.» «Es uno de los de Leavenworth.» En otras circunstancias, Glass podría haberse divertido por la desgracia del coronel.

El sioux mayor refrenó su caballo a metro y medio de Glass, estudiándolo de pies a cabeza. Luego miró más allá, a la pira. Se esforzó por entender la relación entre aquel hombre blanco destrozado y sucio y la anciana arikara muerta. Desde la distancia lo habían visto esforzarse para colocar su cuerpo en el andamio. No tenía sentido.

El indio meció la pierna para cruzar el lomo del enorme semental y se deslizó ágilmente al suelo. Caminó hacia Glass, penetrándolo con sus ojos negros. Glass sintió que se le encogía el estómago, aunque enfrentó la mirada sin hacer un solo gesto.

El indio logró sin esfuerzo lo que Glass se sentía obligado a fingir: un aire de absoluta seguridad. Su nombre era Caballo Amarillo. Era alto, de más de metro ochenta, con hombros cuadrados y una postura perfecta que acentuaba un cuello y pecho poderosos. En su cabello trenzado llevaba tres plumas de águila, con marcas que simbolizaban los enemigos que había matado en la batalla. Dos bandas decorativas corrían por el sayo de ante que cubría su pecho. Glass notó lo intrincado del trabajo, con cientos de púas de puercoespín entretejidas y teñidas de brillantes colores bermellón e índigo.

Cuando estuvieron frente a frente, el indio se acercó y extendió la mano hacia el collar de Glass, examinando la enorme garra de la osa mientras la giraba entre sus dedos. La dejó caer; el movimiento de sus ojos seguía el trazado de las cicatrices que surcaban el cráneo y la garganta de Glass. Lo empujó ligeramente en el hombro para darle la vuelta y examinó las heridas bajo su camisa desgarrada. Les dijo algo a los otros tres mientras miraba la espalda de Glass, quien escuchó a los otros guerreros desmontar y acercarse, y luego hablar con entusiasmo mientras tocaban e investigaban su espalda. «¿Qué pasa?»

La fuente de la fascinación de los indios eran las profundas heridas paralelas que se extendían por toda la espalda de Glass. Los indios habían visto muchas heridas, pero nunca algo así. Los profundos tajos estaban vivos, infestados de gusanos.

Uno de los indios se las arregló para atrapar un gusano blanco que se retorcía entre sus dedos. Lo sostuvo para que Glass lo viera. Glass gritó horrorizado, arrancándose los restos de la camisa, estirándose inútilmente para tocar las heridas que no estaban a su alcance, y luego cayendo sobre las manos y las rodillas, teniendo arcadas ante la repugnante idea de esa horrible invasión.

Pusieron a Glass en un caballo, detrás de uno de los jóvenes guerreros, y se alejaron cabalgando de la aldea arikara. El perro de la anciana comenzó a seguirles detrás de los caballos. Uno de los indios se detuvo, desmontó y persuadió al perro de que se acercara. Con el lado sin filo de una pequeña hacha, le aplastó el cráneo, tomó al animal por las patas traseras y cabalgó para alcanzar a los demás.

El campamento sioux estaba justo al sur del Grand. La llegada de los cuatro guerreros con un hombre blanco despertó una expectación inmediata, y una multitud de indios caminó tras ellos como si fuera un desfile mientras cabalgaban entre los tipis.

Caballo Amarillo condujo la procesión hacia un tipi bajo que estaba lejos del campamento. Estaba cubierto de diseños enloquecidos: relámpagos que caían de nubes negras, búfalos acomodados geométricamente alrededor de un sol, figuras vagamente humanas que danzaban alrededor de un fuego. Caballo Amarillo gritó en señal de saludo, y después de unos momentos, un anciano y nudoso indio salió de un ala del tipi. Entrecerró los ojos ante el sol brillante. Aun sin hacer ese gesto, sus ojos apenas eran visibles debajo de sus profundas arrugas. La mitad superior de su rostro estaba cubierta de pintura negra y llevaba atado un cuervo muerto y desteñido detrás de su oreja derecha. Estaba desnudo del pecho para arriba a pesar del frío de octubre, y debajo de la cintura solo llevaba un taparrabos. La piel que colgaba holgadamente de su pecho hundido estaba pintada en tiras alternadas de negro y rojo.

Caballo Amarillo desmontó, y le indicó a Glass que hiciera lo mismo. Glass se bajó con torpeza; las heridas le dolían de nuevo por la falta de costumbre del rebote del viaje. Caballo Amarillo le habló al curandero sobre el extraño hombre blanco que encontraron en los restos de la aldea arikara, cómo lo habían observado mientras liberaba el espíritu de una india. Le dijo al curandero que el hombre blanco no había mostrado miedo mientras ellos se le aproximaban, aunque no tenía más armas que un palo afilado. Le habló sobre el collar con la garra de oso y las heridas de la garganta y la espalda del hombre.

El curandero no dijo nada durante la larga explicación de Caballo Amarillo, aunque sus ojos observaban con atención a través de la arrugada máscara de su rostro. Los indios reunidos se apiñaron para escuchar; su murmullo creció ante la descripción de los gusanos de la herida de la espalda.

Cuando Caballo Amarillo terminó, el curandero se acercó a Glass. La coronilla del hombre encorvado apenas le llegaba a Glass al mentón, lo cual ponía al viejo sioux en un ángulo perfecto para examinar la garra de oso. La tocó con la punta del pulgar, como para verificar su autenticidad. Sus manos artríticas temblaron ligeramente al estirarse para tocar las cicatrices rosadas que se extendían desde el hombro izquierdo de Glass hasta su garganta.

Finalmente giró a Glass para examinar su espalda. Se estiró para tomar el cuello de la camisa hecha jirones y lo desgarró. La tela ofreció poca resistencia. Los indios se empujaron para ver por sí mismos lo que Caballo Amarillo había descrito. Al instante estallaron en un chachareo emocionado en su extraño lenguaje. Glass sintió de nuevo que se le revolvía el estómago ante la idea del espectáculo que había desatado tal fervor.

El curandero dijo algo y los indios se callaron de inmediato. Se dio la vuelta y desapareció tras la lona de su tipi. Cuando salió minutos después, tenía los brazos llenos de guajes variados y bolsas decoradas con cuentas. Volvió con Glass y le hizo una señal para que se acostara boca abajo en el suelo. Junto a Glass, extendió una hermosa piel blanca. En la piel desplegó sus medicinas. Glass no tenía idea de qué contenían los recipientes. «No me importa.» Solo una cosa importaba. «Quítamelos.»

El curandero le dijo algo a uno de los guerreros jóvenes, quien volvió tras unos minutos con una olla negra llena de agua. Mientras tanto, el curandero olfateó el guaje más grande y agregó ingredientes del surtido de bolsas. Soltó un canto bajo mientras trabajaba, el único sonido que se elevaba sobre el respetuoso silencio de los aldeanos.

El ingrediente principal del enorme guaje era orina de búfalo, tomado de la vejiga de un gran animal durante una caza el verano anterior. A la orina le agregó raíz de aliso y pólvora. El astringente resultante era tan potente como el aguarrás.

El curandero le pasó a Glass una pequeña vara de quince centímetros de largo. A Glass le tomó un momento comprender su función. Respiró profundamente y puso la vara entre sus dientes.

Glass se preparó y el curandero vertió la mezcla.

El astringente despertó el dolor más intenso que Glass había sentido en su vida, como si fuera hierro fundido en un molde de carne humana. Al principio el dolor estaba localizado, mientras el líquido se filtraba en cada una de las cinco cortadas, centímetro tras atroz centímetro. Pero el fuego puntual se extendió pronto, convirtiéndose en una oleada de sufrimiento, pulsando según el veloz latido de su corazón. Glass hundió los dientes en la suave madera de la vara. Intentó imaginarse el efecto catártico del tratamiento, pero no pudo trascender la inmediatez del dolor.

El astringente había tenido el efecto deseado en los gusanos. Docenas de las blancas criaturas que se retorcían lucharon por salir. Después de unos minutos, el curandero lavó los gusanos y el líquido ardiente de la espalda de Glass con un gran cazo de agua. Glass jadeó conforme el dolor disminuía lentamente. Apenas había comenzado a recuperar el aliento cuando el curandero vertió de nuevo el contenido del guaje grande.

Aplicó cuatro dosis del astringente. Cuando había lavado los últimos restos, llenó las heridas de un humeante emplasto de pino y lárice. Caballo Amarillo ayudó a Glass a entrar en el tipi del curandero. Una india trajo carne de venado recién hecha. Glass ignoró su espalda punzante lo suficiente para atiborrarse de comida, y luego se tendió sobre una piel de búfalo y se quedó profundamente dormido.

Entró y salió del sueño durante casi dos días seguidos. En los momentos de vigilia, encontraba junto a él un nuevo suministro de comida y agua. El curandero cuidó su espalda, cambiando dos veces el emplasto. Después del punzante dolor del astringente, la húmeda tibieza del emplasto era como la reconfortante caricia de una mano maternal.

La primera luz de la mañana iluminó el tipi con un tenue brillo al tercer día, cuando Glass despertó, en un silencio roto solamente por el ocasional movimiento de los caballos y el sonido de las tórtolas. El curandero dormía con una piel de búfalo sobre su huesudo cuerpo. Junto a Glass había una pila de ropa de gamuza perfectamente doblada: calzas, mocasines decorados con cuentas y un simple sayo de ante. Se levantó con lentitud y se vistió.

Los pawnee consideraban a los sioux sus enemigos mortales. Glass incluso había peleado contra una banda de cazadores sioux en una pequeña refriega durante sus días en las llanuras de Kansas. Ahora tenía una nueva percepción. ¿Cómo no estar agradecido por las acciones samaritanas de Caballo Amarillo y el curandero? El curandero se retorció, incorporándose hasta quedar sentado. Cuando vio a Glass dijo algo que él no pudo entender.

Caballo Amarillo apareció minutos después. Parecía complacido de ver a Glass andando de nuevo. Los dos indios le examinaron la espalda y parecieron intercambiar comentarios de aprobación sobre lo que encontraron. Cuando terminaron, Glass señaló su espalda y levantó las cejas de manera inquisitiva para preguntarles: «¿Se ve bien?». Caballo Amarillo apretó los labios y asintió.

Se encontraron más tarde en el tipi de Caballo Amarillo. A través de una mezcla de lenguaje de señas y dibujos en la arena, Glass intentó comunicarle de dónde venía y adónde quería ir. Caballo Amarillo pareció entender «Fuerte Brazeau», y Glass se lo confirmó cuando el indio dibujó un mapa mostrando la ubicación el fuerte en la confluencia del Missouri y el río White. Glass asintió frenéticamente. Caballo Amarillo les dijo algo a los guerreros reunidos en el tipi. Glass no pudo entenderlo y se fue a dormir esa noche preguntándose si debería irse por su cuenta.

Despertó a la mañana siguiente con el sonido de caballos afuera del tipi del curandero. Cuando salió, encontró a Caballo Amarillo y los tres guerreros de la aldea arikara. Estaban montados, y uno de los guerreros sostenía las riendas de un caballo pinto sin jinete.

Caballo Amarillo dijo algo y señaló el caballo pinto. El sol acababa de levantarse por el horizonte cuando comenzaron a cabalgar hacia el sur, camino al Fuerte Brazeau.

Catorce

6 de octubre de 1823

El sentido de ubicación de Jim Bridger no le falló. Tenía razón cuando urgió a Fitzgerald a atajar por tierra y alejarse del lugar donde el río Pequeño Missouri giraba al este. Al oeste, el horizonte se tragaba la última tajada del sol cuando los dos hombres dispararon un fusil para anunciar que se aproximaban al Fuerte Unión. El capitán Henry envió a un jinete a recibirlos.

Los hombres de la Compañía Peletera de Rocky Mountain acogieron la entrada de Fitzgerald y Bridger al fuerte con sombrío respeto. Fitzgerald llevaba el fusil de Glass como la orgullosa insignia de su camarada caído. Jean Poutrine se persignó cuando el Anstadt pasó frente a él, y unos cuantos hombres se quitaron el sombrero. Inevitable o no, para los hombres resultaba perturbador enfrentar la muerte de Glass.

Se reunieron en el cuartel para escuchar el reporte de Fitzgerald. Bridger no pudo sino maravillarse ante la habilidad, la sutileza y la facilidad con las que mentía.

—No hay mucho que decir —dijo Fitzgerald—. Todos sabíamos cómo acabaría. No fingiré que fuera mi amigo, pero respeto a un hombre que pelea como él peleó.

—Lo enterramos en la profundidad de la tierra…, lo cubrimos con suficientes rocas para protegerlo. La verdad, capitán, yo quería irme de inmediato, pero Bridger dijo que teníamos que hacer una cruz para la tumba.

Bridger levantó la mirada, horrorizado ante este último detalle de ornamentación. Veinte rostros admirados lo contemplaron, unos cuantos asintieron en solemne aprobación. «Dios, ¡respeto no!» Lo que había anhelado ya era suyo, y era más de lo que podía soportar. Cualesquiera que fueran las consecuencias, tenía que deshacerse de la terrible carga de la mentira… Su mentira.

Vio la helada mirada de Fitzgerald por el rabillo del ojo. «No me importa.» Abrió la boca para hablar, pero antes de que pudiera encontrar las palabras correctas, el capitán Henry dijo:

—Sabía que harías tu parte, Bridger.

Más gestos de aprobación de los hombres de la brigada. «¿Qué hice?» Bajó la mirada al piso.

Quince

9 de octubre de 1823

Que el Fuerte Brazeau se hiciera llamar «fuerte» era, cuando menos, poco convincente. Quizá la motivación del nombre había sido la vanidad, un deseo de institucionalizar el nombre familiar. O quizá confiaban en que disuadira los ataques por la pura fuerza del nombre. De cualquier manera, el nombre excedía sus posibilidades.

El Fuerte Brazeau consistía en una sola cabaña de madera, un tosco muelle y un palenque. Las delgadas aberturas de la cabaña para disparar representaban la única evidencia de que se habían tenido en cuenta los aspectos marciales de la construcción, y hacían más por impedir la entrada de la luz que la de las flechas.

Tipis dispersos punteaban el claro que rodeaba el fuerte; unos cuantos eran de los indios que estaban de visita para comerciar, otros eran de los borrachos yankton sioux que los tenían allí de forma permanente. Cualquiera que viajara por el río se quedaba a pasar la noche. Usualmente acampaban bajo las estrellas, aunque por un ojo de la cara los adinerados podían compartir una cama de paja en la cabaña.

Adentro, la cabaña era parte miscelánea y parte taberna. Tenuemente iluminada, las sensaciones principales eran olfativas: humo rancio, el grasoso almizcle de las pieles frescas y barriles abiertos de bacalao salado. Además de la conversación de los borrachos, los sonidos principales eran el constante zumbido de las moscas y el esporádico retumbar de los ronquidos provenientes de la buhardilla donde se dormía.

El homónimo del fuerte, Kiowa Brazeau, observó a los cinco jinetes que se aproximaban a través de unos gruesos espejuelos que daban a sus ojos un apariencia extrañamente grande. Con considerable alivio distinguió la cara de Caballo Amarillo. Kiowa estaba preocupado por la disposición de los sioux.

William Ashley pasó la mayor parte del mes en el Fuerte Brazeau planeando el futuro de la Compañía Peletera de Rocky Mountain tras la debacle en las aldeas arikara. Los sioux fueron aliados de los blancos en la batalla contra los arikara. O, más exactamente, lo fueron hasta que se hartaron de las tácticas sin sentido del coronel Leavenworth. A mitad del sitio de Leavenworth, los sioux se fueron abruptamente (no sin robar antes los caballos tanto de Ashley como del Ejército de los Estados Unidos). Ashley interpretó la deserción de los sioux como traición. Kiowa sentía en secreto cierta afinidad por la actitud de los sioux, aunque no veía necesidad de ofender al fundador de la Compañía Peletera de Rocky Mountain. Después de todo, Ashley y sus hombres habían sido sus mejores clientes de toda la historia, y compraron prácticamente todo su inventario de provisiones.

Pero la exigua economía del Fuerte Brazeau dependía del intercambio con las tribus locales. Los sioux tomaron una importancia agregada desde el dramático cambio en las relaciones con los arikara. A Kiowa le preocupaba que los sioux hicieran extensivo a él y a su establecimiento el desprecio que sentían por Leavenworth. La llegada de Caballo Amarillo y los otros tres guerreros sioux era una buena señal, especialmente cuando fue evidente que llevaban con ellos a un hombre blanco que aparentemente estaba bajo su cuidado.

Una pequeña multitud de indios residentes y viajeros de paso se reunió para recibir a los recién llegados. Observaron especialmente al hombre blanco, que tenía unas horribles heridas en el rostro y el cráneo. Brazeau habló con Caballo Amarillo en sioux con fluidez, y Caballo Amarillo le explicó lo que sabía del hombre blanco. Con incomodidad, Glass sintió la atención de docenas de ojos que lo observaban. Aquellos que hablaban sioux escucharon la descripción de Caballo Amarillo sobre el encuentro con Glass, solo y sin armas, profundamente lastimado por un oso. El resto lo dejaron a la imaginación, aunque era obvio que el hombre blanco tenía una historia que contar.

Kiowa escuchó la historia de Caballo Amarillo antes de dirigirse al hombre blanco.

—¿Quién es usted? —El hombre blanco parecía tener problemas con las palabras. Pensando que no entendía, Brazeau cambió a francés—: *Qui êtes vous?*

Glass tragó saliva y aclaró su garganta poco a poco. Recordaba a Kiowa de la breve estancia de la Compañía Peletera de Rocky Mountain cuando iba río arriba. Kiowa obviamente no lo recordaba a él. A Glass se le ocurrió que su apariencia debía de haber cambiado notablemente, aunque aún no había tenido oportunidad de echar un buen vistazo a su propia cara desde el ataque.

—Hugh Glass. —Le dolía hablar, y su voz salió como una especie de gemido lamentable y chillón—. Hombre de Ashley.

—*Monsieur* Ashley se acaba de ir. Envió a Jed Stuart al oeste con quince hombres, luego volvió a Saint Louis para reunir otra brigada. —Kiowa esperó un minuto, pensando que si se detenía el hombre herido podría ofrecerle más información.

Cuando el hombre no mostró señales de decir nada más, un escocés con un solo ojo le dio voz a la impaciencia del grupo. Con un tonto acento preguntó:

—¿Qué te pasó?

Glass habló con lentitud y con tanta economía como le fue posible.

—Una grizzly me atacó al norte del Grand. —Odiaba el patético chillido de su voz, pero continuó—. El capitán Henry me dejó con dos hombres. —Se detuvo de nuevo, reconfortando su garganta herida con la mano—. Huyeron y robaron mi equipo.

—¿Los sioux te trajeron hasta aquí? —preguntó el escocés.

Viendo el gesto de dolor de Glass, Kiowa respondió por él.

—Caballo Amarillo lo encontró solo en la aldea arikara. Corríjame si me equivoco, *monsieur* Glass, pero apuesto que recorrió el Grand solo.

Glass asintió.

El escocés tuerto quiso preguntar otra cosa, pero Kiowa lo detuvo.

—*Monsieur* Glass puede guardar su historia para después. Yo diría que se ganó la oportunidad de comer y dormir. —Los lentes le daban al rostro de Kiowa un aire inteligente y paternalista. Tomó a Glass por el hombro y lo condujo al interior de la cabaña. Adentro, sentó a Glass a una larga mesa y le dijo algo en sioux a su esposa. Ella sirvió un plato rebosante de estofado de una enorme olla de hierro fundido. Glass comió con ansia; luego pidió otros dos platos grandes más.

Kiowa se sentó al otro lado de la mesa frente a él, observándolo con paciencia bajo la tenue luz y alejando a los mirones.

Cuando terminó de comer, Glass volteó hacia Kiowa con una súbita idea.

—No puedo pagarle.

—No esperaba que trajera mucho efectivo. Un hombre de Ashley tiene crédito en mi fuerte. —Glass asintió, comprendiéndolo. Kiowa continuó—. Puedo equiparle y ponerle en el siguiente barco a Saint Louis.

Glass negó con la cabeza frenéticamente.

—No voy a Saint Louis.

Esto tomó por sorpresa a Kiowa.

—Entonces ¿adónde planea ir?

—Al Fuerte Unión.

—¡Al Fuerte Unión! ¡Es octubre! Aun si logra pasar a los ree hacia las aldeas mandan, llegará allá en diciembre. Y eso aún está a quinientos kilómetros del Fuerte Unión. ¿Va a recorrer a pie el Missouri en mitad del invierno?

Glass no respondió. Le dolía la garganta. Además no estaba pidiendo permiso. Tomó un trago de agua de la gran taza metálica, le dio las gracias a Kiowa por la comida y comenzó a trepar la desvencijada escalera a la buhardilla para dormir. Se detuvo a mitad del camino, volvió a bajar y salió del lugar.

Glass encontró a Caballo Amarillo lejos del fuerte, acampando en la ladera del río White. Él y los otros sioux atendieron a sus caballos, hicieron algunos intercambios y se irían en la mañana. Caballo Amarillo evitaba el fuerte tanto como era posible. Kiowa y su esposa sioux siempre lo trataron honradamente, pero el lugar lo deprimía. Sentía desprecio, e incluso pena, por los sucios indios que acampaban alrededor del frente, prostituyendo a sus esposas e hijas a cambio de los siguientes tragos de whisky. Era temible un mal que podía hacer que los hombres dejaran atrás sus antiguas vidas y vivieran en tal deshonra.

Más allá del efecto que el Fuerte Brazeau tenía en los indios que vivían allí, otros aspectos del lugar lo dejaban profundamente intranquilo. Se maravillaba de la complejidad y la calidad de los productos de los blancos, desde sus armas y hachas hasta sus elegantes telas y agujas. Sin embargo, la gente que podía hacer tales cosas le causaba una inquietud indefinible, pues empleaban poderes que él no podía entender. Y qué decir de las historias de las grandes aldeas de los blancos en el este, con poblaciones tan numerosas como los búfalos. Dudaba que esas historias fueran verdad, pero cada año el flujo de los comerciantes se incrementaba. Ahora estaba la pelea entre los arikara y los soldados. Era verdad que los blancos querían castigar a los arikara, una tribu que tampoco despertaba su buena voluntad. Y era verdad que los soldados blancos fueron cobardes y tontos. Se esforzaba para comprender esa inquietud. Si las analizaba, ninguna de sus aprensiones era avasalladora. Sin embargo, Caballo Amarillo presentía que estas hebras dispersas se unirían de alguna manera, trenzándose en una advertencia que aún no podía percibir por completo.

Caballo Amarillo se puso de pie cuando Glass llegó al campamento; un fuego bajo iluminaba sus rostros. Glass había considerado pagarle al sioux por sus cuidados, pero algo le decía que eso le ofendería. Pensó en darle algún pequeño regalo: un manojo de tabaco o un cuchillo. Pero esas pequeñeces no expresaban su gratitud. En vez de eso caminó hacia Caballo Amarillo, se quitó el collar con la garra de osa, y lo colocó alrededor del cuello del indio.

Caballo Amarillo lo observó por un momento. Glass también lo contempló, asintió y luego se dio la vuelta para volver a la cabaña.

Cuando Glass subió a la buhardilla para dormir, encontró a dos viajeros ya dormidos en la gran cama de paja. En una esquina bajo el tejaroz, habían extendido una piel raída sobre un espacio estrecho. Glass se tendió y se quedó dormido casi inmediatamente.

A la mañana siguiente, se despertó al escuchar una fuerte conversación en francés, que llegaba a la buhardilla desde un cuarto abierto en el piso inferior. Risas alegres se entremezclaban con la discusión, y Glass notó que estaba solo allí arriba. Se quedó así un rato, disfrutando el lujo del techo y el calor.

El brutal tratamiento del curandero había funcionado. Si su espalda aún no sanaba por completo, al menos las heridas habían sido purgadas de su asquerosa infección. Estiró las extremidades una por una, como si estuviera examinando los complejos componentes de una máquina recién comprada. Su pierna podía soportar todo el peso de su cuerpo, aunque aún caminaba con una marcada cojera. Y aunque no había recuperado aún las fuerzas, el brazo y el hombro le funcionaban con normalidad. Asumió que el culatazo de un fusil le provocaría un agudo dolor, pero estaba seguro de su capacidad para manejar un arma.

«Un arma.» Agradeció que Kiowa estuviera dispuesto a equiparlo. Pero lo que quería era su arma. Su arma y un ajuste de cuentas con los hombres que la robaron. Llegar al Fuerte Brazeau le pareció muy decepcionante. Auque pudiera considerarlo un hito, para Glass el fuerte no marcaba una línea de meta que cruzar con júbilo, sino solo una línea de salida de la que partir con determinación. Con nuevo equipo y estando cada vez más sano, tenía ventajas de las que había carecido en las seis semanas pasadas. Aun así, su meta estaba lejos.

Tendido boca arriba en la buhardilla, notó que había una cubeta de agua en una mesa. Abajo, la puerta se abrió y en la pared un espejo quebrado atrapó la luz de la mañana. Glass se levantó del suelo y caminó lentamente hacia el espejo. Esperaba verse distinto. Aun así, era extraño ver finalmente las heridas que solo había podido imaginar durante semanas. Tres marcas de garra paralelas abrían líneas profundas en la espesa barba que cubría su mejilla. A Glass le recordaban a la pintura de guerra. No era una sorpresa que los sioux hubieran sido respetuosos. Una cicatriz rosada trazaba un círculo siguiendo la línea de su cuero cabelludo, y tenía la coronilla marcada con varios tajos. Donde le había crecido el cabello notó que ahora el gris se mezclaba con el café de antes, principalmente en la barba. Le puso especial atención a su garganta. De nuevo, franjas paralelas marcaban el camino de las garras. Cicatrices abultadas señalaban los puntos por donde las suturas habían pasado.

Glass se levantó la camisa de ante para intentar verse la espalda, pero el oscuro espejo mostraba poco más que la silueta de las largas heridas. La imagen mental de los gusanos aún lo atormentaba. Dejó el espejo y bajó de la buhardilla.

Una docena de hombres se encontraba reunida en el cuarto de abajo, llenando una larga mesa y expandiéndose más allá. La conversación se detuvo mientras Glass descendía por la escalera.

Kiowa lo saludó, cambiando fácilmente al inglés. La facilidad del francés con el idioma era una ventaja para un comerciante en medio de la frontera Babel.

—Buenos días, *monsieur* Glass. Justo estábamos hablando sobre usted. —Glass asintió con la cabeza en señal de reconocimiento, pero no dijo nada—. Está de suerte —siguió diciendo Kiowa—. Puede que le haya encontrado un aventón río arriba.

Eso despertó el interés de Glass de inmediato.

—Le presento a Antoine Langevin. —Un hombre bajo con un gran bigote se levantó de la mesa con formalidad, estirándose para estrechar la mano de Glass, quien se sorprendió por el fuerte apretón del hombrecito.

—Langevin llegó anoche desde río arriba. Como usted, *monsieur* Glass, trajo consigo una buena historia que contar. *Monsieur* Langevin vino desde las aldeas mandan. Me cuenta que nuestra tribu errante, los arikara, ha levantado una nueva aldea a solo un kilómetro y medio al sur de los mandan.

Langevin dijo algo en francés que Glass no entendió.

—Ahora, Langevin —dijo Kiowa, molesto por la interrupción—. Pensé que nuestro amigo apreciaría un poco de contexto histórico. —Kiowa continuó con la explicación—. Como puede imaginarse, nuestros amigos los mandan están nerviosos por si sus nuevos vecinos les crean problemas. Como condición para ocupar su territorio, han exigido que los arikara prometan que detendrán sus ataques a los blancos.

Kiowa se quitó los lentes. Los limpió con el largo faldón de su camisa antes de ponerlos de nuevo sobre su rubicunda nariz.

—Lo cual me lleva a mis propias circunstancias. Mi pequeño fuerte depende del tráfico del río. Necesito que los tramperos y los comerciantes como usted vayan de un lado a otro por el Missouri. Agradecí la larga visita de *monsieur* Ashley y sus hombres, pero esta pelea con los arikara arruinará mi negocio.

»Le pedí a Langevin que dirija una comisión río arriba por el Missouri. Llevarán regalos y productos para reestablecer las relaciones con los arikara. Si tienen éxito, enviaremos la noticia a Saint Louis de que el tránsito en el Missouri está abierto para los negocios.

»Hay espacio para seis hombres y provisiones en el *bâtard* de Langevin. Ese es Toussaint Charbonneau. —Kiowa señaló a otro hombre que estaba sentado a la mesa. Glass conocía el nombre, y observó con interés al esposo de Sacagewea—. Toussaint fue el intérprete de Lewis y Clark. Habla mandan, arikara y cualquier otra cosa que puedan necesitar en el camino.

—Y hablo inglés —dijo Charbonneau, lo cual sonó como «y *hablou* inglés». Kiowa casi no tenía acento, pero Charbonneau conservaba la fuerte melodía de su lengua nativa. Glass se estiró para estrecharle la mano.

Kiowa continuó con las presentaciones.

—Este es Andrew MacDonald. —Señaló al escocés tuerto del día anterior. Glass notó que, además del ojo, al escocés le faltaba gran parte de la punta de la nariz—. Hay muchas posibilidades de que sea el hombre más tonto que he conocido, pero puede remar todo el día sin detenerse. Le decimos «Profesor».

Profesor ladeó la cabeza para mirar a Kiowa con su ojo bueno, entrecerrándolo en señal de reconocimiento al escuchar su nombre, aunque la ironía claramente lo superaba.

—Y por último, ahí está Dominique Cattoire. —Kiowa señaló a un navegante que fumaba una delgada pipa de arcilla. Dominique se levantó, le estrechó la mano a Glass y dijo: «*Enchanté*»—. El hermano de Dominique es Louis Cattoire, el rey de las *putains*. Él también irá, si logramos sacarlo a él y a su *andouille* de la tienda de las golfas. A Louis le decimos «*La Vièrge*».

Los hombres de la mesa rieron.

—Lo cual me lleva a usted. Remarán río arriba, así que deben viajar ligeros. Necesitan un cazador que les provea de carne para el campamento. Sospecho que usted es muy bueno para encontrar comida. Probablemente aún mejor cuando tenga un fusil.

Glass asintió en respuesta.

—Hay otra razón por la que a nuestra comisión le caería bien un rifle extra —continuó Kiowa—. Dominique ha escuchado rumores de que un jefe arikara llamado Lengua de Alce se desvinculó de la tribu principal. Está llevando a una pequeña banda de guerreros y a sus familias a algún lugar entre los mandan y el Grand. No sabemos dónde están, pero juraron vengarse del ataque a la aldea ree.

Glass pensó en los restos ennegrecidos de la aldea arikara y asintió en respuesta.

—¿Acepta?

Una parte de Glass no quería la carga de navegar con otros. Su plan era viajar solo, a pie por el Missouri. Planeaba irse ese día y odiaba la idea de esperar. Pero reconoció que se trataba de una oportunidad. Si los hombres eran buenos, viajar en grupo significaba seguridad. Los hombres de la comisión de Kiowa parecían experimentados y Glass sabía que no había mejores barqueros que los expertos. También sabía que su cuerpo aún estaba sanando, y su progreso sería lento si caminaba. Remar en el *bâtard* río arriba también sería lento, pero viajar mientras los demás remaban le daría otro mes para recuperarse.

Glass se puso la mano sobre la garganta.

—Acepto.

Langevin le dijo algo a Kiowa en francés. Kiowa escuchó y luego se volvió hacia Glass.

—Langevin dice que necesita el día de hoy para hacer reparaciones al *bâtard*. Se irán mañana al alba. Coma un poco más y luego vamos a aprovisionarlo.

Kiowa guardaba las mercancías en una pared de la esquina de la cabaña que tenían más lejos. Un tablón sobre dos barriles vacíos servía como mostrador. Glass se enfocó primero en un arma larga. Había cinco armas para elegir. Tres eran antiguos mosquetes oxidados del noroeste, claramente pensados para el intercambio con los indios. Las otras dos eran fusiles; entre ellos la opción parecía obvia al principio. Uno era un clásico rifle largo de Kentucky, bellamente manufacturado con un acabado en nogal pulido. El otro era un desgastado Modelo 1803 de la Infantería de los Estados Unidos con la culata rota y reparada con cuero sin curtir. Glass tomó los dos rifles y los llevó afuera, acompañado por Kiowa. Tenía que tomar una decisión importante y quería examinar las armas a plena luz.

Kiowa observó con expectación mientras Glass examinaba el largo rifle de Kentucky.

—Es un arma hermosa —dijo Kiowa—. Los alemanes no saben cocinar ni una mierda, pero sí saben cómo hacer un arma.

Glass estuvo de acuerdo. Siempre había admirado las elegantes líneas de los rifles de Kentucky. Pero había dos problemas. En primer lugar, Glass notó con decepción el bajo calibre del rifle, que era, como calculó correctamente, un .32. En segundo lugar, el gran alcance del arma la hacía pesada al manejo y engorrosa para recargarla. Esta era un arma ideal para un granjero que cazara ardillas en Virginia. Glass necesitaba algo diferente.

Le pasó el rifle de Kentucky a Kiowa y tomó el Modelo 1803, la misma arma que llevaron muchos soldados en el Cuerpo de Descubrimiento de Lewis y Clark. Glass examinó primero el trabajo de reparación en la culata rota. Zurcieron el cuero húmedo con fuerza alrededor de la rotura y luego lo dejaron secar. El cuero sin curtir se endureció y encogió al secarse, creando una pieza dura como piedra. La culata era fea, pero se sentía firme. Luego Glass examinó el seguro y el mecanismo del gatillo. Tenía grasa fresca y ninguna señal de óxido. Pasó las manos lentamente sobre la mitad de la culata; luego continuó por todo el cañón. Puso el dedo en el grueso agujero de la punta, notando con aprobación el peso de su calibre .53.

—Le gusta el arma grande, ¿eh?

Glass asintió como respuesta.

—Un arma grande es buena —dijo Kiowa—. Pruébela. —Kiowa sonrió con un dejo de ironía—. ¡Un arma como esa puede matar a un oso!

Kiowa le pasó a Glass un cuerno para pólvora y un medidor. Glass vertió en la boca una carga completa de doscientos granos. Kiowa le pasó una gran bala .53 y una torunda engrasada del bolsillo de su camisa. Glass envolvió la bala en la torunda y la embocó en el arma. Sacó la baqueta y acomodó la bala en su lugar con firmeza. Vertió pólvora en la batea y jaló el percutor a toda su potencia, buscando un blanco.

A menos de cincuenta metros había una ardilla acomodada plácidamente en la horquilla de un álamo. Glass la puso en su mira y jaló el gatillo. El más breve de los instantes separó la ignición en la batea y la profunda explosión primaria en el cañón. El aire se llenó de humo, el cual ocultó momentáneamente el blanco. Glass hizo un gesto de dolor ante el duro golpe del culatazo contra su hombro.

Mientras el humo se desvanecía, Kiowa avanzó con lentitud hacia el pie del álamo. Se detuvo para recoger los restos destrozados de la ardilla, que ahora era poco más que una cola peluda. Volvió con Glass y lanzó la cola a sus pies.

—Creo que esa arma no es tan buena para las ardillas.

Esta vez Glass le devolvió la sonrisa.

—Me la llevo.

Volvieron a la cabaña y Glass eligió el resto de sus provisiones. Escogió un revólver .53 para complementar el fusil. Un molde de bala, plomo, pólvora y pedernales. Una pequeña hacha y un gran cuchillo para desollar. Un grueso cinturón de cuero en el que cargar sus armas. Dos camisetas rojas de algodón para usar bajo su sayo de ante. Un largo capote de Hudson's Bay. Un sombrero y guantes de lana. Unos dos kilos de sal y tres atados de tabaco. Aguja e hilo. Cordaje. Para cargar su nueva fortuna, eligió una bolsa de caza de cuero con flecos y una intrincada decoración de plumas y cuentas. Notó que todos los navegantes llevaban pequeñas bolsas en la cintura para la pipa y el tabaco. También tomó una de esas, pues era útil para su pedernal y su rapador de metal nuevos.

Cuando Glass terminó, se sintió tan rico como un rey. Tras seis semanas en las que no tuvo nada más que las ropas que vestía, Glass se sintió inmensamente preparado para cualquier batalla que le esperara. Kiowa calculó la cuenta, que dio un total de ciento veinticinco dólares. Glass le escribió una nota a William Ashley.

10 de octubre de 1823

Estimado señor Ashley:

Dos hombres de nuestra brigada, con quienes me arreglaré por mi cuenta, me robaron el equipo. El señor Brazeau me ha extendido un crédito a nombre de la Compañía Peletera de Rocky Mountain. Me he tomado la libertad de adquirir los bienes como un adelanto de mi paga. Planeo recuperar mis propiedades y le prometo que le pagaré mi deuda.

Su más obediente servidor,
Hugh Glass

—Enviaré su carta con la factura —dijo Kiowa.

Glass cenó copiosamente esa noche con Kiowa y cuatro de sus cinco nuevos compañeros. El quinto, Louis *La Vièrge* Cattoire aún no había salido de la tienda de las golfas. Su hermano Dominique reportó que *La Vièrge* había alternado episodios de ebriedad y fornicación desde el momento de su llegada al Fuerte Brazeau. Excepto cuando la conversación involucraba directamente a Glass, los navegantes hablaban sobre todo en francés. Glass reconocía palabras sueltas y frases por el tiempo que pasó en Campeche, aunque no las suficientes para seguir la conversación.

—Asegúrate de que tu hermano esté listo en la mañana —dijo Langevin—. Necesito que reme.

—Estará listo.

—Y recuerden la tarea principal —dijo Kiowa—. No se queden con los mandan todo el invierno. Necesito confirmación de que los arikara no atacarán a los comerciantes en el río. Si no he tenido noticias de ustedes para Año Nuevo, no podré mandar aviso a Saint Louis a tiempo para que cambien los planes de primavera.

—Conozco mi trabajo —dijo Langevin—. Le traeré la información que necesita.

—Hablando de información. —Kiowa cambió de francés a inglés sin detenerse—. A todos nos gustaría saber qué le pasó exactamente, *monsieur* Glass. —Ante esto, incluso el ojo sombrío de Profesor brilló con interés.

Glass miró a su alrededor en la mesa.

—No hay mucho que contar. —Kiowa tradujo mientras Glass hablaba, y los navegantes se rieron cuando escucharon lo que Glass había dicho.

Kiowa también se rio, luego dijo:

—Con todo respeto, *mon ami,* su cara cuenta la historia por sí sola, pero nos gustaría escuchar los detalles.

Preparándose para lo que esperaban que fuera una historia entretenida, los navegantes pusieron tabaco fresco en sus largas pipas. Kiowa sacó una tabaquera de plata decorada del bolsillo de su camisa y se llevó una pizca a la nariz.

Glass se llevó la mano a la garganta, aún avergonzado por su voz chillona.

—Una enorme grizzly me atacó en el Grand. El capitán Henry me dejó con John Fitzgerald y Jim Bridger para que me enterraran cuando muriera. En vez de eso me robaron. Me propongo recuperar lo que me pertenece y conseguir que se haga justicia.

Glass terminó. Kiowa tradujo. Un largo silencio siguió, lleno de expectación.

Finalmente, Profesor preguntó con su fuerte acento:

—¿No nos vas a decir más?

—No se ofenda, *monsieur* —dijo Toussaint Charbonneau—, pero usted no es exactamente un *raconteur*.

Glass se le quedó viendo, pero no le dio más detalles.

Kiowa habló.

—Es su asunto si quiere guardarse los detalles de su pelea con la osa, pero no le permitiré que se vaya sin que me cuente del Grand.

Muy al principio de su carrera, Kiowa entendió que su negocio no solo era de productos sino de información. La gente iba a su establecimiento comercial por las cosas que podía comprar, pero también por aquellas de las que podía enterarse. El fuerte de Kiowa estaba en la confluencia del Missouri y el río White, así que conocía bien estos ríos, lo mismo que el Cheyenne hacia el norte. Había aprendido todo lo posible sobre el Grand hablando con algunos indios, pero los detalles seguían siendo escasos.

Kiowa le dijo algo en sioux a su esposa, quien le trajo un libro gastado que ambos manejaban como si fuera la Biblia familiar. El libro tenía un gran título en su portada maltrecha. Kiowa se ajustó los espejuelos y leyó el título en voz alta:

—*Historia de la expedición*...

Glass lo terminó:

—… *comandada por los capitanes Lewis y Clark.*

Kiowa levantó la vista emocionado.

—À *bon!* ¡Nuestro viajero herido es un hombre de letras!

Glass también estaba emocionado y hasta se olvidó por un momento del dolor que le provocaba hablar.

—Editado por Paul Allen. Publicado en Filadelfia en 1814.

—Entonces ¿también conoce el mapa del capitán Clark?

Glass asintió. Recordaba bien la expectación que acompañó la muy ansiada publicación de las memorias y el mapa. Como los mapas que le dieron forma a sus sueños infantiles, Glass vio *Historia de la expedición* por primera vez en las oficinas de Rawsthorne e Hijos en Filadelfia.

Kiowa puso el libro sobre su lomo y lo abrió en el mapa de Clark titulado «Mapa de la ruta de Lewis y Clark por el oeste de Norteamérica desde el Misisipi hasta el océano Pacífico». Para preparar su viaje, Clark había estudiado intensamente cartografía y sus herramientas. Su mapa fue la maravilla de su tiempo, superando en detalle y precisión a cualquier trabajo anterior. El mapa mostraba claramente los principales afluentes que alimentaban el Missouri desde Saint Louis hasta Three Forks, pero el detalle terminaba cerca del punto de confluencia. Poco se sabía sobre el curso y la fuente de esas corrientes. Había unas cuantas excepciones: en 1814, el mapa incorporó los descubrimientos en la cuenca del Yellowstone de Drouillard y Colter. Mostraba el paso de Zebulon Pike por el sur de las Rocallosas. Kiowa había dibujado el Platte, incluyendo un estimado a grandes rasgos de sus bifurcaciones al norte y al sur. Y en el Yellowstone, el fuerte abandonado de Manuel Lisa estaba marcado en la boca del Bighorn.

Glass leyó cuidadosamente el documento. Lo que le interesaba no era el mapa de Clark en sí, pues lo conocía bien por las largas horas que lo había visto en Rawsthorne e Hijos y sus más recientes estudios en Saint Louis. Lo que le interesaba eran los detalles agregados por Kiowa, las marcas a lápiz que había hecho después de una década de conocimiento.

El tema recurrente era el agua, y los nombres contaban las historias de los lugares. Algunos eran memoriales de guerra: el arroyo de

Guerra, el de la Lanza, el del Oso en la Guarida. Otros describían la flora y fauna local: el arroyo Antelope, el Beaver o Castor, el Pine, el Rosebud. Algunos describían las características del agua misma: el arroyo Deep o Profundo, el Rapid, el Platte, el arroyo Sulphur o de Azufre, el río Sweetwater. Unos cuantos evocaban algo más místico: el arroyo de Medicine Lodge, el Castle, el río Keya Paha.

Kiowa acribilló a Glass con preguntas. ¿Cuántos días caminaron por el Grand antes de llegar a la bifurcación norte? ¿Dónde desembocaban los arroyos en el río? ¿Qué puntos de referencia distinguían el camino? ¿Qué señales encontraron de castores y otras presas? ¿Cuánta madera había? ¿Qué tan lejos estaban las colinas gemelas? ¿Encontraron señales de indios? ¿De qué tribus? Kiowa usó un lápiz afilado para trazar los nuevos detalles.

Glass recibió tanto como dio. Aunque el tosco mapa estaba grabado en su memoria, los detalles asumían una nueva urgencia mientras pensaba en cruzar el camino solo. ¿Cuántos kilómetros había de la aldea mandan al Fuerte Unión? ¿Cuáles eran los principales afluentes antes de llegar a la aldea, y cuántos kilómetros había entre ellos? ¿Cómo era el terreno? ¿Cuándo se congelaba el Missouri? ¿Dónde podía ahorrar tiempo atajando por las curvas del río? Glass copió partes clave del mapa de Clark para tenerlas de referencia en el futuro. Se enfocó en el terreno que había entre la aldea mandan y el Fuerte Unión, y dibujó varios kilómetros tanto del río Yellowstone como del Missouri antes de llegar al fuerte.

Los demás se fueron de la mesa, mientras que Kiowa y Glass siguieron toda la noche bajo la tenue luz de la lámpara de aceite, que creaba extrañas sombras en las paredes de madera. La rara oportunidad de tener una conversación inteligente despertó su ansia y Kiowa no soltó a su interlocutor. Se maravilló ante la historia de Glass sobre su caminata del golfo de México a Saint Louis. Sacó otro papel e hizo que Glass dibujara un tosco mapa de las llanuras de Texas y Kansas.

—A un hombre como usted le iría muy bien en mi puesto. Los viajeros están hambrientos del tipo de información que usted posee.

Glass negó con la cabeza.

—En serio, *mon ami*. ¿Por qué no se queda a pasar el invierno? Lo contrataré. —Kiowa le habría pagado con gusto solo por la compañía.

Glass negó de nuevo, esta vez con más firmeza.

—Tengo que atender mis propios asuntos.

—Para un hombre con sus capacidades, es una aventura un poco boba, ¿no cree? Vagar por Luisiana en el crudo invierno. Persiga a los que le traicionaron en la primavera, si aún tiene ganas.

Pareció que el calor de la conversación anterior se escapaba del cuarto, como si hubieran abierto una puerta en un helado día de invierno. Los ojos de Glass brillaron y Kiowa lamentó de inmediato su comentario.

—No le pedí consejo sobre ese asunto.

—No, *monsieur*. No lo hizo.

Quedaban apenas dos horas para que saliera el sol cuando Glass, exhausto, subió las escaleras hacia la buhardilla por fin. Aun así, la anticipación del desembarco no le dejó dormir demasiado.

Glass despertó con un popurrí de gritos obscenos, entre ellos los de un hombre que hablaba en francés. Glass no entendía sus palabras, pero el contexto hizo claro el significado general.

Quien hablaba era La *Vièrge* Cattoire, molesto luego de que su hermano Dominique lo sacara con rudeza de las profundidades de un sueño de borracho. Cansado de los disparates de su hermano e incapaz de despertarlo con la probada patada en las costillas, Dominique probó otra táctica: se orinó en la cara de su hermano. Fue esa falta de respeto lo que detonó el despotrique de La *Vièrge*. Las acciones de Dominique también enojaron a la india con la que La *Vièrge* había pasado la noche. Toleraba muchas formas de indecencia en su tipi, algunas incluso las fomentaba. Pero los orines indiscriminados de Dominique mancharon su mejor manta, y eso la hizo enojar. Gritó con el penetrante chillido de una urraca ofendida.

Para cuando Glass salió de la cabaña, los gritos habían degenerado en una pelea a golpes. Como un antiguo luchador griego, La *Vièrge* se encontraba desnudo frente a su hermano. Tenía la ventaja del tamaño, pero también el obstáculo de haber pasado tres días consecutivos bebiendo profusamente, sin mencionar un despertar bastante abrupto y desagradable. Su visión aún no se había aclarado y no tenía equilibrio, aunque estas desventajas no minaron su disposición para pelear. Conociendo el estilo de *La Vièrge*, Dominique se paró firme, esperando el inevitable ataque. Con un rugido gutural, *La Vièrge* bajó la cabeza y se lanzó hacia el frente.

Puso todo el ímpetu de su ataque en golpear la cabeza de su hermano. De haberle atinado, bien podría haberle hundido la nariz a Dominique hasta el fondo de su cerebro. En realidad, Dominique lo esquivó haciéndose a un lado con indiferencia.

Al fallar su blanco por completo, el golpe de *La Vièrge* lo desequilibró. Dominique lo pateó en las corvas de las rodillas. *La Vièrge* cayó boca arriba, y el golpe le sacó el aire de los pulmones. Se retorció patéticamente por un momento, jadeando para respirar. Tan pronto como pudo, dejó de maldecir y luchó para ponerse de pie. Dominique lo pateó con fuerza en el plexo solar, y *La Vièrge* volvió a buscar oxígeno.

—¡Te dije que estuvieras listo, miserable cabeza hueca! Nos vamos en media hora. —Para enfatizar su punto, Dominique pateó a *La Vièrge* en la boca, abriéndole los labios superior e inferior.

Tras la pelea, la multitud se dispersó. Glass caminó hacia el río. El *bâtard* de Langevin flotaba en el muelle; la rápida corriente del Missouri jalaba la cuerda del ancla. Como su nombre indicaba, el tamaño del *bâtard* no era frecuente entre las canoas de carga de los navegantes. Aunque más pequeño que las grandes *canots de mâitre*, el *bâtard* medía unos considerables diez metros de largo.

Con la corriente del Missouri para impulsarlos río abajo, Langevin y Profesor habían sido capaces de dirigir el *bâtard* ellos solos con una carga completa de pieles que habían obtenido de sus intercambios con los mandan. Completamente cargado, el *bâtard* habría necesitado a diez hombres que remaran para subir río arriba. El cargamento de Langevin era ligero: unos cuantos regalos para los mandan y los arikara. Aun así, con solo cuatro hombres el avance resultaría arduo.

Toussaint Charbonneau estaba sobre un barril en el muelle, comiéndose una manzana con desinterés, mientras Profesor cargaba la canoa bajo la supervisión de Langevin. Para distribuir el peso de la carga, pusieron dos largas pértigas en el suelo de la canoa de proa a popa. En una de ellas, Profesor puso el cargamento, acomodado con cuidado en cuatro pequeñas pacas. A veces, parecía que Profesor no hablaba francés (y a veces parecía que el escocés no hablaba inglés). Langevin compensaba la falta de comprensión de Profesor hablando más fuerte. El volumen no era de mucha ayuda, aunque la constante gesticulación de Langevin ofrecía muchas pistas.

El ojo ciego de Profesor contribuía a darle un aspecto sombrío. Lo perdió en una taberna de Montreal, cuando un conocido peleador apodado Joe Ostra casi se lo sacó del cráneo. Profesor se las había arreglado para devolver el ojo a su cuenca, pero ya no funcionaba. La órbita, con la que no parpadeaba ya, estaba fijada permanentemente en un ángulo torcido, como si esperara que lo atacaran desde el costado. Profesor nunca se había decidido a usar un parche.

Los despidieron con poca fiesta. Dominique y *La Vièrge* llegaron al muelle, cada uno con un fusil y una pequeña bolsa con sus pertenencias. *La Vièrge* entrecerró los ojos ante el resplandor del sol de la mañana sobre el río. Tenía su largo cabello aplastado por el lodo, y la sangre de los labios partidos manchaba su mentón y el frente de su camisola. Aun así saltó con energía al lugar del remero de popa al frente del *bâtard*, con un brillo en los ojos que nada tenía que ver con el ángulo del sol. Dominique tomó la posición del timonero en la popa. *La Vièrge* dijo algo y ambos hermanos se rieron.

Langevin y Profesor se sentaron uno junto al otro en la ancha mitad de la canoa, cada uno remando a un lado, con una paca de cargamento frente ellos y otra detrás. Charbonneau y Glass se acomodaron alrededor del cargamento, Charbonneau hacia la proa y Glass hacia la popa.

Los cuatro navegantes tomaron los remos, orientando la proa en dirección de la veloz corriente. Hundieron los remos profundamente y el *bâtard* avanzó río arriba.

La *Vièrge* comenzó a cantar mientras remaba, y los navegantes se le unieron:

Le laboureur aime sa charrue,
Le Chasseur son fusil, son chien;
Le musicien aime sa musique;
Moi, mon canot-c'est mon bien!

La carretilla es el amor del labrador,
El cazador ama a su arma, a su perro;
El músico es amante de la música;
¡A mi canoa yo me aferro!

—*Bon voyage, mes amis!* —gritó Kiowa—. ¡No se queden con los mandan!

Glass volteó hacia atrás. Observó por un momento a Kiowa Brazeau, agitando una mano desde el muelle de su pequeño fuerte. Luego giró para ver río arriba y ya no volvió la vista atrás.

Era el 11 de octubre de 1823. Durante más de un mes se alejó de su presa. Fue una retirada estratégica, pero igualmente una retirada. A partir de ese día, Glass decidió no retirarse nunca más.

PARTE II

Dieciséis

29 de noviembre de 1823

Cuatro remos golpeaban el agua en perfecta sincronía. Las delgadas palas hendían la superficie, hundiéndose hasta medio metro, y luego empujaban con fuerza. El *bâtard* avanzaba pesadamente con cada golpe, sacudiéndose por el pesado flujo de la corriente. Cuando el golpe se detenía, sacaban las palas del agua. Por un instante parecía que el río detendría su avance, pero antes de que pudiera hacerlo por completo, los remos golpeaban el agua de nuevo.

Una delgada capa de hielo cubría las aguas tranquilas cuando se embarcaron al alba. Unas horas después, Glass se reclinó en una banca, agradecido por el sol del mediodía y disfrutando la nostálgica y alegre sensación de flotar sobre el agua.

De hecho, en su primer día fuera del Fuerte Brazeau, Glass intentó manejar una pala. Pensó que, después de todo, era un marino entrenado. Los navegantes se rieron cuando tomó el remo, lo que reforzó su determinación. Su estupidez fue obvia de inmediato. Los navegantes remaban al impresionante ritmo de seis golpes por minuto, tan exactos como un fino reloj suizo. Glass no habría podido mantener el ritmo ni aunque su hombro hubiera estado completamente recuperado. Agitó el agua durante varios minutos antes de que algo suave y húmedo lo golpeara en la nuca. Volteó y vio a Dominique con una sonrisa burlona en su cara.

—¡Para usted, señor tragapuercos! —«¡*Paga* usted, *segñor tgagapuegcos!*»

Durante el resto del viaje, Glass no manejó un remo, sino una enorme esponja con la que sacaba constantemente el agua que se acumulaba al fondo de la canoa.

Era un trabajo de tiempo completo, pues el *bâtard* tenía filtraciones constantemente. La canoa le recordaba a Glass a una colcha flotante. Los parches de corteza de abedul estaban unidos con *wattope*, una raíz de pino. Las uniones estaban selladas con brea de pino, que aplicaban sin descanso conforme las filtraciones aparecían. Como el abedul era cada vez más difícil de encontrar, los navegantes se veían forzados a usar otros materiales para los parches y los tapones. El cuero sin curtir se había usado en varios puntos, cosiéndolo y luego embadurnándolo con goma. A Glass lo maravillaba la fragilidad de la embarcación. Un golpe fuerte perforaría la carcasa con facilidad, y una de las tareas principales de *La Vièrge* como timonero era evitar los letales escombros flotantes. Las riadas de la primavera podían enviar árboles enteros río abajo.

Las deficiencias del *bâtard* tenían un lado positivo. Si bien el navío era frágil, también era ligero, lo que era importante teniendo en cuenta que luchaban contra la corriente. Glass comprendió pronto el extraño cariño que los navegantes le tenían a su embarcación. Era una especie de matrimonio, una sociedad entre los hombres que impulsaban el bote y el bote que impulsaba a los hombres. Cada uno dependía del otro. Los navegantes pasaban la mitad del tiempo quejándose con amargura de los diversos defectos del navío y la otra mitad arreglándolos con ternura.

Sentían un gran orgullo por la apariencia del *bâtard* y lo vestían con gallardas plumas y pintura brillante. En la alta proa habían pintado la cabeza de un venado que inclinaba los cuernos hacia el agua corriente, como si la retara. (En la popa, La Vièrge había pintado el trasero del animal.)

—Un buen lugar donde atracar a la vista —dijo La Vièrge desde su punto de observación en la proa.

Langevin miró río arriba, donde una suave corriente llegaba con ligereza a una ladera arenosa; luego echó un vistazo para evaluar la posición del sol.

—Bien, yo diría que está a una pipa. Allumez.

Tan arraigada estaba la pipa en la cultura de los navegantes que la usaban para medir la distancia. Una «pipa» representaba el intervalo típico entre sus breves pausas para fumar. En un viaje río abajo, una pipa representaba algo más de quince kilómetros; en aguas tranquilas, unos ocho, pero en el duro ascenso del Missouri, tendrían suerte de hacer tres.

Sus días adptaron un patrón en seguida. Desayunaban bajo el resplandor púrpura del alba, alimentando sus cuerpos con sobras de presas y masa frita, alejando el frío de la mañana con tazas metálicas llenas de té hirviendo. Estaban en el agua tan pronto como la luz les permitía ver, ansiosos por que cada hora del día se tradujera en movimiento. Avanzaban cinco o seis pipas en un día. Alrededor del mediodía se detenían lo suficiente para comer carne seca y un puño de manzanas deshidratadas, pero no volvían a cocinar hasta la cena. Llegaban a la orilla cuando se ponía el sol, tras una docena de horas en el agua. Generalmente Glass tenía más o menos una hora para encontrar una presa bajo la luz menguante. Los hombres esperaban con ansia el único disparo que señalaba su éxito. Casi nunca volvía al campamento sin carne.

La Viergè saltó al agua, que les llegaba hasta las rodillas cerca de la ribera, con cuidado de evitar que el frágil fondo del bâtard raspara contra la arena. Chapoteó hasta la orilla y ató la cuerda a un gran trozo de madera. Despúes Langevin, Profesor y Dominique salieron de un salto con los fusiles en mano, revisando el perímetro de los árboles. Glass y Profesor cubrieron a los otros desde la canoa mientras caminaban entre el agua hasta la orilla; luego los siguieron. El día anterior

Glass había encontrado un campamento abandonado con los círculos de piedra de diez tipis. No tenía manera de saber si era la banda de Lengua de Alce, pero el descubrimiento los dejo intranquilos.

Los hombres sacaron pipas y tabaco de los *sacs au feu* que llevaban en la cintura, pasándose de mano en mano la llama de un pequeño fuego que encendió Dominique. Los dos hermanos se sentaron sobre sus nalgas en la arena. Como timonel y remero de proa, Dominique y *La Vièrge* trabajaban parados; en consecuencia, se sentaban para fumar. Los demás se quedaban de pie, felices de tener la oportunidad de estirar las piernas.

El frío se posaba sobre las heridas de Glass como si fuera una tormenta ascendiendo el valle de una montaña. Se despertaba cada mañana tieso y adolorido y las largas horas que pasaba en el estrecho espacio del *bâtard* empeoraban su estado. Glass sacó todo el provecho del descanso, caminando de un lado a otro por la arena para favorecer la circulación en sus adoloridas extremidades.

Observó a sus compañeros de viaje mientras caminaba de regreso hacia ellos. Los navegantes llevaban ropas increíblemente parecidas; Glass pensó que era casi como si a todos les hubieran dado un uniforme. Usaban gorros rojos de lana cuyos extremos podían bajar para cubrirse las orejas y con una borla que colgaba desde la parte de arriba. (*La Vièrge* decoró el suyo con una vistosa pluma de avestruz.) Como camisas usaban largas camisolas de algodón de color blanco, rojo o azul marino, fajadas. Cada navegante llevaba una faja multicolor atada alrededor de la cintura, cuyas orillas les colgaban sobre una pierna o la otra. Sobre la faja tenían el *sac au fleu*, donde sus pipas y otros cuantos básicos estaban a la mano. Usaban calzas de ante lo suficientemente flexibles para permitir que doblaran las piernas con comodidad en la canoa. En cada rodilla llevaban atado un paliacate, que agregaba otro toque de dandy a su atuendo. Calzaban mocasines sin calcetines.

Con excepción de Charbonneau, quien era tan sombrío como la lluvia de enero, los navegantes recibían cada momento de vigilia con un optimismo infalible e inquebrantable. Se reían a la más mínima oportunidad. Mostraban poca tolerancia por el silencio y llenaban el día con incesantes y apasionadas discusiones sobre mujeres, agua e indios salvajes. Se lanzaban insultos todo el tiempo de un lado a otro. De hecho, dejar pasar una oportunidad para hacer un buen chiste era visto como una falla en el carácter, una muestra de debilidad. Glass deseaba poder entender más francés, al menos por el valor de entretenimiento que le ofrecería seguir el chachareo que los mantenía a todos tan alegres.

En los escasos momentos en que la conversación decaía, alguien se soltaba con una canción entusiasta, una señal instantánea para que los otros se le unieran. Lo que les faltaba de talento musical lo compensaban con un entusiasmo desenfrenado. A grandes rasgos, pensó Glass, era una agradable forma de vivir.

Durante el descanso, Langevin interrumpió su breve reposo con un inusual momento de seriedad.

—Tenemos que comenzar a montar guardia por la noche —dijo—. Dos hombres cada noche, medios turnos.

Charbonneau soltó una gran nube de humo de sus pulmones.

—Te lo dije en el Fuerte Brazeau… Lo traduciré: Yo no hago guardias.

—Pues yo no voy a hacer una guardia extra para que él pueda dormir —declaró La Vièrge con rontundidad.

—Yo tampoco —dijo Dominique.

Incluso Profesor parecía consternado.

Todos miraron a Langevin con expectación, pero él se negó a permitir que una discusión interrumpiera su disfrute de la pipa. Cuando terminó, simplemente se puso de pie y dijo:

—Allons-y. Estamos desperdiciando la luz de día.

Cinco días después llegaron a la confluencia del río con un pequeño arroyo. Las aguas cristalinas del riachuelo perdían su tono rápidamente al mezclarse con la corriente lodosa del Missouri. Langevin observó el arroyo, preguntándose qué hacer.

—Acampemos, Langevin —dijo Charbonneau—. Estoy harto de beber lodo.

—Odio estar de acuerdo con él —dijo *La Vièrge*—, pero Charbonneau tiene razón. Estoy harto de tanta agua mala.

A Langevin también le atraía la idea de beber agua clara. Lo que le molestaba era la ubicación del arroyo, en la ribera oeste del Missouri. Suponía que la banda de Lengua de Alce estaba al oeste del río. Desde que Glass encontró los restos del reciente campamento indio, la comisión se apegó escrupulosamente a la ribera este, especialmente cuando decidían detenerse para pasar la noche. Langevin miró al oeste, donde el horizonte se tragaba el último tajo de sol. Miró al este, pero no había donde atracar antes de la siguiente curva del río.

—De acuerdo. No tenemos elección.

Remaron hacia la ribera. Profesor y *La Vièrge* descargaron los paquetes, los navegantes cargaron la canoa vacía hasta la orilla. Ahí la voltearon sobre su costado, creando un tosco refugio que se abría hacia el río.

Glass chapoteó hasta la orilla, inspeccionando el terreno con nerviosismo. El banco de arena se extendía unos cien metros río abajo hasta un muelle natural de piedras apiladas cubierto de sauces y matorrales. Trozos de madera y otros escombros quedaban atrapados detrás del muelle, obstruyendo el río y forzándolo a alejarse de la suave ribera. Más allá del banco de arena, otros sauces conducían a una alameda, más escasas conforme remaban hacia el norte.

—Tengo hambre —dijo Charbonneau—. Consíganos una buena cena, señor cazador. —«*Congsíg-anos* una buena cena, *segñor cagzadour*.»

—No habrá caza esta noche —dijo Glass. Charbonneau comenzó a objetar, pero Glass lo interrumpió—. Tenemos mucha carne seca. Puedes pasar una noche sin carne fresca, Charbonneau.

—Tiene razón —confirmó Langevin.

Así que comieron carne seca con masa frita, cocinada en una sartén de hierro a fuego bajo. El calor les hizo acercarse. El viento glacial había disminuido con al caer el sol, pero su aliento aún era visible. El cielo despejado significaba que tendrían una noche fría y, por la mañana, dura escarcha.

Langevin, Dominique y *La Vièrge* encendieron las pipas de arcilla y se reclinaron para disfrutarlas. Glass no había fumado desde el ataque de la grizzly; la sensación abrasadora lastimaba su garganta. Profesor rascó masa de la sartén. Charbonneau se alejó del campamento media hora antes.

Dominique cantaba en voz baja para sí mismo, como si soñara despierto:

Tomé a ese hermoso pimpollo,
Tomé a ese hermoso pimpollo,
Lo tomé pétalo a pétalo,
Llené mi delantal de su aroma…

—Es bueno que puedas cantar sobre eso, hermano —remarcó *La Vièrge*—. Apuesto a que no has tomado a ningún pimpollo en un año. A ti deberían decirte la Virgen.

—Mejor tener sed que beber de todos los charcos de lodo en el Missouri.

—Pero qué hombre tan selectivo. Tan discriminatorio.

—No veo necesidad de disculparme por tener estándares. A diferencia de ti, por ejemplo, me siento muy atraído hacia las mujeres con dientes.

—No les pido que mastiquen mi comida.

—Te acostarías con un cerdo si usara una falda de colores.

—Supongo que eso te convierte en el orgullo de la familia Cattoire. Estoy seguro de que mamá estaría muy orgullosa de saber que solo te acuestas con las golfas elegantes de Saint Louis.

—Mamá no. Papá… quizá. —Ambos se rieron estruendosamente, luego se persignaron con solemnidad.

—Bajen la voz —siseó Langevin—. Ya saben cómo se propaga el sonido por el río.

—¿Por qué estás tan molesto esta noche, Langevin? —preguntó *La Vièrge*—. Ya es suficientemente malo soportar a Charbonneau. Me he divertido más en funerales.

—Tendremos un funeral si siguen gritando.

La *Vièrge* se negó a permitir que Langevin arruinara una buena conversación.

—¿Sabes que la india de Fuerte Iowa tenía tres pezones?

—¿Qué tienen de bueno tres pezones? —preguntó Dominique.

—Tu problema es que no tienes imaginación.

—Imaginación, ¿eh? Si tuvieras un poco menos de imaginación quizá no te dolería tanto al orinar.

La *Vièrge* buscó una respuesta, pero a decir verdad, se había cansado de la conversación con su hermano. Langevin claramente no estaba con ánimos de hablar. Charbonneau estaba en el bosque. Miró a Profesor, a quien nunca había visto tener una conversación con nadie.

Finalmente La *Vièrge* miró a Glass. De pronto se le ocurrió que en realidad no habían hablado con él desde que salieron del Fuerte Kiowa. Habían intercambiado algunas palabras, la mayoría relativas al éxito de Glass para poner carne fresca en su olla, pero no una conversación de verdad y definitivamente ninguna de las discusiones sin rumbo en las que le gustaba meterse.

De pronto La *Vièrge* se sintió culpable por su falta de tacto social. Sabía poco sobre Glass más allá del hecho de que casi había muerto en las garras de una osa. Y lo que era más importante, pensó La *Vièrge*, Glass sabía poco sobre él y sin duda querría saber más. Además, era una buena oportunidad para practicar su inglés, un idioma para el que se consideraba a sí mismo un hablante dotado.

—Oye, Tragapuercos. —Cuando Glass levantó la mirada, le preguntó—. ¿De dónde vienes?

La pregunta, y el repentino uso del inglés, tomó a Glass por sorpresa. Se aclaró la garganta.

—Filadelfia.

La *Vièrge* asintió con la cabeza, esperando una pregunta recíproca de Glass. No hubo tal.

Finalmente La *Vièrge* dijo:

—Mi hermano y yo somos de Contrecoeur.

Glass asintió, pero no dijo nada. Claramente, decidió La Vièrge, tendría que persuadir a ese americano.

—¿Sabes cómo nos convertimos todos en navegantes? —«¿*Sabegs cómo nogs convegtimos todogs en naveganteg?*»

Glass negó con la cabeza. Dominique puso los ojos en blanco, reconociendo el preludio para una de las cansadas historias de su hermano.

—Contrecoeur está en el gran río Saint Lawrence. Hubo un tiempo, hace cientos de años, en que todos los hombres en nuestra aldea eran granjeros pobres. Trabajaban todo el día en los campos, pero la tierra era mala, el clima demasiado frío… Nunca tenían una buena siembra.

»Un día una hermosa doncella llamada Isabelle estaba trabajando en un campo junto al río. De pronto del agua salió un semental grande y fuerte, negro azabache. Se paró en el río, contemplando a la chica. Y ella tuvo mucho miedo. El semental comprendió que ella estaba por salir corriendo, así que pateó el agua y una trucha salió volando hacia la chica. Cayó a sus pies… —La Vièrge no podía encontrar la palabra en inglés que quería, así que hizo un movimiento de chapoteo con las manos.

»Isabelle vio este *petit cadeau*, y se puso muy contenta. Lo levantó y se lo llevó a su familia para cenar. Le contó a su papá y a sus hermanos sobre el caballo, pero ellos creyeron que estaba bromeando. Se rieron y le dijeron que consiguiera más pescado con su nuevo amigo.

»Isabelle volvió al campo y cada día veía al semental negro de nuevo. Cada día él se acercaba un poco más y cada día le daba un regalo. Un día una manzana, un día flores. Cada día ella le contaba a su familia sobre el caballo que venía del río. Y cada día ellos se reían de su historia.

»Finalmente llegó un día en que el semental avanzó hasta llegar a Isabelle. Ella se trepó a su lomo, y el semental corrió hacia el río. Desaparecieron en la corriente… y nunca volvieron a verlos.

El fuego lanzaba sombras bailarinas detrás de La Vièrge mientras hablaba. Y el correr del agua era como una siseante confirmación de su historia.

—Esa noche, como Isabelle no llegaba a casa, su padre y hermanos fueron a buscarla a los campos. Encontraron las huellas de Isabelle y las del semental. Comprendieron que Isabelle había montado el caballo, y que el caballo corrió al río. Buscaron río arriba y abajo, pero no lograron encontrar a la chica.

»Al día siguiente, todos los hombres de la aldea tomaron sus canoas y se unieron a la búsqueda. E hicieron un juramento: abandonarían sus granjas y se quedarían en el río hasta encontrar a la pobre Isabelle. Pero nunca la encontraron. Y como ve, *monsieur* Glass, desde ese día somos navegantes. Aun hoy seguimos en la búsqueda de la pobre Isabelle.

—¿Dónde está Charbonneau? —preguntó Langevin.

—¡Dónde está Charbonneau! —replicó *La Vièrge*—. ¿Les cuento la historia de una doncella perdida y tú estás pensando en un viejo perdido?

Langevin no dijo nada.

—Está *malade comme un chien* —dijo *La Vièrge* con una sonrisa—. Le gritaré para asegurarme de que está bien. —Ahuecó las manos alrededor de la boca y gritó hacia los sauces—. No te preocupes, Charbonneau, ¡enviaremos a Profesor para que te ayude a limpiarte la cola!

Touissaint Charbonneau estaba en cuclillas, apuntado discretamente con el trasero desnudo hacia un arbusto. Había estado en esa posición por un tiempo. De hecho, lo suficiente como para desarrollar un calambre en el muslo. No estaba bien desde el Fuerte Brazeau. Sin duda se había intoxicado con la comida de porquería de Kiowa. Podía escuchar a *La Vièrge* burlándose de él desde el campamento. Comenzaba a odiar a ese bastardo. Una ramilla se quebró.

Charbonneau se irguió de golpe, estirando una mano para tomar su revólver y sosteniendo con la otra sus calzas de piel de venado. Ninguna logró cumplir su cometido. El revólver se deslizó al suelo oscuro. Los pantalones se le deslizaron hasta los tobillos. Cuando se agachó de nuevo para tomar el revólver, se tropezó con los pantalones. Se despatarró en el suelo, raspándose la rodilla contra una enorme roca. Gruñó por el dolor mientras por el rabillo del ojo veía a un gran alce andar a zancadas sobre los troncos.

—Mèrde! —Charbonneau volvió a su asunto, haciendo muecas por sentir un nuevo dolor agudo en la pierna.

Para cuando regresó al campamento, el resentimiento normal de Charbonneau se había incrementado. Observó a Profesor, quien estaba reclinado contra un gran tronco. El enorme escocés tenía la barbilla manchada de masa.

—Come de una manera asquerosa —dijo Charbonneau.

La Vièrge levantó la vista de su pipa.

—No sé, Charbonneau. De alguna manera, la forma en que el fuego ilumina las gachas de su barbilla me recuerda a la aurora boreal. —Langevin y Dominique se rieron, lo que irritó más a Charbonneau. Profesor siguió masticando sin prestar atención a las burlas a sus expensas.

Charbonneau habló de nuevo en francés:

—Hey, escocés idiota y bastardo, ¿entiendes una palabra de lo que digo? —Profesor continuó masticando la masa, tan plácidamente como una vaca rumiando.

Charbonneau sonrió ligeramente. Apreciaba tener una oportunidad para hacer tal malicia sin disimulo.

—¿Qué le pasó a su ojo?

Nadie aprovechó la oportunidad de hablar con Charbonneau. Finalmente Langevin dijo:

—Se lo sacaron en una pelea de cantina en Montreal.

—Se ve de la mierda. Me pone nervioso tener esa cosa observándome todo el día.

—Un ojo ciego no puede observarte —dijo La Vièrge. Profesor le había llegado a caer bien, o al menos apreciaba la habilidad del escocés con el remo. Cualquiera que fuera su opinión sobre Profesor, estaba completamente seguro de que no le caía bien Charbonneau. Las quejas del anciano eran constantes desde la primera curva del río.

—Pues definitivamente parece que observa algo —insistió Charbonneau—. Siempre parece que está echando un vistazo por la orilla.

Tampoco parpadea nunca. No entiendo cómo esa jodida cosa no se seca.

—Y qué si no puede ver… No es que tú seas la gran cosa para ser vista, Charbonneau —dijo La Vièrge.

—Al menos podría ponerse un parche encima. Me siento tentado a pegarle uno yo mismo.

—¿Por qué no lo haces? Sería bueno que tuvieras algo que hacer.

—¡No soy tu jodido *engagé*! —siseó Charbonneau—. ¡Te alegrará tenerme cerca cuando los arikara vengan a buscar el cuero de tu cabeza pulgosa! —La baba del traductor se había convertido en una sustancia espumosa que se le quedaba en las comisuras de la boca mientras hablaba—. Yo estaba recorriendo caminos a toda velocidad con Lewis y Clark cuando tú aún ensuciabas tus calzones.

—¡Por Dios, viejo! Si escucho una más de tus malditas historias de Lewis y Clark, te juro que me doy un tiro en la cabeza, o mejor aún, ¡en la tuya! Todos me lo agradecerían.

—*Ça suffit!* — intervino Langevin finalmente—. ¡Es suficiente! ¡Yo mismo los mataría para acabar con este sufrimiento si no los necesitara!

Charbonneau hizo una mueca triunfante.

—Pero escucha, Charbonneau —dijo Langevin—. Ninguno de nosotros es superior. Somos muy pocos. Tomarás tu turno con el trabajo sucio como los demás. Y puedes empezar con la segunda guardia esta noche.

Fue el turno de La Vièrge de hacer una mueca de satisfacción. Charbonneau se alejó del fuego lentamente, mascullando algo sobre la *bitterroot* mientras tendía su lona de dormir bajo el *bâtard*.

—¿Quién dice que a él le toca el *bâtard* esta noche? —se quejó La Vièrge.

Langevin comenzó a decir algo, pero Dominique fue directo al punto.

—Olvídalo.

Diecisiete

5 de diciembre de 1823

Profesor despertó a la mañana siguiente con dos sensaciones urgentes: tenía frío y necesitaba orinar. Su gruesa manta de lana no le cubría los tobillos, ni siquiera cuando se hacía un ovillo con su largo cuerpo y se recostaba de lado. Levantó la cabeza para ver con su ojo bueno y descubrió que se había formado escarcha en la manta por la noche.

La primera señal de un nuevo día brillaba tenuemente al este en el horizonte, pero una brillante media luna aún dominaba el cielo. Todos los hombres, menos Charbonneau, dormían alrededor de las últimas brasas del fuego.

Profesor se levantó lentamente, con las piernas tiesas por el frío. Al menos ya no soplaba el viento. Arrojó un madero al fuego y caminó hacia los sauces. Había dado una docena de pasos cuando casi se tropezó con un cuerpo. Era Charbonneau.

Lo primero que pensó Profesor fue que Charbonneau estaba muerto y que había asesinado durante la guardia. Comenzó a gritar alarmado cuando Charbonneau se irguió de golpe, buscando a tientas su fusil, con los ojos muy abiertos mientras luchaba para orientarse. «Se quedó dormido en la guardia», pensó Profesor. «A Langevin no le gustará.» La apremiante necesidad de Profesor se volvió más urgente, y pasó corriendo junto a Charbonneau hacia los sauces.

Como muchas de las cosas que encontraba cada día, lo que pasó después lo confundió. Percibió una extraña sensación, bajó la mirada y encontró el asta de una flecha saliendo de su estómago. Por un momento se preguntó si *La Vièrge* le había hecho una broma. Luego apareció una segunda flecha, luego una tercera. Profesor contempló con horrorizada fascinación las plumas de las delgadas astas. De pronto no pudo sentir sus piernas y se dio cuenta de que se estaba cayendo hacia atrás. Escuchó cómo su cuerpo hacía pesado contacto con el suelo congelado. En el breve instante antes de morir se preguntó: «¿Por qué no duele?».

Charbonneau se giró al escuchar la caída de Profesor. El enorme escocés estaba tendido boca arriba con tres flechas en el pecho. Charbonneau escuchó un sonido siseante y notó una sensación abrasadora cuando una flecha le rozó el hombro.

—*Mèrde!* —Se lanzó instintivamente al suelo y miró hacia los oscuros sauces buscando al tirador. Ese movimiento le salvó la vida. A unos treinta y cinco metros, el fulgor de las armas irrumpió en la oscura luz previa al alba.

Por un instante, los tiros revelaron las posiciones de los atacantes. Charbonneau calculó que eran ocho al menos, más algunos indios con arcos. Amartilló su fusil, puso la mira en el blanco más cercano y disparó. Una figura oscura se desplomó. Más flechas salieron volando desde los sauces. Se dio la vuelta y corrió hacia el campamento, a menos de veinte metros de él.

Las maldiciones de Charbonneau despertaron al campamento. La descarga de los arikara encendió el caos. Balas de mosquete y flechas llovieron sobre los hombres medio dormidos como granizo de hierro. Langevin gritó cuando una bala rebotó sobre sus costillas. Dominique sintió que un disparo le desgarraba el músculo de la pantorrilla. Glass abrió los ojos a tiempo para ver una flecha enterrándose en la arena, a doce centímetros de su cara.

Los hombres salieron en desbandada con torpeza hacia el insignificante refugio de la canoa encallada mientras dos guerreros arikara salían de los sauces. Glass y La Vièrge se detuvieron el tiempo suficiente para apuntarles con sus fusiles. Dispararon casi al mismo tiempo a una distancia de no más de unos diez metros. Sin tiempo para coordinarse o siquiera pensar, apuntaron hacia el mismo blanco: un alto arikara con un casco de cuernos de búfalo. Se estrelló contra el suelo cuando ambos tiros penetraron en su pecho. El otro corrió a toda velocidad hacia La Vièrge, bajando la hoja de su hacha de batalla sobre la cabeza del navegante. La Vièrge levantó su fusil con ambas manos para bloquear el golpe.

La fuerza con la que el hacha del indio se estrelló contra el cañón del fusil de La Vièrge los empujó a ambos al suelo. El arikara logró ponerse de pie primero. De espaldas a Glass, el indio levantó el hacha para golpear a La Vièrge de nuevo. Glass usó ambas manos para golpear al indio en la nuca con la culata de su fusil. Sintió la repulsiva sensación de los huesos rompiéndose cuando la placa de metal de la culata chocó con la cabeza. Pasmado, el arikara cayó sobre sus rodillas frente a La Vièrge, quien para ese momento ya se había puesto de pie. La Vièrge balanceó su rifle como un garrote y remató al indio con toda su fuerza en un costado del cráneo. El guerrero se derrumbó de lado, y Glass y La Vièrge rodaron detrás de la canoa.

Dominique se estiró lo suficiente para disparar hacia los sauces. Langevin le pasó a Glass su rifle, presionando con la otra mano la herida de bala de su costado.

—Tú dispara, yo recargo.

Glass se levantó para disparar, encontró a su blanco y le atinó con fría precisión.

—¿La herida es grave? —le preguntó a Langevin.

—No tanto. *Où se trouve Professeur?*

—Está muerto junto a los sauces —dijo Charbonneau como si nada mientras se levantaba para disparar.

Siguieron descargando las armas desde los sauces mientras ellos se agazapaban detrás de la canoa. El sonido de los disparos se mezclaba con el de las balas y las flechas que se estrellaban contra la delgada carcasa del *bâtard*.

—¡Charbonneau, hijo de puta! —gritó *La Vièrge*—. Te quedaste dormido, ¿verdad?

Charbonneau lo ignoró, enfocándose en verter pólvora en la boca de su fusil.

—¡Ahora no importa! —dijo Dominique—. ¡Llevemos la maldita canoa al agua y larguémonos de aquí!

—¡Escúchenme! —ordenó Langevin—. Charbonneau, *La Vièrge*, Dominique, los tres lleven el bote al agua. Primero vuelvan a disparar, luego recarguen sus rifles y déjenlos ahí. —Señaló hacia el suelo entre él y Glass—. Glass y yo los cubriremos con la última ronda de tiros, luego nos les uniremos. Cúbrannos desde el bote con sus revólveres.

Glass entendió la mayor parte de lo que Langevin había dicho por contexto. Miró a los rostros tensos. Nadie tenía una mejor idea. Tenían que alejarse de la playa. *La Vièrge* se asomó sobre el borde de la canoa para disparar su fusil, seguido de Dominique y Charbonneau. Glass se levantó para lanzar otro disparo mientras los otros recargaban. Al exponerse provocaron más disparos de los arikara. Las balas seguían abriendo agujeros en la corteza de abedul, pero los navegantes lograron, al menos por el momento, evitar una descarga absoluta.

Dominique lanzó dos remos en el costal con los fusiles.

—¡Asegúrense de llevarlos!

La Vièrge lanzó su fusil entre Glass y Langevin y se apretó contra la bancada del *bâtard*.

—¡Vamos! —Charbonneau se deslizó hacia la punta de la canoa, Dominique se situó al final.

Langevin gritó:

—¡A las tres! *Un, deux… trois!*

Levantaron el *bâtard* sobre sus cabezas con un solo movimiento y fueron hacia el agua, a menos de diez metros de distancia. Escucharon gritos excitados y los disparos se intensificaron de nuevo. Los guerreros arikara comenzaron a salir de sus escondites.

Glass y Dominique apuntaron con sus armas. Sin la canoa, su única protección era aplastarse contra el suelo. Estaban a solo unos cuarenta y cinco metros de los sauces. Glass pudo ver claramente el rostro juvenil de un arikara, que entrecerraba los ojos mientras preparaba un arco corto. Glass disparó y el chico trastabilló hacia atrás. Se estiró para tomar el fusil de Dominique. El arma de Langevin disparó junto a él mientras Glass jalaba el percutor del de Dominique a toda potencia. Glass encontró otro blanco y presionó el gatillo. Se produjo una chispa en el cuenco, pero la carga principal no se encendió.

—¡Maldita sea!

Langevin se estiró para tomar el fusil de Charbonneau mientras Glass rellenaba la batea del de Dominique. Langevin comenzó a disparar, pero Glass le puso la mano en el hombro.

—¡Guarda un tiro!

Alzaron los rifles y los remos y corrieron hacia el río.

Frente a ellos, los tres hombres cubrieron la breve distancia hacia el río desde el *bâtard*. En su rápida huida, prácticamente lanzaron la canoa al agua. Charbonneau entró de golpe al agua tras ella y trepó torpemente.

—¡La estás ladeando! —gritó *La Vièrge*. El peso de Charbonneau en la orilla de la embarcación la meció salvajemente, pero se mantuvo hacia arriba. Volteó las piernas en el borde y se aplastó en el piso, donde ya se estaba acumulando el agua que se filtraba por los agujeros de bala. El impulso de Charbonneau empujó el *bâtard* lejos de la orilla. La corriente atrapó la popa e hizo que el bote girara, lanzándolo lejos de la playa. La larga cuerda lo siguió como una serpiente. Los hermanos vieron los ojos de Charbonneau, observando desde la borda. Mini géiseres provocados por las balas hacían erupción en el agua que los rodeaba.

—¡Tomen la cuerda! —gritó Dominique. Los hermanos se lanzaron hacia la orilla, desesperados por evitar que la canoa se alejara. *La Vièrge* atrapó la cuerda con ambas manos, luchando para recobrar el equilibrio en el agua, que le llegaba hasta los muslos. Dominique luchó con fuerza contra el agua, siguiendo el *bâtard* que se alejaba.

Comenzaba a nadar tras él cuando notó un gesto de sorpresa en el rostro de *La Vièrge*.

—Dominique… —tartamudeó *La Vièrge*—. Creo que estoy herido.

Dominique nadó torpemente hasta llegar al lado de su hermano. La sangre salía de un agujero en la parte alta de su espalda y corría por el río.

Glass y Langevin llegaron al río en el mismo momento en que la bala alcanzaba a *La Vièrge*. Observaron horrorizados cómo retrocedía ante el impacto del tiro, soltando la cuerda. Por un momento pensaron que Dominique podría tomar la soga, pero la ignoró y fue hacia su hermano.

—¡Ve por el bote! —ladró Langevin. Dominique no le hizo caso. Frustrado, Langevin gritó—: ¡Charbonneau!

—¡No lo puedo detener! —gritó Charbonneau. En un instante el bote estaba a quince metros de distancia de la orilla. Sin remo, era cierto que Charbonneau no podría hacer nada para detener el bote. También era cierto que no tenía intención de intentarlo.

Glass volteó hacia Langevin, quien comenzaba a decir algo cuando una bala de mosquete se enterró en la parte de atrás de su cabeza. Estaba muerto antes de que su cuerpo chocara contra el agua. Glass volvió la mirada hacia los sauces. Al menos una docena de arikara salía hacia la orilla del río. Sosteniendo un fusil en cada mano, Glass se lanzó hacia Dominique y *La Vièrge*. Tenían que nadar.

Dominique sostenía a *La Vièrge*, esforzándose por mantener la cabeza de su hermano fuera del agua. Mirando a *La Vièrge*, Glass no podía saber con certeza si estaba vivo o muerto. Turbado y casi histérico, Dominique gritó algo incomprensible en francés.

—¡Nada hacia el bote! —gritó Glass. Tomó a Dominique por el cuello de la camisa y lo jaló al agua, soltando uno de los fusiles en el proceso. La corriente atrapó a los tres hombres y los arrastró río abajo. Las balas seguían lloviendo sobre el agua; Glass miró atrás y vio a los arikara alineados en la orilla.

Glass luchó para mantener una mano fija en *La Vièrge* y sostener con la otra el rifle que le quedaba, mientras pataleaba frenéticamente para mantenerse a flote. Dominique también movía las piernas, y se las arreglaron para pasar el muelle. El rostro de La Vièrge seguía emergiendo y hundiéndose en el agua. Ambos se esforzaban por mantener al herido a flote. Dominique intentó gritar algo, pero su voz se perdió cuando su propio rostro se hundió en un rápido. El mismo rápido casi hizo que Glass perdiera el agarre de su rifle. Dominique comenzó a patalear hacia la orilla.

—¡Aún no! —imploró Glass—. ¡Más adelante!

Dominique lo ignoró. Rozó con los pies el fondo del agua, que le llegaba hasta el pecho, y avanzó con torpeza hacia la parte menos profunda. Glass miró tras él. Las rocas del muelle creaban una barrera considerable en la tierra. La orilla debajo del muelle consistía en una alta ladera. Aun así, a los arikara no les tomaría más que unos minutos rodear el muelle.

—¡Estamos demasiado cerca! —gritó Glass. Dominique lo ignoró de nuevo. Glass pensó en seguir nadando solo, pero en vez de eso ayudó a Dominique a arrastrar a La Vièrge a la orilla. Lo tendieron boca arriba, apoyándolo en la escarpada curva de la ladera. Entreabrió los ojos, pero a continuación comenzó a toser sangre. Glass lo hizo rodar de costado para examinar la herida.

La bala había penetrado la espalda de La Vièrge debajo del omóplato izquierdo. Glass no veía manera de que no hubiera impactado su corazón. Dominique llegó a la misma conclusión en silencio. Glass revisó el rifle. Por el momento, la pólvora mojada lo hacía inútil. Miró su cinturón. El hacha aún colgaba en su sitio, pero su revólver había desaparecido. Glass miró a Dominique. «¿Qué quieres hacer?»

Escucharon un suave sonido y voltearon a ver a La Vièrge, quien tenía una ligerísima sonrisa en la comisura de su boca. Comenzó a mover los labios. Dominique tomó la mano de su hermano y se acercó para oírle. Susurrando débilmente, La Viérge estaba cantando:

Tu es mon compagnon de voyage...

Dominique reconoció la canción de inmediato, aunque nunca le había parecido tan absolutamente desesperanzada. Los ojos se le llenaron de lágrimas y cantó con una voz suave:

> *Tu es mon compagnon de voyage*
> *Je veux mourir dans mon canot.*
> *Sur le tombeau, près du rivage,*
> *Vous renverserez mon canot.*

> Tú eres mi compañero de viaje
> Moriré felizmente en mi canoa.
> Y sobre la tumba junto a la orilla
> Tú voltearás mi canoa.

Glass miró hacia el muelle. A setenta metros río arriba, dos arikara aparecieron en las rocas. Apuntaron con sus armas y comenzaron a gritar.

Glass puso la mano sobre el hombro de Dominique. Comenzó a decir: «Ya vienen», pero el estallido de dos rifles lo dijo por él. Las balas impactaron en la ladera.

—Dominique… No podemos quedarnos aquí.

—No lo dejaré —respondió Dominique con su fuerte acento.

—Entonces todos tenemos que volver al río.

—No. —Dominique negó enfáticamente con la cabeza—. No podemos nadar con él.

Glass echó otro vistazo hacia el muelle. Los arikara ya eran una multitud. «¡No hay tiempo!»

—Dominique. —El tono de Glass era apremiante—. Si nos quedamos, todos moriremos. —Más armas retumbaron.

Por un terrible momento, Dominique no respondió mientras acariciaba suavemente la pálida mejilla de su hermano. *La Vièrge* miraba pacíficamente hacia el frente; una tenue luz brillaba en sus ojos. Finalmente Dominique volteó hacia Glass:

—No lo dejaré.

Más estruendo de armas.

Glass combatió un conflicto de instintos. Necesitaba tiempo, tiempo para pensar en sus acciones, tiempo para justificarlas…, pero no lo tenía. Con el rifle en mano, se lanzó al río.

Dominique escuchó un silbido y sintió que una bala se enterraba en su hombro. Pensó en las horribles historias que había escuchado sobre las mutilaciones de los indios. Miró a *La Vièrge*.

—No permitiré que nos escalpen. —Tomó a su hermano en sus brazos y lo arrastró al río. Otra bala impactó contra su espalda—. No te preocupes, hermanito —susurró, recostándose en los acogedores brazos de la corriente—. A partir de ahora solo nos dejaremos llevar.

Dieciocho

6 de diciembre de 1823

Glass se acuclilló desnudo junto al pequeño fuego, tan cerca de las llamas como le fue posible soportar. Ahuecaba las manos para atrapar el calor. Las mantenía cerca, esperando hasta el último instante antes de estar seguro de que su piel se ulceraría; luego presionaba la piel caliente contra sus hombros o sus muslos. El calor se transmitía durante un momento, pero no lograba penetrar hasta el frío que se introducía en él poco a poco junto a las heladas aguas del Missouri.

Sus ropas colgaban sobre toscas rejillas en tres de los lados del fuego. Las pieles de ante seguían empapadas, aunque notó con alivio que su camisa de algodón estaba casi seca.

Flotó durante casi kilómetro y medio río abajo antes de trepar por el grupo de matorrales más denso que pudo encontrar. Se metió en medio de una zarza en un camino abierto por conejos, esperando que ningún animal más grande lo siguiera. Entre la maraña de sauces y ramas, se encontró de nuevo haciendo un inventario de sus heridas y sus posesiones.

En comparación con el pasado reciente, Glass sintió un alivio considerable. Tenía algunas heridas y quemaduras tras la pelea en la ladera y la huida río abajo. Incluso descubrió una herida en su brazo, donde aparentemente lo había rozado una bala. Sus viejas heridas le dolían con el frío, pero fuera de eso no parecían haber empeorado. Salvo por la posibilidad de que se congelara hasta morir, que parecía muy real, se las había arreglado para sobrevivir al ataque arikara. Por un instante vio de nuevo la imagen de Dominique y La Vièrge, agazapados en la ladera. Sacó el pensamiento de su mente

En cuanto a sus pertenencias, la pérdida más significativa era su revólver. Su fusil estaba empapado pero funcionaba. Tenía su cuchillo y su bolsa de caza con el pedernal y el raspador de metal. Tenía el hacha, la cual usó para obtener virutas para una pequeña hoguera. Esperaba que su pólvora estuviera seca. Destapó el cuerno y vertió una pizca en el suelo. Puso una llama encima y la pólvora ardió con olor a huevos podridos.

Había perdido la alforja con la camisa de repuesto, la manta y los guantes. La alforja también contenía el mapa dibujado a mano que señalaba cuidadosamente los afluentes y las particularidades del norte del Missouri. Poco importaba, ya que lo recordaba de memoria. En términos relativos se sentía bien equipado.

Aunque aún estaba húmeda, decidió ponerse su camisa de algodón. Al menos el peso de la tela lo ayudaba a disminuir el frío de su hombro adolorido. Glass atendió el fuego por el resto del día. Le preocupaba el humo que generaba, pero le preocupaba más morirse de frío. Se ocupó de su rifle para distraerse del frío, secándolo completamente y aplicando grasa de un pequeño contenedor que guardaba en su bolsa de caza. Para la noche su ropa y su fusil estaban listos.

Consideró avanzar solo por las noches. En algún lugar cercano acechaban los mismos arikara que atacaron el campamento. Odiaba quedarse quieto, incluso si su ubicación estaba bien disimulada. Pero no había luna que alumbrara un camino por la agreste ribera del Missouri. No tenía más opción que esperar a la mañana.

Mientras la luz del día desaparecía, Glass tomó la ropa de la rejilla de sauce y se vistió. Luego cavó un pequeño pozo cuadrado y superficial junto al fuego. Usó dos ramas para sacar las brasas al rojo vivo del círculo que rodeaba las llamas, las acomodó en el pozo y luego las cubrió con una delgada capa de tierra. Agregó tanta madera al fuego como se atrevió, luego se acostó sobre las piedras hirviendo. Entre el ante casi seco, las piedras, el fuego y el profundo cansancio, alcanzó un mínimo umbral de calor que le permitió a su cuerpo dormir.

Durante dos días Glass trepó hacia el norte del Missouri. Por un rato luchó con la pregunta de si había heredado la responsabilidad de la misión de Langevin con los arikara. Finalmente decidió que no. El compromiso de Glass con Brazeau había sido proveer de carne a la comisión, una tarea que había cumplido obedientemente. No tenía idea de si la banda de Lengua de Alce representaba las intenciones de los demás arikara. Poco importaba. La emboscada enfatizaba la vulnerabilidad de avanzar río arriba en bote. Incluso si recibía garantías de alguna facción de los arikara, no tenía intención de volver al Fuerte Brazeau. Sus asuntos personales eran más apremiantes.

Glass supuso, correctamente, que la aldea mandan estaba cerca. Aunque los mandan eran conocidos por ser pacíficos, le preocupaban las consecuencias de su nueva alianza con los arikara. «¿Los arikara estarían presentes en la aldea mandan? ¿Cómo habrían contado el ataque a los navegantes?» Glass no veía razón para averiguarlo. Sabía que un pequeño establecimiento comercial llamado Fuerte Talbot se ubicaba a dieciséis kilómetros río arriba por el Missouri desde la aldea mandan. Decidió rodear por completo a los mandan y dirigirse en cambio al Fuerte Talbot. Los pocos suministros que necesitaba, una manta y un par de guantes, los podría encontrar en el fuerte.

En la tarde del segundo día después del ataque, Glass decidió que ya no podía evitar el riesgo de cazar. Estaba famélico, y además una piel le daría algo que intercambiar. Encontró huellas frescas de un alce cerca del río y las siguió por una alameda hacia un amplio claro, flanqueando el río durante menos de un kilómetro. Un pequeño arroyo dividía en dos el claro. Glass descubrió a un enorme macho junto a dos hembras y tres terneros gordos pastando cerca del arroyo. Avanzó lentamente por el claro. Casi estaba a una buena distancia cuando algo asustó al alce. Los seis voltearon en dirección a Glass, quien comenzó a disparar cuando se dio cuenta de que los alces no lo estaban mirando a él, sino a algo que estaba detrás de él.

Glass miró sobre su hombro y vio a tres indios montados que salían de los álamos, a menos de medio kilómetro. Incluso a esa distancia, podía ver el peinado de picos que usaban los guerreros arikara. Veía que los indios lo señalaban mientras pateaban los costados de sus caballos y galopaban hacia él. Miró desesperadamente a su alrededor buscando algún refugio. Los árboles más cercanos estaban a más de doscientos metros frente a él. Nunca lograría atravesar el terreno a tiempo. Tampoco podía llegar al río. No tenía salida. Podía quedarse ahí y disparar, pero incluso si atinaba a su blanco, nunca podría recargar a tiempo para dispararles a los tres jinetes, probablemente ni siquiera a dos. Desesperado, corrió hacia los árboles distantes, ignorando el dolor que subía por su pierna.

Apenas había cubierto unos veinticinco metros cuando se detuvo aterrado: otro indio montado salió del cobijo de los álamos que tenía frente a él. Miró hacia atrás. A todo galope, los arikara habían cubierto la mitad de la distancia que los separaba de Glass. Miró otra vez hacia el nuevo jinete, que ahora le apuntaba con el cañón de su arma. El nuevo jinete disparó. Glass hizo una mueca de dolor anticipándose al golpe de la bala, pero esta pasó sobre su cabeza. Se dio la vuelta hacia los arikara. ¡Uno de sus caballos había caído! ¡El indio no le había disparado a él, sino a los otros tres! Ahora el tirador galopaba hacia él y Glass se dio cuenta de que era un mandan.

Glass no tenía idea de por qué, pero el mandan parecía acudir en su ayuda. Glass se dio la vuelta para enfrentar a sus atacantes. Los dos arikara que quedaban se habían acercado y estaban a unos ciento cuarenta metros. Glass amartilló su fusil y apuntó. Al principio intentó alinear su mira sobre uno de los jinetes, pero ambos se agazapaban detrás de las cabezas de sus caballos. Movió su mira hacia uno de los caballos, eligiendo el espacio cóncavo justo debajo del cuello.

Apretó el gatillo y el fusil escupió su tiro. El caballo chilló y sus patas delanteras parecieron doblarse. Levantó polvo mientras se detenía de golpe, haciendo que su jinete saliera volando sobre la cabeza del animal muerto.

Glass escuchó el golpe de los cascos y levantó la vista hacia el mandan, quien le hizo una señal para que subiera al caballo. Glass trepó de un salto, mirando atrás para ver al jinete arikara restante refrenar a su caballo y lanzar un tiro que falló. El mandan pateó a su caballo y corrieron hacia los árboles. Hizo que el caballo girara cuando llegaron a los álamos. Ambos desmontaron para recargar sus rifles.

—Ree —dijo el indio, usando el apodo para los arikara y señalando en su dirección—. No buenos.

Glass asintió mientras embutía una nueva carga.

—Mandan —dio el indio señalándose a sí mismo—. Bueno. Amigo.

Glass apuntó hacia los arikara, pero el único jinete que quedaba se había alejado de su alcance. Los dos indios sin caballos caminaban junto a él a cada lado. La pérdida de dos caballos les había quitado las ganas de cazar.

El mandan se llamó a sí mismo Mandeh-Pahchu. Seguía al alce cuando se encontró con Glass y los arikara. Mandeh-Pahchu tenía una buena idea sobre la procedencia del hombre blanco con cicatrices. Apenas el día anterior, el traductor Charbonneau había llegado a la aldea mandan. Bien conocido por los mandan por el tiempo que pasó con Lewis y Clark, Charbonneau contó la historia del ataque arikara a los navegantes. Mato-Tope, un jefe mandan, se enfureció con Lengua de Alce y su banda de renegados. Como el comerciante Kiowa Brazeau, el jefe Mato-Tope quería el Missouri abierto para el comercio. Aunque entendía la rabia de Lengua de Alce, los navegantes no representaban una amenaza. De hecho, de acuerdo con Charbonneau, llevaban regalos y una ofrenda de paz.

Mato-Tope había temido exactamente este tipo de incidentes cuando los arikara llegaron en busca de un nuevo hogar. Los mandan dependían cada vez más del comercio con los hombres blancos. El tráfico del sur había cesado desde el ataque de Leavenworth a los arikara. Ahora la noticia de este nuevo incidente mantendría cerrado el río.

El enojo del jefe Mato-Tope corrió rápidamente por la aldea mandan. El joven Mandeh-Pahchu vio el rescate de Glass como una oportunidad de ganarse los favores del jefe. Mato-Tope tenía una hermosa hija por cuyo cariño Mandeh-Pahchu había estado compitiendo. Se imaginó a sí mismo desfilando por la villa con su nuevo trofeo, entregándole a Mato-Tope al hombre blanco, con toda la aldea viéndolo mientras contaba su historia. Pero el hombre blanco parecía sospechar el desvío, ya que tenazmente repetía una sola frase: «Fuerte Talbot».

Montado en el caballo, Glass observaba a Mandeh-Pahchu con un interés fanático. Aunque había escuchado muchas historias, nunca había visto a un mandan de carne y hueso. El joven guerrero usaba el cabello como una corona: remataba una acicalada melena, a la cual obviamente le dedicaba considerable atención, con una larga cola de caballo, envuelta en tiras de piel de conejo, que recorría su espalda. El cabello suelto caía como agua hacia los lados, enlucido con grasa y cortado de tajo a la altura de la quijada. En el centro de su frente despuntaba un flequillo también engrasado y peinado. Grandes aretes de peltre hacían colgar tres grandes agujeros donde su oreja derecha había sido perforada. Una gargantilla con cuentas blancas contrastaba fuertemente con la piel cobriza de su cuello.

A regañadientes, Mandeh-Pahchu decidió llevar al hombre blanco al Fuerte Talbot. Estaba cerca, apenas a tres horas a caballo. Además, quizá podría aprender algo en el fuerte. Había rumores de un incidente con los arikara en el Fuerte Talbot. Quizá el fuerte querría enviar un mensaje a Mato-Tope. Era una gran responsabilidad llevar mensajes. Entre la historia del hombre banco y el importante mensaje que sin duda llevaría, Mato-Tope estaría complacido. Su hija no podría evitar sentirse impresionada.

Era casi medianoche cuando el perfil de ónix del Fuerte Talbot se destacó de pronto contra la noche anodina. El fuerte no emitía luces hacia la llanura, y a Glass le sorprendió encontrarse a solo cien metros de las murallas de madera.

Vieron un destello de fuego y en el mismo instante escucharon el agudo retronar de un fusil desde el fuerte. Una bala de mosquete pasó silbando a tan solo unos centímetros de sus cabezas.

El caballo saltó y Mandeh-Pahchu luchó por controlarlo. Glass hizo acopio de toda su voz, gritando furioso:

—¡No disparen! ¡Somos amigos!

Una voz respondió con desconfianza desde el cuartel.

—¿Quiénes son?

Glass vio un destello de luz en el cañón de un rifle y la silueta oscura de la cabeza y los hombros de un hombre.

—Soy Hugh Glass, de la Compañía Peletera de Rocky Mountain. —Deseó que aún pudiera transmitir fuerza con su voz. Tal como estaban las cosas, apenas podía hacerse escuchar incluso a esa corta distancia

—¿Quién es el salvaje?

—Es un mandan. Me acaba de salvar de los guerreros arikara.

El hombre de la torre gritó algo y Glass escuchó fragmentos de una conversación. Otros tres hombres con fusiles aparecieron en el cuartel. Glass escuchó ruido detrás de la pesada puerta. Un pequeño postigo se abrió y de nuevo se sintieron examinados. Desde el postigo una nueva y ronca voz exigió:

—Avancen hasta donde podamos verlos mejor.

Mandeh-Pahchu hizo que el caballo avanzara, deteniéndolo frente a la puerta. Glass desmontó y dijo:

—¿Hay alguna razón en particular para que disparen con tanta facilidad?

La voz ronca respondió:

—Mi compañero fue asesinado por unos ree frente a esta puerta la semana pasada.

—Pues ninguno de nosotros es arikara.

—¿Cómo íbamos a saberlo si andan acechando en la oscuridad?

En contraste con el Fuerte Brazeau, el Fuerte Talbot se sentía como un lugar sitiado. Sus altas paredes se elevaban tres metros y medio alrededor del perímetro rectangular, quizá de unos treinta metros en los costados largos y no más de veinte en los cortos. Dos toscos cuarteles se elevaban en esquinas diagonalmente opuestas, construidos de manera que sus esquinas interiores tocaban las esquinas exteriores del fuerte. Desde esa posición elevada dominaban las cuatro paredes. Uno de los cuarteles, el que estaba sobre ellos, tenía un tosco techo, evidentemente construido para proteger del clima un largo cañón giratorio. En el otro estaban los inicios de un techo que nunca se había completado. Un tosco corral se abría detrás del fuerte, aunque no había ganado en él.

Glass esperó mientras los ojos detrás del postigo seguían su escrutinio.

—¿Qué quieren? —preguntó la voz ronca.

—Voy al Fuerte Unión. Necesito unas cuantas provisiones.

—No tenemos mucho con que proveerle.

—No necesito comida ni pólvora. Solo una manta y guantes y me iré.

—No parece que tenga mucho que intercambiar.

—Puedo firmar un giro por un generoso pago a nombre de William Ashley. La Compañía Peletera de Rocky Mountain enviará un grupo río abajo en la primavera. Ellos harán valer el giro. —Siguió una larga pausa. Glass agregó—: Y verán con buenos ojos un establecimiento que da ayuda a uno de sus hombres.

Otra pausa y luego el postigo se cerró. Escucharon el movimiento de un pesado madero y la puerta comenzó a abrirse sobre sus goznes. La voz ronca se unió a un hombre muy desmejorado que parecía estar a cargo. Se quedó ahí, con un fusil y dos revólveres en su cinturón.

—Solo usted. Nada de rojos en mi fuerte.

Glass miró a Mandeh-Pahchu, preguntándose cuánto entendió el mandan. Glass comenzó a decir algo, luego se detuvo y entró mientras la puerta se cerraba de golpe detrás de él.

Había dos edificios desvencijados dentro de las murallas. Desde uno de ellos, el tenue brillo de la luz se colaba por los pellejos engrasados que servían como ventanas. El otro edificio estaba oscuro, y Glass supuso que lo usaban como bodega. Las paredes del fondo de los edificios servían como muros traseros del fuerte. Sus frentes daban a un pequeño patio dominado por la peste del estiércol. La fuente del olor estaba atada a un poste: dos mulas sarnosas, probablemente los únicos animales que los arikara habían sido incapaces de robarse. Además de los animales, en el patio había una enorme máquina para prensar pieles, un yunque sobre un tronco de álamo y una inestable pila de leña. Adentro había cinco hombres, a quienes pronto se unieron los del otro cuartel. La tenue luz iluminó el rostro lleno de cicatrices de Glass, quien sintió sus miradas curiosas.

—Entre si quiere.

Glass siguió a los hombres al interior del edificio iluminado, y se amontonaron en un estrecho cuarto configurado como cuartel. Un fuego humeante ardía en una tosca chimenea de arcilla en la pared del fondo. El único punto a favor del cuarto apestoso era su tibieza, un calor generado tanto por la cercanía de los otros hombres como por el fuego.

El hombre escuálido estaba por decir algo más cuando su cuerpo se retorció en una profunda tos con flemas. Una tos similar parecía afectar a la mayoría de los hombres, y Glass temió la fuente. Cuando el escuálido finalmente dejó de toser, repitió:

—No tenemos comida que compartir.

—Les dije que no necesito su comida —dijo Glass—. Acordemos el precio de una manta y unos guantes y me iré. —Señaló hacia una mesa en la esquina—. Agreguen ese cuchillo para desollar.

El escuálido sacó el pecho como si lo hubieran ofendido.

—No queremos ser tacaños, señor, pero los ree nos tienen en apuros. Se robaron todas nuestras mercancías. La semana pasada cinco guerreros llegaron cabalgando hasta la puerta como si quisieran hacer un intercambio. Abrimos y comenzaron a disparar. Mataron a mi compañero a sangre fría.

Glass no dijo nada, así que el hombre continuó.

—No hemos sido capaces de ir de caza o cortar madera, así que entenderá lo frugal de nuestros suministros. —Miraba a Glass en espera de confirmación, pero no la obtuvo.

Finalmente dijo:

—Dispararle a un hombre blanco y un mandan no arreglará su problema con los ree.

El tirador habló; era un hombre sucio sin dientes frontales.

—Lo único que vi fue a un indio merodeando en medio de la noche. ¿Cómo iba a saber que iban dos montados en el mismo caballo?

—Podría hacerse al hábito de ver a su blanco antes de disparar.

El escuálido volvió a hablar.

—Yo les diré a mis hombres cuándo disparar, señor. Los ree y los mandan nunca me han parecido diferentes. Además, ahora son aliados. Son una enorme tribu de ladrones. Prefiero dispararle al hombre equivocado que confiar en el hombre equivocado.

Las palabras salieron del escuálido como agua de un dique roto. Señaló a su alrededor con un dedo huesudo mientras hablaba.

—Construí este fuerte con mis propias manos y tengo permiso del gobernador de Missouri para comerciar. No nos iremos nunca y le dispararemos a cualquier rojo que caiga en nuestras miras. No me importa si tenemos que matar a cada uno de esos bastardos asesinos y ladrones.

—¿Con quién piensan comerciar exactamente? —preguntó Glass.

—Lo conseguiremos. Es una propiedad de primera. El ejército llegará en seguida y pondrá firmes a estos salvajes. Habrá muchos hombres blancos que comercien río arriba y abajo. Usted mismo lo dijo.

Glass salió hacia la noche y la puerta se azotó tras él. Exhaló largamente, observando cómo su aliento se condensaba en el frío aire de la noche y luego desaparecía con el soplo de una brisa congelada. Vio a Mandeh-Pahchu montado en su caballo junto al río. El indio se giró ante el sonido de la puerta y avanzó.

Glass tomó su nuevo cuchillo para desollar y cortó una abertura en la manta, por donde introdujo su cabeza para usarla como capote. Metió las manos en guantes de piel mientras contemplaba al mandan y buscaba algo que decir. En realidad, no había mucho de que hablar.

«Tengo que atender mis propios asuntos.» No podía arreglar cada problema que se encontrara en su camino.

Le obsequió el cuchillo para desollar a Mandeh-Pahchu.

—Gracias —dijo Glass.

El mandan observó el cuchillo y luego a Glass, buscando su mirada. Luego vio cómo Glass se daba la vuelta y se aleaba río arriba por el Missouri, hacia la noche.

Diecinueve

8 de diciembre de 1823

John Fitzgerald caminó hacia su puesto de guardia, río abajo desde el Fuerte Unión. Puerco estaba allí; su pecho jadeante lanzaba grandes nubes de aliento hacia el congelado aire de la noche.

—Es mi turno —dijo Fitzgerald con un tono casi amable.

—¿Desde cuándo te da tanto gusto hacer guardia? —preguntó Puerco, y luego se encaminó hacia el campamento, ansioso por dormir cuatro horas antes del desayuno.

Fitzgerald cortó un grueso trozo de tabaco. El intenso sabor llenó su boca y calmó sus nervios. Esperó un largo rato antes de escupir. El aire de la noche mordía sus pulmones cuando respiraba, pero no le molestaba el frío. El frío era resultado de un cielo perfectamente claro, y Fitzgerald necesitaba un cielo claro. Tres cuartos de luna lanzaban una brillante luz sobre el río. Luz suficiente, esperaba, para alumbrar su camino.

Media hora después del cambio de guardia, Fitzgerald avanzó hacia los densos sauces donde había escondido su botín: un paquete de pieles de castor con las que comerciar río abajo, diez kilos de carne seca en un saco de yute, tres cuernos de pólvora, cien balas de plomo, una pequeña olla para cocinar, dos mantas de lana y, por supuesto, el Anstadt. Apiló los suministros junto a la orilla del agua y luego fue río arriba para traer la canoa.

Mientras trepaba por la ribera se preguntó si el capitán Henry se molestaría en enviar a alguien para seguirlo. «Estúpido bastardo.» Fitzgerald nunca había conocido a un hombre con más posibilidades de que le cayera un rayo. Bajo el malhadado mando de Henry, los hombres de la Compañía Peletera de Rocky Mountain siempre estaban a un paso de la calamidad. «Es un milagro que no estemos todos muertos.» Ya solo les quedaban tres caballos, lo que limitaba el alcance de sus grupos tramperos a unas cuantas aguas locales, agotadas desde hacía mucho. Los numerosos intentos de Henry por intercambiar con las tribus nuevas monturas (o, en muchos casos, por comprar sus propias monturas robadas) terminaban en un consistente fracaso. Encontrar comida a diario para treinta hombres se había vuelto un problema. Los grupos de caza no habían visto un búfalo en semanas y ahora su alimentación consistía principalmente en fibroso antílope.

La gota que derramó el vaso llegó la semana anterior, cuando Fitzgerald escuchó un rumor entre susurros de Bill el Chaparro.

—El capitán está pensando en movernos río arriba por el Yellowstone y ocupar lo que queda del viejo fuerte de Lisa en el Big Horn.

Fitzgerald no sabía cuál era la distancia al Big Horn, pero sabía que estaba en la dirección opuesta a donde él quería ir. Aunque la vida en la frontera había sido más agradable de lo que esperaba cuando huyó de Saint Louis, hacía mucho que se había cansado de la mala comida, el frío y la incomodidad de vivir con treinta hombres apestosos. Por no mencionar la considerable posibilidad de ser asesinado. Extrañaba el sabor del whisky barato y el olor del perfume barato. Dueño de setenta dólares en monedas de oro (el pago por cuidar de Glass), pensaba constantemente en apostar. Después de un año y medio, las cosas debían de haberse calmado para él en Saint Louis, quizá incluso más al sur. Planeaba averiguarlo.

Había dos piraguas boca abajo en la larga playa bajo el fuerte. Fitzgerald las había examinado cuidadosamente unos días antes, determinando que la más pequeña estaba mejor hecha. Además, aunque la corriente río abajo lo llevaría, necesitaba una embarcación lo suficientemente pequeña para maniobrarla solo. En silencio, volteó la canoa, puso dos remos adentro y la empujó por el banco de arena hasta la orilla.

«Ahora la otra.» Al planear su deserción, a Fitzgerald le había preocupado cómo inmovilizar la segunda canoa. Pensó en abrir un agujero en la carcasa de madera antes de llegar a una solución más directa. Volvió a la segunda canoa y metió la mano debajo de ella para tomar los remos. «Una canoa no sirve de nada sin sus remos.»

Fitzgerald empujó su canoa al agua, saltó a bordo y remó dos veces para acomodar el bote en la corriente, que tomó a la canoa y la impulsó río abajo. Se detuvo después de unos minutos para recoger las provisiones que había robado y puso el bote de nuevo en la corriente. Tras unos cuantos minutos, el Fuerte Unión desapareció tras él.

El capitán Henry meditaba en los mohosos confines de su habitación, la única privada en el Fuerte Unión. Más allá de la privacidad, una comodidad escasa en el fuerte, había poco que elogiar en ese espacio. La única fuente de calor y luz provenía de una puerta abierta que daba al cuarto adyacente. Henry estaba sentado en el frío y la oscuridad, preguntándose qué hacer.

Fitzgerald en sí no era una gran pérdida. Henry había desconfiado de él desde el primer día en Saint Louis. Podían sobrellevar las cosas sin la canoa, no era como que se hubiera robado los caballos que les quedaban. La falta de un paquete de pieles era irritante, pero no fatal.

La pérdida no era el hombre que se había ido, sino su efecto en los hombres que se quedaban. La deserción de Fitzgerald era una declaración, una fuerte y clara, de los pensamientos que los demás hombres no habían expresado: la Compañía Peletera de Rocky Mountain era un fracaso. Él era un fracaso. «¿Y ahora qué?»

Henry escuchó que la traba de la puerta del cuartel se abría. Pisadas pequeñas y pesadas arañaron el suelo de tierra hacia su habitación y Bill el Chaparro apareció en la entrada.

—Murphy y el grupo de tramperos ya vienen —reportó Bill.

—¿Consiguieron pieles?

—No, capitán.

—¿Ninguna?

—No, capitán. Bueno, verá, capitán… Es un poco peor que eso.

—¿Y bien?

—Tampoco tienen caballos.

El capitán se tomó un momento para asumir la noticia.

—¿Algo más?

Bill lo pensó por un momento y luego dijo:

—Sí, capitán. Anderson está muerto.

El capitán no dijo nada más. Bill el Chaparro esperó hasta que el silencio lo incomodó, y se fue.

El capitán Henry se quedó unos minutos más en la fría oscuridad antes de tomar una decisión. Abandonarían el Fuerte Unión.

Veinte

15 de diciembre de 1823

La hondonada formaba una superficie cóncava casi perfecta en la llanura. En tres de sus lados, pequeñas colinas protegían la depresión de los vientos implacables propios de campos más abiertos. La humedad se acumulaba en el centro de la hondonada, donde un grupo de árboles de espino montaba guardia. La combinación de colinas y árboles convertía el lugar en un refugio digno de tener en cuenta.

La pequeña hondonada se ubicaba apenas a cuarenta y cinco metros del Missouri. Hugh Glass estaba sentado con las piernas cruzadas junto a un pequeño fuego, cuyas llamas le hacían coquillas al magro conejo que colgaba de un pincho de sauce.

Mientras esperaba a que el conejo se rostizara, Glass tomó conciencia del sonido del río. Pensó que era extraño notarlo. No se había separado del río durante semanas y, sin embargo, escuchó las aguas de repente, con la aguda sensibilidad de un nuevo descubrimiento. Le dio la espalda al fuego para contemplar el río. Le pareció raro que la suave corriente de agua hiciera algún sonido. Y que el viento también lo hiciera. Se le ocurrió que los responsables del ruido no eran tanto el agua o el viento como los objetos que encontraban en su camino. Volvió al fuego.

Glass sintió el familiar dolor en su pierna y se reacomodó. Sus heridas le recordaban constantemente que, aunque estaba mejorando, todavía no estaba completamente sano. El frío hacía que las piernas y el hombro le dolieran más. En ese momento comprendió que su voz nunca volvería a la normalidad. Y por su puesto, su cara sería el testimonio permanente de su encuentro en el Grand. Pero no todo era malo. La espalda ya no le dolía. Tampoco lo lastimaba comer, lo que agradeció mientras aspiraba el aroma de la carne asándose.

Glass cazó el conejo unos minutos antes, bajo la decreciente luz del final del día. No había visto señales de indios desde hacía una semana, y cuando el gordo conejo cola de algodón se cruzó en su camino de un salto, la idea de una cena tan deliciosa fue demasiado como para dejarlo pasar.

Río arriba, a menos de medio kilómetro de donde se encontraba Glass, John Fitzgerald buscaba un lugar donde desembarcar cuando escuchó el retrueno cercano de un fusil. «¡Mierda!» Se acercó rápidamente hacia la orilla para alentar su avance. Se detuvo en un remolino, remando hacia atrás, mientras buscaba la fuente del disparo bajo la luz tenue.

«Estoy demasiado al norte para que se trate de los arikara. ¿Serán los assiniboine?» Fitzgerald deseó que pudiera ver mejor. El brillo de una fogata apareció unos minutos después. Podía distinguir la silueta de un hombre vestido de ante, pero no podía captar más detalles. Asumió que era un indio. Ningún hombre blanco tenía negocios tan al norte, al menos no en diciembre. «¿Habrá más de uno?» La luz del día se diluía con rapidez.

Fitzgerald sopesó sus opciones. Era seguro que no se podía quedar donde estaba. Si desembarcaba durante la noche, era probable que el tirador lo descubriera por la mañana. Pensó en acercarse al tirador a rastras y matarlo, pero aún no sabía si se enfrentaría a uno o a muchos. Finalmente decidió escabullirse. Esperaría el cobijo de la noche, confiando en que la distracción del fuego mantuviera lejos del agua los ojos del tirador y de cualquier otro. Mientras tanto, la luna llena le proveería de suficiente luz para navegar.

Fitzgerald esperó casi una hora para empujar en silencio la proa de la piragua hacia el suave banco de arena. Al oeste, el horizonte devoró los últimos restos del día, intensificando el brillo de la fogata. La silueta del tirador se encorvó sobre el fuego, y Fitzgerald asumió que debía de estar ocupado haciendo su cena. «Ahora.» Fitzgerald revisó el Anstadt y sus dos revólveres, y los acomodó de manera que quedaran a la mano. Luego empujó la canoa para alejarla de la orilla y saltó a bordo. Remó dos veces para impulsar el bote hacia la corriente. Después usó el remo como un timón, moviéndolo suavemente de un lado a otro. Dejó que fuera la corriente la que empujara el bote tanto como pudo.

Hugh Glass jaló un muslo del conejo. La articulación estaba floja y con un giro arrancó la pierna. Clavó los dientes en la suculenta carne.

Fitzgerald intentó navegar tan lejos de la orilla como fuera posible, pero la corriente prácticamente corría junto a ella. Se acercaba al fuego a una velocidad vertiginosa. Intentó poner su atención en el río al mismo tiempo que vigilaba la espalda del hombre junto al fuego. Pudo distinguir un capote hecho de una manta Hudson's Bay y lo que parecía ser un gorro de lana. «¿Un gorro de lana? ¿Un hombre blanco?» Fitzgerald volvió a mirar al agua. Una piedra gigante apareció de pronto en el agua oscura del río, ¡apenas a tres metros!

Fitzgerald hundió el remo profundamente en el río y lo empujó con tanta fuerza como pudo. La canoa giró, pero no lo suficiente. El costado se raspó contra la roca con un rechinido. Fitzgerald remó con todas sus fuerzas. «No tiene caso detenerse ahora.»

Glass escuchó una salpicadura seguida de un largo chirrido. Se estiró instintivamente para tomar su fusil; luego se giró hacia el Missouri rápidamente para alejarse de la luz del fuego. Se arrastró hacia el río, adaptando su vista a la oscuridad tras el resplandor de la fogata.

Recorrió el río con la mirada buscando la fuente del sonido. Escuchó el choque de un remo contra el agua y atisbó una canoa a una distancia de menos de cien metros. Levantó el rifle, lo amartilló y apuntó hacia la silueta oscura de un hombre con un remo. Movió el dedo alrededor del gatillo… Se detuvo.

Glass no encontraba una buena razón para disparar. Quienquiera que fuera el barquero, parecía que sus planes eran evitar cualquier contacto. En todo caso, avanzaba con rapidez en dirección contraria. Cualquiera que fuera su intención, se alejaba a toda velocidad y no parecía ser una amenaza para Glass.

A bordo de la piragua, Fitzgerald remó con fuerza hasta que viró en una curva en el río, a medio kilómetro del campamento. Dejó que la corriente llevara la canoa durante casi un kilómetro y medio antes de guiar el bote a la orilla opuesta, en busca de un lugar donde desembarcar.

Finalmente sacó la canoa del agua, la volteó y extendió la lona para dormir debajo. Masticó un trozo de carne seca mientras contemplaba de nuevo la figura junto al fuego. «Qué lugar tan jodidamente extraño para un hombre en diciembre.»

Con cuidado, Fitzgerald colocó el fusil y sus dos revólveres junto a él antes de ovillarse bajo su manta. La brillante luna inundaba su campamento con su pálida luz. El Anstadt atrapó la luz y la conservó; sus decoraciones de plata brillaban como espejos bajo el sol.

Finalmente, el capitán Henry tuvo una racha de buena suerte. Ocurrían tantas cosas buenas en tan rápida sucesión que apenas sabía qué pensar al respecto.

Para empezar, los cielos fueron tan azules como índigo durante dos semanas seguidas. Con el buen clima, la brigada cubrió en seis días los más de trescientos kilómetros que había entre el Fuerte Unión y el río Big Horn.

Cuando llegaron, el fuerte abandonado se encontraba casi como Henry lo recordaba. En 1807, un cauteloso comerciante llamado Manuel Lisa estableció un establecimiento comercial en la intersección de los ríos Yellowstone y Big Horn. Llamó al edificio Fuerte Manuel, y lo usó como base desde donde comerciar y explorar ambos ríos. Lisa mantenía relaciones especialmente buenas con los crow y los flathead, quienes usaron las armas que le compraban para declararle la guerra a los pies negros. En consecuencia, los pies negros se convirtieron en acérrimos enemigos de los blancos.

Animado por su modesto éxito comercial, en 1809 Lisa fundó la Compañía Peletera de Saint Louis, Missouri. Uno de los nuevos inversionistas del negocio era Andrew Henry. Henry lideró un grupo de cien tramperos en su desafortunada empresa hacia Three Forks. En su camino hacia el norte del Yellowstone, Henry se detuvo en el Fuerte Manuel. Recordaba su ubicación estratégica, junto a abundantes presas y madera. Henry sabía que el Fuerte Manuel estaba abandonado desde hacía más de una docena de años, pero esperaba rescatar los inicios de un nuevo establecimiento.

Su estado superó por mucho sus expectativas. Los años de abandono habían desgastado el edificio, pero la mayor parte de su estructura de madera era sólida, lo que les ahorraría semanas de trabajo duro cortando y arrastrando troncos.

La experiencia de Henry con las tribus locales (al menos al principio) contrastó intensamente con su funesta fortuna en el Fuerte Unión. Envió a un grupo dirigido por Allistair Murphy y llenó de regalos a sus nuevos vecinos, sobre todo grupos de flathead y crow. Durante su relación con los indios locales, Henry descubrió que era el beneficiario de la diplomacia de sus predecesores. Ambas tribus parecían relativamente felices por que el establecimiento volviera a estar habitado. Al menos se mostraban dispuestas a comerciar.

En particular, los crow tenían muchos caballos. Murphy hizo un intercambio por setenta y dos animales. Los arroyos nacían en las cercanas montañas Big Horn, y el capitán Henry trazó un plan para el dinámico despliegue de sus nuevos tramperos.

Durante dos semanas, Henry siguió cuidándose las espaldas, como si el infortunio estuviera a punto de atacarlo por detrás. No se permitió el mínimo dejo de optimismo. «¿Será que mi suerte ha cambiado?» No.

Hugh Glass se detuvo frente a los restos del Fuerte Unión. Incluso la puerta estaba tirada en el suelo, pues se habían llevado los goznes cuando el capitán Henry abandonó el lugar. En su interior, aún se percibía la vergüenza por el fracaso del negocio. Todos los goznes de metal habían sido removidos; Glass supuso que los habían guardado para usarlos en su siguiente destino. Los troncos de las empalizadas estaban destrozados; al parecer, los maleducados visitantes que llegaron tras la partida de Henry los usaron como leña. La pared de uno de los cuarteles estaba ennegrecida tras lo que parecía un intento poco entusiasta por quemar el fuerte. La nieve del patio estaba revuelta por docenas de huellas de caballo.

«Estoy persiguiendo un espejismo.» ¿Cuántos días había caminado, o más bien se había arrastrado, hasta llegar a ese momento? Recordó el claro junto al manantial en el río Grand. «¿Qué mes era entonces? ¿Agosto? ¿Qué mes es ahora? ¿Diciembre?»

Glass trepó la tosca escalera del cuartel y revisó el valle desde las alturas. A menos de medio kilómetro vio la mancha color óxido de una docena de antílopes que pateaba la nieve para mordisquear la salvia. Una enorme bandada de gansos en forma de «V» se posó sobre el río encogiendo las alas. Aparte de eso no había señales de vida. «¿Dónde están todos?»

Acampó dos noches en el fuerte, incapaz de alejarse de un lugar que había buscado durante tanto tiempo. Pero sabía que su verdadera meta no era un lugar, sino dos personas: dos personas y dos actos de venganza defintivos.

Glass siguió el Yellowstone desde el Fuerte Unión. Solo podía adivinar el camino de Henry, pero dudaba que el capitán se arriesgara a repetir su fracaso al norte del Missouri. Eso lo llevó al Yellowstone.

Siguió el Yellowstone durante cinco días y llegó a la cima de una alta meseta sobre el río. Se detuvo, atónito.

Mezclando el cielo con la tierra, las montañas Big Horn se levantaban frente a él. Unas cuantas nubes daban vueltas alrededor de los picos más altos, prolongando la ilusión de una pared que se extendía hacia arriba al infinito. Los ojos se le llenaron de lágrimas a causa del brillo del sol en la nieve, pero no podía apartar la mirada. Nada en los veinte años que había pasado en las llanuras lo había preparado para esas montañas.

El capitán Henry habló alguna vez de la enormidad de las Roca-llosas, pero Glass suponía que sus historias llevaban la dosis de ador-no normal de las conversaciones alrededor de la fogata. De hecho, pensó Glass, el retrato de Henry había sido tristemente insuficiente. Henry era un hombre directo, y sus descripciones se enfocaban en las montañas como obstáculos, barreras que debían vencerse en el camino para conectar el flujo comercial entre el este y el oeste. En la descripción de Henry no había rastro de la fervorosa fuerza que la vista de los enormes picos le transmitía a Glass.

Claro que entendía la reacción práctica de Henry. El terreno de los valles del río ya era suficientemente difícil. Glass apenas podía imaginarse el esfuerzo que se necesitaba para transportar pieles so-bre montañas como las que se alzaban frente a él.

Su asombro creció en los días que siguieron, conforme el río Yellowstone lo conducía más y más cerca. La enorme masa era un marcador, un punto de referencia inalterable contra el tiempo mis-mo. Otros podían sentir desasosiego ante la idea de algo tanto más grande que ellos mismos. Pero Glass sentía una fuente de sacralidad que fluía desde las montañas, una inmortalidad que hacía que sus su-frimientos cotidianos parecieran intrascendentes.

Y así, caminó día tras día hacia las montañas al final de la llanura.

Fitzgerald estaba afuera de la tosca empalizada, soportando el inte-rrogatorio del escuálido hombre con ataques de tos que estaba en la muralla sobre la puerta.

Había ensayado la mentira durante sus largos días en la canoa.

—Llevo un mensaje a Saint Louis para el capitán Henry de la Compañía Peletera de Rocky Mountain.

—¿Compañía Peletera de Rocky Mountain? —resopló el hombre escuálido—. Acabamos de ver a otro de los suyos yendo hacia el otro lado, un tipo de malos modales montado en el mismo caballo que un piel roja. De hecho, si eres de su compañía, puedes pagar su deuda.

Fitzgerald sintió que se le encogía el estómago y se quedó sin aliento de pronto. «¡El hombre blanco del río!» Se esforzó para mantener la tranquilidad y la indiferencia de su voz.

—Debo de haberlo perdido en el río. ¿Cuál era su nombre?

—Ni siquiera me acuerdo de su nombre. Le dimos un par de cosas y se fue.

—¿Cómo era?

—Pues eso sí lo recuerdo. Tenía cicatrices por toda la cara, como si lo hubiera masticado un animal salvaje.

«¡Glass! ¡Está vivo! ¡Maldito!»

Fitzgerald cambió dos pieles de castor por carne seca, ansioso por volver al agua. No conforme con avanzar con la corriente, remó para impulsar la piragua hacia adelante. Hacia adelante y lejos. Glass podía ir en la dirección opuesta, pensó Fitzgerald, pero no tenía duda de cuáles eran las intenciones de ese viejo bastardo.

Veintiuno

31 de diciembre de 1823

Comenzó a nevar a mitad del día. Las nubes de tormenta se acercaron desordenadamente, ocultando el sol tan poco a poco que Henry y sus hombres casi ni lo notaron.

No tenían de qué preocuparse. Su fuerte estaba renovado y completo, listo para enfrentar cualquier reto que el clima pudiera presentar. Además, el capitán declaró festivo el día. Luego reveló una sorpresa que despertó una emoción delirante entre sus hombres: alcohol.

Henry era un fracaso en muchas cosas, pero entendía el poder de los incentivos. La cerveza de Henry estaba hecha de levadura y bayas negras, y la enterraron en un barril durante un mes para que fermentara. El brebaje resultante tenía un sabor ácido. Ninguno de los hombres pudo beberlo sin hacer un gesto de dolor y ninguno dejó pasar la oportunidad. El líquido provocaba un profundo y casi inmediato estado de ebriedad.

Henry tenía una segunda bonificación para sus hombres. Era un violinista decente y, por primera vez en meses, tenía el ánimo suficientemente alto para tomar su desgastado instrumento. El chillante violín, combinado con las risotadas de borrachos, creaba un jovial caos en el abarrotado cuartel.

Una buena parte del júbilo se centraba en Puerco, que había despatarrado su obeso cuerpo frente a la chimenea. Resultó que la tolerancia al alcohol de Puerco no empataba con su barriga.

—Parece muerto —dijo Black Harris, pateándolo directo en la panza. El pie de Harris desapareció momentáneamente en la blanda grasa que rodeaba la cintura de Puerco, pero la patada no provocó ninguna respuesta.

—Pues si está muerto… —comentó Patrick Robinson, un hombre silencioso a quien la mayoría de los tramperos nunca había escuchado hablar antes del aguardiente de Henry—, le debemos un entierro decente.

—Hace mucho frío —señaló otro trampero—. Pero ¡podemos hacerle una mortaja adecuada!

Esta idea generó gran entusiasmo entre los hombres. Sacaron dos mantas y una aguja con hilo grueso. Robinson, que era un sastre capaz, comenzó la tarea de coser apretadamente el sudario alrededor de la enorme masa de Puerco. Black Harris dio un conmovedor sermón, y uno por uno los hombres se turnaron con elegías.

—Era un buen hombre con temor de Dios —dijo uno—. Te lo devolvemos, oh, Señor, en su estado virginal… Jamás fue tocado por el jabón.

—Si puedes arreglártelas para levantarlo —agregó otro—, te rogamos que lo eleves hasta el Más Allá.

Una ruidosa discusión desvió la atención del funeral de Puerco. Allistar Murphy y Bill el Chaparro estaban en desacuerdo sobre quién de ellos era el mejor tirador con revólver. Murphy retó a Bill el Chaparro a un duelo, idea que el capitán Henry rechazó en seguida, aunque sí autorizó una competencia de disparos.

Al principio Bill el Chaparro sugirió que cada uno le disparara a un bote de metal sobre la cabeza del otro. Pero incluso en su estado de ebriedad comprendió que tal competencia podría crear una peligrosa mezcla de motivaciones. Finalmente decidieron dispararle a una taza metálica sobre la cabeza de Puerco. Tanto Murphy como Bill el Chaparro consideraban que Puerco era su amigo, así que ambos tendrían un incentivo adecuado para su puntería. Sentaron a Puerco, metido en su mortaja, contra la pared y luego le pusieron una taza sobre la cabeza.

Los hombres despejaron un camino en el centro del largo cuartel, con los tiradores en un extremo y Puerco en el otro. El capitán Henry escondió una bala de mosquete en una mano; Murphy eligió correctamente y escogió ser el segundo en disparar. Bill el Chaparro sacó la pistola de su cinturón y revisó con cuidado la pólvora de la batea. Cambió el apoyo de su peso de un pie a otro, y finalmente se colocó de lado hacia el blanco. Inclinó el arma para formar un perfecto ángulo recto, apuntando con el revólver hacia el techo. Estiró el pulgar y amartilló el revólver con un chasquido aparatoso, el único sonido en el ambiente tenso del cuartel. Tras oscilar durante un instante en esta posición, bajó el revólver hasta la posición de disparar con una lenta y elegante reverencia.

Luego dudó. De pronto, el impacto de un tiro errado se volvió obvio al ver (a través de la mira de su revolver) la tosca masa de Puerco. A Bill el Chaparro le caía bien Puerco. Bastante bien, de hecho. «Esta es una mala idea.» Sintió que un riachuelo de sudor recorría su corta espalda. Su visión periférica lo hizo consciente, como si los viera por primera vez, de la presencia de los hombres reunidos a los lados. Su respiración se volvió pesada, haciendo que el brazo con el que sostenía el arma subiera y bajara ligeramente. El revólver se sintió pesado de pronto. Contuvo el aliento para detener el balanceo, pero entonces se sintió débil y mareado por la falta de aire. «No tires hacia abajo.»

Finalmente confió en que todo saldría bien y apretó el gatillo, cerrando los ojos ante el brillo de la pólvora. La bala se estrelló contra la pared de madera detrás de Puerco, treinta centímetros por encima de la taza que estaba sobre la cabeza del gordo envuelto en un sudario. Los espectadores estallaron en carcajadas.

—¡Buen tiro, Bill!

Murphy dio un paso adelante.

—Piensas demasiado.

Con la fluidez de un solo movimiento, sacó el arma, apuntó y disparó. El tiro explotó y la bala alcanzó la base de la taza metálica que estaba sobre la cabeza de Puerco. La taza se estrelló con la pared antes de caer ruidosamente en el suelo.

Aunque ninguno de los dos disparos le dio a Puerco, el segundo al menos logró despertarlo. El sudario abultado comenzó a contorsionarse sin control. Los hombres celebraron el tiro, luego se retorcieron de alegría desmedida al ver los movimientos del sudario. De pronto, una gran hoja de un cuchillo salió con fuerza del interior, abriendo una delgada ranura. Dos manos aparecieron y rasgaron el sudario hasta abrirlo de par en par. Luego emergió la rolliza cara de Puerco, parpadeando por la luz. Más risas y burlas.

—¡Es como ver nacer un ternero!

La pistola salpicó su celebración con una oportuna repetición rítmica y pronto todos los hombres comenzaron a disparar sus armas hacia el techo. El humo negro de la pólvora llenó el cuarto junto a los cordiales gritos de «¡Feliz año nuevo!».

—Hey, capitán —dijo Murphy—. ¡Tenemos que disparar el cañón!

Henry no tuvo objeción, aunque solo fuera por sacar a los tramperos del cuartel antes de que lo destruyeran. Gritando con fuerza, los hombres de la Compañía Peletera de Rocky Mountain abrieron la puerta, salieron a la oscura noche y, con torpeza, avanzaron en tropel hacia la barricada.

La intensidad de la tormenta los sorprendió. La ligera ventisca de la tarde había degenerado en una gran nevada, con vientos arremolinados que arrastraban pesados copos. Había veinticinco centímetros de nieve o más, sobre todo donde se formaban montículos. Si hubieran estado en sus cinco sentidos, los hombres habrían apreciado la buena suerte que mantuvo la tormenta alejada mientras reconstruían el refugio. En vez de eso, se enfocaron solamente en el cañón.

El obús de casi dos kilos era en realidad una carabina grande más que un cañón, y no estaba diseñado para las murallas de un fuerte, sino para la proa de una barcaza. Estaba montado sobre una rótula en la esquina del cuartel, una situación que les permitía dominar dos de los muros del fuerte. El tubo de hierro apenas medía un metro, y tenía tres pies como apoyo (lo que era insuficiente, como se demostraría).

Un hombre grande llamado Paul Hawker se consideraba a sí mismo el cañonero del lugar. Incluso aseguraba que fue artillero en la guerra de 1812. La mayoría lo dudaba, aunque admitió que parecía que Hawker tenía autoridad cuando bramó la orden de cargarlo. Hawker y otros dos hombres treparon por la escalera que llevaba al fortín. El resto se quedó abajo, conformándose con verlos desde el relativo cobijo del patio de armas.

—¡Cañoneros, a sus puestos! —gritó Hawker, quien podía conocer la rutina, aunque sus subordinados claramente no la conocían. Lo contemplaron con gesto inexpresivo, esperando una explicación de sus responsabilidades en jerga que no fuera militar. Entre dientes, Hawker señaló a uno y le dijo—: Tú toma la pólvora y algunas gasas. —A otro le dijo—: Tú ve a encender la mecha. —Volviendo a su comportamiento militar, gritó—: Abran fuego… ¡A la carga!

Bajo la dirección de Hawker, el hombre de la pólvora vertió cincuenta gramos en un tazón medidor que tenían en el fortín para ese efecto. Hawker levantó la boca cobriza del cañón hacia el cielo y echó la pólvora. Luego insertaron un montón de tela vieja del tamaño de un puño y usaron un palo como bayoneta para comprimir firmemente la carga. Mientras aguardaban a que llegara la mecha, Hawker quitó una tela impermeabilizada que cubría los iniciadores: fragmentos de ocho centímetros de plumas de ganso, llenos de pólvora y sellados a ambos lados con un poco de cera. Colocó uno de estos iniciadores en el pequeño conducto del fogón del cañón. Cuando la mecha ardiendo se colocaba bajo la pluma, esta derretía la cera y encendía la pólvora del interior, que detonaba la carga principal del fogón.

El hombre que llevaba la mecha encendida subía la escalera. La mecha era una rama larga con un grueso trozo de cuerda, curtido con nitrato de potasio para hacerla arder, insertado a un extremo. Hawker sopló el extremo encendido de la mecha, que con su ardiente brillo reflejó un rojo ominoso en su cara. Con la suntuosidad de un cadete de West Point, gritó: «¡LISTOS!»

Los hombres que estaban abajo levantaron la vista hacia el fortín, ansiosos por presenciar la colosal explosión. Aunque él mismo sostenía la mecha, Hawker gritó «¡FUEGO!» y acercó la chispa al iniciador.

La mecha encendida derritió rápidamente la cera. El iniciador chisporroteó con un siseo y luego hizo pop. Comparado con la formidable explosión que esperaban, el rugido del cañón apenas pareció más fuerte que el sonido de un aplauso.

—¿Qué demonios fue eso? —Se escuchó un grito desde el patio, junto con una lluvia de abucheos y risas burlonas—. ¡Por qué no mejor simplemente golpeas una olla!

Hawker observó su cañón, horrorizado de que su momento de demostración se hubiera marchitado a la vista de todos. Tenía que corregirlo.

—¡Solo me estaba preparando! —gritó. Luego, con urgencia—: ¡Cañoneros, a sus puestos!

Los dos cañoneros observaron a Hawker con desconfianza, conscientes de pronto de que su propia reputación estaba expuesta.

—¡Muévanse, idiotas! —siseó Hawker—. ¡Triple carga! —Más pólvora ayudaría. Pero claro, quizá el problema había sido que la tela era muy poca. Más relleno, razonó Hawker, crearía más resistencia… y una explosión más fuerte. «Les daré una buena explosión.»

Vertieron el triple de carga en la boca. «¿Qué tela podría usar?» Hawker desgarró su sayo de cuero y lo metió por el tubo del cañón. «Más.» Hawker miró a su asistente. «Denme sus sayos», le ordenó a su equipo.

A regañadientes los hombres obedecieron, y Hawker agregó estas nuevas prendas al relleno. Las burlas siguieron mientras Hawker trabajaba furiosamente para recargar la gran arma. Para cuando terminó, todo el largo del cañón estaba relleno de ante fuertemente prensado.

—¡Listos! —gritó Hawker, tomando de nuevo la mecha ardiente—. ¡FUEGO! —Puso la chispa en el iniciador y el cañón explotó.

De veras explotó. Las pieles de ante sí crearon resistencia adicional, tanta que el arma estalló ella misma en cientos de gloriosos pedazos.

Durante un brillante instante, el fuego de la explosión iluminó la noche; a continuación, el fortín se perdió de vista en medio de una enorme nube de humo acre. Los hombres se agacharon mientras la metralla quebraba las paredes de madera del fuerte y se hundían con un siseo en la arena. La explosión tiró a los dos asistentes de Hawker por el borde del fortín y los lanzó hacia el campo de abajo. Uno se rompió un brazo en la caída; el otro, dos costillas. Ambos habrían muerto si no hubieran caído en un denso montón de nieve.

Cuando el viento despejó el humo del fortín, todos alzaron los ojos, buscando al valiente artillero. Nadie dijo nada por un momento, hasta que el capitán gritó:

—¡Hawker!

Pasó otro largo momento. El viento soplaba y alejó el humo del fortín. Vieron que una mano salía del borde de la muralla. Otra apareció, y luego la cabeza de Hawker. Tenía el rostro negro como el carbón por la explosión. El sombrero se le había volado de la cabeza y le sangraban los oídos. Incluso apoyándose con las manos en el fortín, se tambaleaba de lado a lado. La mayoría de los hombres esperaban que cayera hacia adelante y muriera. En vez de eso gritó:

—¡Feliz año nuevo, sucios hijos de puta!

Un estruendoso rugido de aprobación llenó la noche.

Hugh Glass se tropezó con un montículo, sorprendido de que ya se hubiera acumulado tanta nieve. No usaba guante en la mano con la que disparaba, así que enterró su piel desnuda en la arena en la caída. El helado picor le hizo gesticular de dolor. Metió la mano bajo el capote para que se secara. La nieve había comenzado como neviscas dispersas, insuficientes para justificar la búsqueda de un refugio. Ahora Glass se daba cuenta de su error.

Miró a su alrededor, intentando calcular lo que quedaba de luz del día. La tormenta cerró el horizonte e hizo que las altas montañas desaparecieran por completo. Pudo distinguir una delgada línea encrespada de arenisca y el esporádico pino centinela. Fuera de eso, incluso las faldas de las montañas parecían fundirse con las informes nubes blancas y grises del cielo. Glass se alegró por la seguridad que le ofrecía el camino del río Yellowstone. «¿Queda una hora antes de la puesta del sol?» Sacó el guante de su bolsa de caza y se lo puso en su mano húmeda y tiesa. «De cualquier modo no hay nada que cazar en este clima.»

Habían pasado cinco días desde que Glass salió del Fuerte Unión. Ahora sabía que Henry y sus hombres habían pasado por allí; el rastro de treinta hombres no era difícil de seguir. Por los mapas que había estudiado, Glass recordó el abandonado establecimiento comercial de Manuel Lisa en el Big Horn. «Seguramente Henry no iría más lejos…, no en esta estación.» Tenía una idea aproximada de las distancias. Pero ¿cuánto camino había recorrido? Glass no estaba seguro.

La temperatura bajó vertiginosamente con la llegada de la tormenta, pero lo que le preocupaba a Glass era el viento, que parecía animar el frío, dotándolo de la capacidad de colarse por las costuras de su ropa. Primero lo sintió como un ardor cortante en la piel expuesta de la nariz y las orejas. El viento hacía que le llorara el rabillo de los ojos y la nariz le escurriera, generando una humedad que agravaba el frío. Mientras caminaba pesadamente en la nieve profunda, el intenso ardor disminuyó poco a poco hasta convertirse en un doloroso entumecimiento que convirtió sus dedos, antes ágiles, en bultos de carne disfuncional. Tenía que buscar refugio mientras aún pudiera encontrar combustible, y mientras sus dedos aún pudieran manejar el pedernal y el raspador de metal.

La ribera opuesta se levantaba abruptamente. Podría haberle ofrecido cierta protección, pero no había forma de vadear el torrente. Mientras tranto, la orilla por donde caminaba era plana y sin accidentes, sin nada que detuviera el viento. Vio una docena de álamos como a un kilómetro y medio, apenas perceptible por la nieve y la creciente oscuridad. «¿Por qué esperé tanto?»

Le tomó veinte minutos cubrir esa distancia. En algunas zonas, el azote del viento había limpiado el camino hasta no dejar más que la tierra, pero en otras lo que había arrastrado se acumulaba en montículos que le llegaban hasta las rodillas. Sus mocasines se llenaron de nieve, y Glass se maldijo a sí mismo por no haber confeccionado unas polainas. La nieve mojó sus calzas de gamuza, que se congelaron y se cubrieron de duras escamas en la parte baja de sus piernas. Para cuando llegó a los álamos ya no podía sentir los dedos de los pies.

La tormenta se intensificó mientras recorría la alameda para encontrar el mejor refugio. El viento parecía soplar en todas las direcciones al mismo tiempo, lo que le dificultaba elegir un lugar. Se acomodó en un álamo caído. Las raíces salidas formaban un arco perpendicular desde la gruesa base del tronco, sirviendo como rompevientos en dos direcciones. «Si tan solo el viento dejara de soplar por los cuatro flancos.»

Puso su rifle en el suelo e inmediatamente comenzó a juntar combustible. Encontró mucha madera. El problema era la yesca. Varios centímetros de nieve cubrían el suelo. Cuando cavó, las hojas estaban húmedas y no servían. Intentó quebrar pequeñas ramas del sauce, pero aún estaba verde. Exploró el claro. La luz del día parecía diluirse rápidamente y se dio cuenta con creciente preocupación de que era más tarde de lo que pensaba. Para cuando reunió lo que necesitaba, trabajaba en casi total oscuridad.

Glass apiló el combustible junto al árbol caído y luego cavó enérgicamente para abrir un surco protegido donde encender fuego. Se quitó los guantes para manejar la yesca, pero sus dedos congelados apenas funcionaban. Ahuecó las manos alrededor de la boca y sopló en ellas. Su aliento despertó un breve hormigueo de calor, que desapareció casi de inmediato con la arremetida del aire gélido. Sintió una nueva ráfaga de aire implacable en la espalda y el cuello, que penetró bajo su piel y, le parecía, incluso más profundamente. «¿El viento está cambiando?» Se detuvo un instante, preguntándose si debía moverse al otro lado del álamo. El viento retrocedió, y decidió quedarse ahí.

Extendió la yesca en el pequeño surco; luego rebuscó en su *sac au feu* para tomar el pedernal y el raspador de metal. En su primer intento de frotar el raspador, se golpeó el nudillo de su pulgar con el pedernal. El dolor se extendió por su brazo como la vibración de un diapasón. Intentó ignorarlo mientras trataba de golpear el raspador de nuevo. Finalmente una chispa cayó en la yesca y esta comenzó a arder. Glass se lanzó sobre la pequeña llama, cubriéndola con su cuerpo mientras soplaba, desesperado por infundirle su propia vida al fuego. De pronto sintió una gran ráfaga turbulenta y la cara se le llenó de arena y humo del surco. Tosió y se talló los ojos; cuando pudo abrirlos, la llama había desaparecido. «¡Maldita sea!»

Aporreó el pedernal contra el raspador de metal. Las chispas cayeron, pero casi toda la yesca ya se había quemado. El dorso de las manos le dolía por estar expuesto. Mientras tanto, había perdido la sensibilidad en los dedos por completo. «Usa la pólvora.»

Acomodó lo que quedaba de la yesca lo mejor que pudo, agregando esta vez trozos más grandes de madera. Vertió pólvora de su cuerno, maldiciendo mientras esta caía en el surco. Colocó su cuerpo de nuevo para bloquear el viento tanto como fuera posible, luego golpeó el raspador con el pedernal.

Un destello salió del surco, quemándole las manos y chamuscándole la cara. Apenas notó el dolor, tan desesperado estaba por cuidar las llamas, que ahora saltaban de arriba abajo por el viento. Se agazapó sobre el fuego y extendió su capote para hacer un mejor rompevientos. La mayor parte de la yesca ya había desaparecido, pero vio con alivio que algunos de los trozos más grandes estaban ardiendo. Agregó más combustible, y en unos minutos estuvo seguro de que el fuego seguiría ardiendo solo.

Recién se acomodó contra el árbol caído cuando otra gran ráfaga de viento casi extinguió su fuego. De nuevo se lanzó sobre las llamas, extendiendo el capote para bloquear el viento mientras soplaba sobre las brasas resplandecientes. Protegidas de nuevo, las llamas volvieron a la vida.

Glass se quedó en esa posición, agazapado sobre el fuego con los brazos abiertos de par en par para sostener el capote, durante casi media hora. Centímetros de nieve se acumularon a su alrededor durante el tiempo en que resguardó las llamas. Sentía el peso de la nieve en las partes del capote que arrastraba por el suelo. Sintió algo más, y el estómago se le encogió al comprenderlo. «Cambió.» El viento le golpeó la espalda, ya no revuelto, sino ejerciendo una presión constante e implacable. El álamo no lo protegía. Peor aún, atrapaba el viento y lo hacía dar la vuelta, directamente hacia él y el fuego.

Luchó contra una creciente sensación de pánico, un círculo vicioso de miedos opuestos. La situación era clara: sin fuego se congelaría hasta morir. Al mismo tiempo, no podía seguir en su postura actual, inclinado sobre las llamas, abriendo los brazos de par en par y con la tormenta de nieve golpeándolo en la espalda. Estaba exhausto, y la tormenta podía continuar fácilmente durante horas o incluso días. Necesitaba un refugio, por más tosco que fuera. Ahora la dirección del viento parecía lo suficientemente constante como para apostar por el otro lado del árbol. No podría ser peor, pero Glass dudaba que pudiera moverse sin perder el fuego. ¿Podría empezar otro desde cero? ¿En la oscuridad? ¿Sin yesca? No vio más opción que intentarlo.

Hizo un plan. Correría al otro lado del álamo caído, cavaría un nuevo surco para el fuego y luego intentaría transportar las llamas.

No tenía caso esperar. Tomó el fusil y tanto combustible como pudo cargar. El viento pareció detectar la presencia de un nuevo blanco y lo azotó con furia renovada. Glass agachó la cabeza y vadeó las raíces gigantes, maldiciendo al sentir que más nieve se le metía en los mocasines.

El lado opuesto sí parecía más protegido del viento, aunque allí la nieve se había acumulado por igual. Dejó el fusil y la madera y comenzó a cavar. Le tomó cinco minutos conseguir un área lo suficientemente grande para una fogata. Corrió de vuelta al otro lado, siguiendo sus propias huellas en la nieve. Las nubes hacían que estuviera casi completamente oscuro, y esperó volver a encontrar el resplandor del fuego cuando llegara a la base del árbol. «No hay luz…, no hay fuego.»

La única huella que quedaba era una ligera depresión en un montículo de nieve. Glass cavó, esperando tontamente que una brasa hubiera sobrevivido de alguna manera. No encontró nada, aunque el calor del fuego había convertido la nieve en una mezcla a medio derretir que empapó sus guantes de lana. Sintió el gélido frío de la humedad en las manos y una extraña mezcla de dolores que parecían quemarlo y congelarlo, todo al mismo tiempo.

Se retiró rápidamente al lado más cubierto del árbol. El viento parecía haber encontrado su curso, pero también se había intensificado. Le dolía la cara y perdió de nuevo toda la destreza de sus manos. Con esta dirección del viento, el álamo servía al menos como rompevientos. Pero la temperatura seguía bajando y, sin fuego, Glass volvió a pensar que moriría.

No había tiempo para buscar yesca, aunque hubiera suficiente luz para ver. Decidió cortar unas virutas con el hacha y esperó que otra pizca de pólvora fuera suficiente para encender la fogata. Por un instante le preocupó conservar la pólvora. «Es el menor de mis problemas.» Apoyó el hacha en un corto tronco para colocar la hoja, luego la levantó y golpeó la madera para partirla.

El sonido de su propio trabajo casi ocultó otro: un estallido sordo, como un trueno distante. Se congeló y estiró el cuello buscando la fuente. «¿Un disparo de fusil? No…, era demasiado fuerte.» Glass ya había escuchado truenos en las largas tormentas de nieve, pero nunca con temperaturas tan bajas.

Esperó varios minutos, escuchando con atención. Ningún sonido competía con los vientos ululantes, y Glass tomó conciencia de nuevo del insoportable dolor de sus manos. Deambular bajo la tormenta para buscar ese extraño sonido parecía tonto. «Enciende el jodido fuego.» Enterró la hoja del hacha en el borde de otro tronco.

Cuando había cortado una cantidad suficiente, Glass acomodó la leña en una pila y tomó su cuerno para pólvora. Le asustó lo poco que quedaba. Mientras la vertía, se preguntó si debía reservar un poco para un segundo intento. Trabajó con torpeza, casi incapaz de controlar el movimiento de sus manos congeladas. «No… Es ahora o nunca.» Vació el cuerno de pólvora, luego se estiró de nuevo para tomar el pedernal y el raspador de metal.

Levantó el pedernal para azotar el raspador, pero antes de que pudiera hacerlo, un enorme rugido bajó por el valle del Yellowstone. Esta vez lo supo: era el inconfundible estallido de un cañón. «¡Henry!»

Glass se puso de pie y tomó su fusil. El viento encontró un blanco de nuevo y lo azotó con un vigor que casi lo derribó. Comenzó a caminar pesadamente entre la profunda nieve hacia el Yellowstone. «Espero estar en el lado correcto del río.»

El capitán Henry se enfureció por la pérdida del cañón. Aunque el arma era de poca utilidad en un combate real, su valor disuasivo era considerable. Además, un auténtico fuerte tenía un cañón y Henry quería uno para el suyo.

Con la notable excepción del capitán, la pérdida del cañón no había aguado el espíritu de la celebración de Año Nuevo del fuerte. Al contrario, la gran explosión pareció elevar el nivel festivo. La tormenta de nieve llevó a los hombres adentro, pero en el estrecho cuartel latía la incansable cacofonía del caos descontrolado.

Luego la puerta del cuartel se abrió de par en par de golpe, como si una gran fuerza se hubiera ido acumulando antes de empujarla hacia adentro. Los elementos irrumpieron por la puerta abierta, unos dedos gélidos atraparon a los hombres y los arrancaron de la acogedora comodidad del fuego de su refugio.

—¡Cierra, maldito imbécil! —gritó Bill el Chaparro. Luego todos voltearon hacia la puerta. El viento ululaba afuera. La nieve se arremolinaba alrededor de la amenazadora presencia que estaba en el umbral como si fuera parte de la tormenta, como si parte de la naturaleza salvaje hubiera sido arrojada en medio de ellos.

Jim Bridger contempló horrorizado al espectro. La nieve recién caída cubría todo su cuerpo, revistiéndolo de un blanco congelado. Tenía una barba rala de la que el hielo pendía como dagas de cristal, así como desde el ala doblada de un gorro de lana. La aparición podría estar hecha de invierno por completo, si no fuera por las rayas carmesí de las cicatrices que dominaban su cara y el incandescente ardor de plomo fundido de sus ojos. Bridger observó cómo sus ojos recorrían el interior del cuartel, decididos, buscando.

Un silencio estupefacto llenó el cuarto mientras los hombres se esforzaban por comprender la visión que tenían frente a ellos. A diferencia de los otros, Bridger lo comprendió de inmediato. En su mente la había visto antes. Su culpa se encendió y giró como una rueda en su estómago. Quería huir desesperadamente. «¿Cómo escapas de algo que sale de tu interior?» El renacido, Bridger lo sabía, lo buscaba a él.

Transcurrió un largo rato antes de que Black Harris dijera finalmente:

—Por Dios. Es Hugh Glass.

Glass miró los rostros anonadados que estaban frente a él. Un gesto de decepción apareció brevemente en su rostro al no encontrar a Fitzgerald entre los hombres, aunque sí a Bridger. Sus ojos se habrían encontrado de no ser porque Bridger se dio la vuelta. «Igual que antes.» Vio el cuchillo conocido que ahora Bridger llevaba en la cintura. Glass levantó el fusil y lo amartilló.

El deseo de dispararle a Bridger casi lo sobrepasó. Tras haberse arrastrado durante cien días hasta llegar a este momento, la posibilidad de vengarse ahora era inmediata, para consumarla no tenía más que apretar suavemente el gatillo. Pero una simple bala parecía demasiado intangible para expresar su rabia; era como una abstracción en un momento en que anhelaba la satisfacción del cuerpo a cuerpo. Como si fuera un hombre famélico ante un banquete, podría detenerse un instante para disfrutar el último momento del hambre dolorosa que estaba a punto de ser saciada. Glass bajó el rifle y lo recargó contra la pared.

Caminó lentamente hacia Bridger: los otros hombres le abrieron paso mientras se aproximaba.

—¿Dónde está mi cuchillo, Bridger? —Estaba justo frente a él. Bridger giró la cabeza para ver a Glass. Sintió la familiar desconexión entre el deseo de explicarse y su incapacidad para hacerlo.

—Levántate —dijo Glass.

Bridger se puso de pie.

El primer puñetazo de Glass lo golpeó con fuerza en la cara. Bridger no se resistió. Vio venir el golpe, pero no volteó la cabeza y ni siquiera hizo una mueca. Glass sintió cómo se rompía el cartílago de la nariz de Bridger y vio que un torrente de sangre comenzaba a correr. Había imaginado la satisfacción de ese momento cientos de veces, y ahora había llegado. Se alegraba de no haberle disparado, de no haberse privado del placer carnal de la venganza.

El segundo golpe de Glass se estrelló contra la barbilla de Bridger, lanzándolo de espaldas contra la pared de madera del cuartel. De nuevo, Glass se regodeó en la pura satisfacción del contacto. La pared evitó que Bridger cayera, manteniéndolo de pie.

Glass se acercó más a Bridger y soltó una ráfaga de golpes contra su rostro. Cuando la sangre se volvió tan densa que sus golpes se deslizaban sin surtir efecto, dirigió los puños hacia el estómago de Bridger. El chico se encogió mientras se quedaba sin aire, cayendo finalmente al suelo. Glass comenzó a patearlo y Bridger no podía o no quería defenderse. Bridger también había visto cómo se avecinaba este día. Era su día del juicio y no se sentía con derecho a oponerse.

Finalmente Puerco dio un paso al frente. Aunque seguía en la niebla del alcohol, había reconstruido el significado del violento espectáculo que se desarrollaba frente a él. Claramente Bridger y Fitzgerald mintieron sobre el tiempo que pasaron con Glass. Aun así, se sentía mal el dejar que Glass entrara y matara a su amigo y camarada. Puerco se estiró para detener a Glass por detrás.

Pero alguien lo detuvo a él. Se dio la vuelta y vio al capitán Henry. Puerco le reclamó.

—¿Va a dejar que mate a Bridger?

—No voy a hacer nada —dijo el capitán. Puerco comenzó a protestar, pero Henry lo detuvo—. Esto es una decisión de Glass.

Glass lanzó otra patada brutal. Aunque intentó contenerla, Bridger soltó un gemido ante el impacto del golpe. Glass se paró sobre la figura encogida a sus pies, jadeando por el puro esfuerzo de la golpiza que había propinado. Sintió que el corazón le latía en las sienes mientras sus ojos se posaban en el cuchillo que Bridger llevaba en el cinturón. En su mente vio a Bridger parado en la orilla del claro aquel día, atrapando el cuchillo que Fitzgerald le había lanzado. «Mi cuchillo.» Se agachó y sacó el largo filo de su funda. Pensó en las veces que había necesitado ese cuchillo y se erizó por el odio de nuevo. ¿Cuánto tiempo se había alimentado de la idea de ese momento? Y ahora había llegado, una venganza más perfecta de la que su mente había creado. Giró el cuchillo en su mano sintiendo su peso, preparado para llevarlo a su destino.

Miró a Bridger en el suelo y algo inesperado comenzó a ocurrir. La perfección del momento comenzó a evaporarse. Bridger miró a Glass y, en sus ojos, Glass no vio malicia, sino miedo; no vio resistencia, sino resignación. «¡Defiéndete, maldito!» Necesitaba una mínima oposición para justificar la estocada final.

Nunca llegó. Glass siguió sosteniendo el cuchillo, contemplando al chico. «¡Un chico!» Mientras Glass lo miraba, nuevas imágenes compitieron de pronto con el recuerdo del cuchillo robado. Recordó al chico curando sus heridas, discutiendo con Fitzgerald. También vio otras imágenes, como el rostro pálido de *La Vièrge* en la ladera del Missouri.

La respiración de Glass comenzó a hacerse más lenta. Sus sienes dejaron de pulsar en sincronía con su corazón. Miró a su alrededor en el cuarto, como si de pronto hubiera tomando conciencia del círculo de hombres que lo rodeaba. Contempló por un largo rato el cuchillo en su mano, luego lo deslizó en su cinturón. Dándole la espalda al chico, Glass se dio cuenta de que tenía frío y avanzó hacia el fuego, extendiendo las manos ensangrentadas hacia el calor de las llamas chispeantes.

Veintidós

27 de febrero de 1824

U n barco de vapor llamado *Dolly Madison* había llegado a Saint Louis la semana anterior. Llevaba un cargamento de productos de Cuba que incluía azúcar, ron y puros. William H. Ashley amaba los puros, y se preguntó brevemente por qué el gordo habano que sostenía entre sus labios no le estaba ofreciendo el habitual placer. Claro que sabía la razón. Cuando caminaba cada día hacia la ribera no iba en busca de barcos de vapor que trajeran baratijas del Caribe. No, iba con una voraz expectación por una piragua cargada de pieles del lejano oeste. «¿Dónde están?» No había tenido noticias de Andrew Henry ni de Jedediah Smith en cinco meses. «¡Cinco meses!»

Ashley recorría de un lado a otro la extensión de su cavernosa oficina de la Compañía Peletera de Rocky Mountain, incapaz de quedarse quieto en todo el día. Se detuvo de nuevo frente al enorme mapa de la pared. Era un adorno, o al menos lo había sido. Ashley lo había marcado con más alfileres que el maniquí de un sastre, y usaba un lápiz grueso para señalar la ubicación de los ríos, los arroyos, los establecimientos comerciales y varios otros puntos de referencia.

Siguió con los ojos el camino río arriba por el Missouri e intentó combatir de nuevo la sensación de ruina inminente. Se detuvo contemplando un punto en el río, justo al oeste de Saint Louis, donde una de sus barcazas se había hundido con diez mil dólares en mercancías. Se detuvo en el alfiler que señalaba las aldeas arikara, donde dieciséis de sus hombres habían sido asesinados y robados, y donde ni siquiera el poder del Ejército de los Estados Unidos había sido capaz de abrirle camino a su empresa. Se detuvo en la curva del Missouri donde estaban las aldeas mandan; allí, dos años antes Henry había perdido un rebaño de setenta caballos a mano de los assiniboine. Siguió el Missouri más allá del Fuerte Unión hacia las Great Falls, donde más tarde un ataque de los pies negros obligó a Henry a retirarse río abajo.

Miró la carta que tenía en su mano, la consulta más reciente de uno de sus inversionistas. La carta exigía una actualización del «estatus de la empresa en el Missouri». «No tengo idea.» Claro, cada centavo de la propia fortuna de Ashley iba a Andrew Henry y Jedediah Smith.

Ashley sintió un sobrecogedor deseo de ponerse en acción, de irse, de hacer algo, cualquier cosa, pero no había nada más que pudiera hacer. Ya se las había arreglado para conseguir un préstamo para una nueva barcaza y provisiones. La barcaza flotaba junto a un muelle en el río y las provisiones estaban empacadas en una bodega. Su reclutamiento para una nueva brigada peletera tenía un exceso de solicitudes. Pasaría las semanas seleccionando a cuarenta hombres de los cien que aplicaron. En abril guiaría personalmente a sus hombres al norte del Missouri. «¡Falta más de un mes!»

¿Y adónde iría? Cuando Ashley envió a Henry y Smith en el agosto pasado, su vago acuerdo fue celebrar un *rendezvous* en el campo; la ubicación se determinaría a través de mensajeros. «¡Mensajeros!»

Sus ojos volvieron al mapa. Con el dedo, trazó la línea garabateada que representaba el río Grand. Recordaba haber dibujado esa línea de acuerdo con la trayectoria que suponía que seguía el río. «¿Tenía razón?» ¿El Grand trazaba una línea directa hasta el Fuerte Unión?

¿O viraba en alguna otra dirección? ¿Cuánto tiempo les tomó a Henry y sus hombres llegar al fuerte? Lo suficiente, parecía, para impedir la caza de otoño. «Si es que siguen vivos.»

El capitán Andrew Henry, Hugh Glass y Black Henry estaban junto a unas brasas a punto de extinguirse en el cuartel del fuerte del Big Horn. Henry se puso de pie y salió de la cabaña, volviendo con los brazos llenos de madera. Puso un gran trozo de leña sobre las brasas y los tres hombres observaron cómo las llamas se estiraban ansiosamente para atrapar el nuevo combustible.

—Necesito un mensajero que vaya de regreso a Saint Louis —dijo Henry—. Debí enviar uno antes pero quería esperar hasta que estuviéramos establecidos en el Big Horn.

Glass valoró de inmediato la oportunidad.

—Yo iré, capitán. —Fitzgerald y el Anstadt estaban en algún lugar al sur del Missouri. Además, un mes en compañía de Henry había sido más que suficiente para recordarle a Glass la nube gris de la que el capitán no podía deshacerse.

—Bien. Te daré tres hombres y caballos. Supongo que estás de acuerdo con que tenemos que mantenernos alejados del Missouri.

Glass asintió.

—Creo que debemos intentarlo por el Powder hacia el Platte. De allí, iremos directamente al Fuerte Atkinson.

—¿Por qué no el Grand?

—Hay más posibilidades de encontrarnos con ree en el Grand. Además, si tenemos suerte podemos encontrarnos con Jed Smith en el Powder.

Al día siguiente, Puerco escuchó de boca de un trampero llamado Red Archibald que Hugh Glass iba a volver a Saint Louis para llevarle un mensaje a William H. Ashley de parte del capitán. Buscó de inmediato al capitán Henry y se ofreció para ir. Por mucho que temiera un viaje lejos de la relativa comodidad del fuerte, la idea de quedarse era peor. No estaba hecho para la vida de trampero y lo sabía. Pensó en cuando era aprendiz de tonelero. Extrañaba su antigua vida y sus rudimentarias comodidades más de lo que creía posible.

Red también iba. Y un amigo suyo, un inglés patizambo llamado William Chapman. Red y Chapman planeaban renunciar cuando corrió el rumor de que enviarían mensajeros a Saint Louis. El capitán Henry incluso ofrecía una recompensa para los voluntarios. Acompañar a Glass les evitaba el problema de escaparse. Podían irse antes y recibir un pago por tener ese privilegio. Chapman y Red apenas podían creer su buena suerte.

—¿Recuerdas la taberna del Fuerte Atkinson? —preguntó Red.

Chapman se rio. La recordaba bien; allí tomó el último trago de whisky decente en su camino río arriba por el Missouri.

John Fitzgerald no escuchaba nada del escándalo obsceno de la taberna del Fuerte Atkinson. Estaba demasiado enfocado en sus cartas, levantándolas una por una, conforme las repartían, de la manchada cubierta de fieltro de la mesa. Un as… «Tal vez mi suerte está cambiando.» Cinco… Siete… Cuatro… Y entonces: un as. «¡Sí!» Echó un vistazo alrededor de la mesa. El lisonjero teniente con la enorme pila de monedas echó tres cartas sobre la mesa y dijo:

—Tomo tres y apuesto cinco dólares.

El proveedor del ejército tiró todas sus cartas.

—No voy.

Un barquero fornido echó una sola carta y deslizó cinco dólares al centro de la mesa.

Fitzgerald tiró tres cartas mientras evaluaba a su competencia. El barquero era un idiota, posiblemente apostaría con una escalera o un color. El teniente probablemente tenía un par, pero no uno que pudiera vencer a sus ases.

—Veo tus cinco y subo cinco.

—¿Ves mis cinco y subes cinco con qué? —preguntó el teniente.

Fitzgerald sintió que la sangre se le subía a la cara y notó la conocida pulsación en sus sienes. Había perdido cien dólares, cada centavo de las pieles que le había vendido esa tarde al proveedor. Se volvió hacia él.

—Bueno, viejo, te venderé la segunda mitad de ese paquete de castor. El mismo precio, cinco dólares por piel.

Aunque era un mal jugador de cartas, era un comerciante cauteloso.

—El precio ha bajado desde esta tarde. Te daré tres dólares por piel.

—¡Hijo de puta! —siseó Fitzgerald.

—Dime como quieras —respondió el proveedor—. Pero ese es mi precio.

Fitzgerald le echó otra mirada al pretencioso teniente; luego asintió hacia el proveedor, quien contó sesenta dólares de una bolsa de cuero y apiló las monedas frente a Fitzgerald. Este procedió a deslizar diez dólares al centro de la mesa.

El repartidor le echó una carta al barquero y tres a Fitzgerald y el teniente. Fitzgerald las levantó… Siete… Jota… Tres. «¡Maldita sea!» Luchó para mantener su rostro impasible. Levantó la vista y vio al teniente contemplándolo, con una ligerísima sonrisa en la comisura de la boca.

«Bastardo.» Fitzgerald empujó el resto de su dinero al centro de la mesa.

—Subo cincuenta dólares.

El barquero silbó y tiró sus cartas sobre la mesa.

Los ojos del teniente recorrieron el montículo de dinero del centro de la mesa y se posaron en Fitzgerald.

—Es mucho dinero, señor… ¿Cómo era? ¿Fitzpatrick?

Fitzgerald luchó para controlarse.

—Fitzgerald.

—Fitzgerald, sí, perdón.

Fitzgerald evaluó al teniente. «Se va a retirar. No tiene valor.»

El teniente sostuvo sus cartas con una mano y tamborileó con los dedos de la otra. Apretó los labios, haciendo que su largo bigote cayera aún más. Eso molestó a Fitzgerald, especialmente por la forma en que lo miraba.

—Veo tus cincuenta y los igualo —dijo el teniente.

Fitzgerald sintió que se le encogía el estómago. Se le tensó la quijada mientras volteaba el par de ases.

—Un par de ases… —dijo el teniente—. Bien… Eso habría matado a mi pareja. —Bajó un par de treses—. Salvo porque tengo otro. —Lanzó otro tres sobre la mesa—. Creo que ya terminó por hoy, señor Fitz lo que sea… A menos que el buen proveedor le compre su pequeña canoa. —El teniente se estiró hacia la pila de dinero del centro de la mesa.

Fitzgerald sacó el cuchillo para desollar de su cinturón y lo enterró en el dorso de la mano del teniente, quien gritó cuando el cuchillo atrapó su mano contra la mesa. Fitzgerald tomó una botella de whisky y la estrelló contra la cabeza de su lastimero oponente. Estaba listo para embestir la garganta del teniente con el cuello dentado de la botella cuando dos soldados lo tomaron por detrás y lucharon con él hasta derribarlo.

Fitzgerald pasó la noche en la cárcel. Por la mañana se encontró con grilletes, parado frente a un comandante en una sala desordenada disfrazada de juzgado.

El comandante habló largamente en un tono forzado y con una cadencia que no tenía sentido para Fitzgerald. El teniente estaba allí, con una venda ensangrentada en la mano. El comandante interrogó al teniente durante media hora, luego hizo lo mismo con el proveedor, el barquero y otros tres testigos del bar. A Fitzgerald todo el proceso le pareció raro, ya que no tenía intención de negar que había acuchillado al teniente.

Después de una hora el comandante le dijo a Fitzgerald que se acercara «al estrado», que Fitzgerald supuso era el escritorio bastante corriente detrás del que el oficial se había instalado.

El comandante dijo:

—Este tribunal militar lo encuentra culpable del ataque. Puede elegir entre dos sentencias: cinco años de prisión o tres años enlistado en el Ejército de los Estados Unidos.

Un cuarto de los hombres del Fuerte Atkinson habían desertado ese año. El comandante se aprovechaba completamente de las oportunidades que tenía para reponer sus tropas.

Para Fitzgerald, la decisión era simple. Conocía la cárcel. Sin duda podría escaparse en algún momento, pero enlistarse era un camino mucho más fácil.

Más tarde ese mismo día, John Fitzgerald levantó la mano derecha e hizo un juramento de lealtad a la Constitución de los Estados Unidos de América como nuevo soldado raso en el sexto regimiento del ejército. Hasta que pudiera desertar, el Fuerte Atkinson sería su hogar.

Hugh Glass estaba atando una alforja a un caballo cuando vio a Jim Bridger caminar hacia él por el campo. Hasta ese momento, el chico lo había evitado escrupulosamente. Esta vez, tanto su andar como su mirada eran firmes. Glass detuvo lo que estaba haciendo y miró al chico acercarse.

Cuando Bridger llegó donde estaba Glass, se detuvo.

—Quiero que sepas que lamento lo que hice. —Hizo una breve pausa antes de agregar—: Quería que lo supieras antes de que te fueras.

Glass comenzó a responder, pero se detuvo. Se había preguntado si el chico lo buscaría. Incluso había pensado en lo que le diría; en su mente había ensayado un largo discurso. Pero al mirar al chico, los detalles de lo que había preparado lo evitaban. Sintió algo inesperado, una extraña mezcla de lástima y respeto.

Finalmente Glass solo dijo:

—Sigue tu propio camino, Bridger.

Luego volvió al caballo.

Una hora después, Hugh Glass y sus tres compañeros dejaron el fuerte del Big Horn camino al Powder y el Platte.

Veintitrés

6 de marzo de 1824

Solamente las colinas más altas recibían los escasos rayos de sol. Y mientras Glass los contemplaba, incluso estos iban extinguiéndose. Era un interludio que le parecía tan sagrado como el Sabbath, la breve transición entre la luz del día y la oscuridad de la noche. Al ponerse, el sol se llevaba con él la hostilidad del valle. Los vientos ululantes menguaban y eran reemplazados por una profunda calma que parecía imposible para una panorámica tan vasta. Los colores también se transformaban. Los brillantes tonos del día se mezclaban y se volvían borrosos, suavizados por toques de negro y azul.

Era un momento para la reflexión en un espacio tan amplio que solo podía ser divino. Y si Glass creía en un dios, definitivamente estaba en ese gran paraje del oeste. No era una presencia física, sino una idea, algo más allá de la capacidad de comprensión del hombre. Algo más grande.

La oscuridad se volvió más profunda mientras contemplaba las estrellas que surgían, tenues al principio, luego tan brillantes como las luces de un faro. Había pasado mucho tiempo desde que estudió las estrellas, aunque conservaba fijas en su mente las enseñanzas del viejo capitán holandés:

—Conoce las estrellas y siempre tendrás una brújula.

Glass eligió la Osa Mayor y siguió su guía hasta la Estrella Polar. Más al este, Orión, el cazador, con su vengativa espada lista para atacar, dominaba el horizonte.

Red interrumpió el silencio

—Te toca la guardia nocturna, Puerco. —Red llevaba un cuidadoso registro de la repartición de tareas.

Puerco no necesitaba que se lo recordara. Acomodó su manta estirándola sobre su cabeza y cerró los ojos

Esa noche acamparon en un seco desfiladero que cortaba la llanura como una enorme herida. El agua lo había formado, pero no las suaves y nutritivas lluvias que había en otros lugares. Llegaba a la alta llanura con la corriente torrencial de una inundación de primavera o como la violenta semilla de una tormenta de verano. Desacostumbrado a la humedad, el suelo no podía absorberla. El efecto del agua no era alimentar, sino destruir.

Puerco estaba seguro de que se acababa de dormir cuando sintió el persistente golpeteo del pie de Red.

—Te toca —dijo Red. Puerco gruñó y se incorporó hasta quedarse sentado antes de arreglárselas para ponerse de pie. La Vía Láctea era como un río blanco que cruzaba el cielo de medianoche. Puerco levantó la mirada por un momento, pensando solamente que el cielo despejado enfriaba más. Se envolvió con su manta los hombros, tomó su fusil y caminó quebrada abajo.

Dos shoshones observaban el cambio de guarda desde detrás de un matorral de artemisas. Eran niños, Oso Pequeño y Conejo, doceañeros en busca de carne, no gloria. Pero era la gloria la que ahora se plantaba frente a ellos en la forma de cinco caballos. Los chicos se imaginaron galopando hacia su aldea. Imaginaron las fogatas y el banquete con los que los agasajarían. Imaginaron las historias que contarían sobre su astucia y su valor. Apenas podían creer su buena suerte mientras contemplaban el desfiladero, aunque la cercanía de la oportunidad los llenaba tanto de miedo como de emoción.

Esperaron hasta la última hora antes del alba, con la esperanza de que la atención del vigilante menguara conforme la noche se disipaba. Así fue. Podían escuchar los ronquidos del hombre mientras salían del matorral. Dejaron que los caballos los vieran y los olieran mientras trepaban el desfiladero. Los animales estaban tensos pero silenciosos; observaban el acercamiento deliberado con las orejas atentas.

Cuando los chicos llegaron a los caballos finalmente, Oso Pequeño extendió lentamente los brazos y acarició el largo cuello del animal más cercano, susurrando para tranquilizarlo. Conejo siguió el ejemplo de Oso Pequeño. Les dieron unas palmadas a los caballos durante varios minutos, ganándose la confianza de los animales antes de que Oso Pequeño sacara su cuchillo y fuera a trabajar en las trabas que mantenían juntas las patas delanteras de cada animal.

Los chicos habían cortado las trabas de cuatro de los cinco caballos cuando escucharon que el centinela se movía. Se congelaron, cada uno preparado para saltar sobre un caballo e irse a todo galope. Contemplaron la oscura corpulencia del guardia y este pareció acomodarse de nuevo. Conejo le hizo una seña urgente a Oso Pequeño… «¡Vámonos!» Oso Pequeño negó con la cabeza, señalando con decisión al quinto caballo. Avanzó hacia el animal y se agachó para cortar la traba. Su cuchillo había perdido el filo, y le tomó una cantidad de tiempo angustiosa serruchar lentamente el retorcido cuero sin curtir. Con creciente frustración y nerviosismo, Oso Pequeño jaló con fuerza el cuchillo. El cuero se partió y su brazo salió impulsado hacia atrás. Su codo se estrelló contra la espinilla del caballo, el cual relinchó con fuerza como protesta.

El sonido sacó a Puerco de su sueño de golpe. Se levantó con torpeza, con los ojos muy abiertos y el rifle amartillado mientras corría hacia los caballos. Se detuvo de golpe cuando una figura oscura apareció frente a él. Derrapó al detenerse, sorprendido de encontrarse con un niño. El chico, Conejo, se veía tan amenazante como uno de sus tocayos, todo ojos grandes y extremidades larguiruchas. Pero en una de esas extremidades sostenía un cuchillo; en la otra, un trozo de cuerda. Puerco tuvo problemas para saber qué hacer. Su trabajo era defender los caballos, pero incluso con el cuchillo, el chico le parecía muy poco para ser una amenaza. Finalmente, simplemente le apuntó con su rifle y gritó:

—¡Detente!

Oso Pequeño contempló horrorizado la escena. Nunca había visto un hombre blanco antes de esa noche, y este ni siquiera parecía humano. Era enorme, con un pecho como de oso y el rostro cubierto de pelo como el fuego. El gigante se acercó a Conejo, gritando enloquecido y apuntándole con su arma. Sin pensarlo, Oso Pequeño se abalanzó hacia el monstruo, enterrándole el cuchillo en el pecho.

Puerco vio un borrón a su lado antes de sentir la puñalada. Se quedó ahí, pasmado. Oso Pequeño y Conejo también se quedaron quietos, todavía aterrados por la criatura que estaba frente a ellos. Puerco sintió que sus piernas se debilitaban de pronto y cayó sobre sus rodillas. El instinto le dijo que apretara el gatillo. Su arma explotó, lanzando una bala inofensiva hacia las estrellas.

Conejo se las arregló para tomar un caballo por la crin, impulsándose para subir al lomo del animal. Le gritó a Oso Pequeño, quien echó un último vistazo al monstruo agonizante antes de saltar junto a su amigo. No controlaban el caballo, que casi los aplastó antes de que los cinco animales salieran a todo galope desfiladero abajo.

Glass y los demás llegaron justo a tiempo para ver cómo sus caballos desaparecían en la noche. Puerco seguía de rodillas, con las manos apretadas contra el pecho. Luego cayó de lado.

Glass se inclinó sobre él, apartándole las manos de la herida. Echó hacia atrás la camisa de Puerco. Los tres hombres contemplaron con seriedad la oscura tajada directamente sobre su corazón.

Puerco levantó la vista hacia Glass, con una terrible mezcla de súplica y miedo en los ojos.

—Arréglame, Glass.

Glass tomó su enorme mano y la estrechó con fuerza.

—No creo que pueda, Puerco.

Puerco tosió. Su gran cuerpo se sacudió con fuerza, como el pesado momento antes de que un enorme árbol caiga. Glass sintió que la mano se aflojaba.

El gigante soltó un último suspiro y murió bajo el brillante cielo de la llanura.

Veinticuatro

7 de marzo de 1824

Hugh Glass apuñaló la tierra con su cuchillo; la hoja apenas penetró dos centímetros cuando mucho. Debajo, la tierra congelada seguía intacta. Glass la removió durante casi una hora antes de que Red apuntara:

—No puedes cavar una tumba así.

Glass se sentó doblando las piernas debajo de su cuerpo y jadeando por el esfuerzo.

—Avanzaría más si me ayudaras.

—Te ayudaré, pero no le veo mucho sentido a cavar en el hielo.

Chapman levantó la vista de una costilla de antílope lo suficiente para agregar:

—Puerco necesitará un gran agujero.

—Podemos construirle una de esas estructuras donde entierran a los indios —sugirió Red.

Chapman bufó.

—¿Con qué la vas a construir? ¿Con matorrales de salvia? —Red miró a su alrededor, como si se acabara de dar cuenta de que estaban en una llanura sin árboles—. Además, Puerco es demasiado grande para que lo subamos a una de esas estructuras.

—¿Y si solo lo cubrimos con una gran pila de rocas? —Esa idea tenía ventaja, y pasaron media hora peinando el área en busca de piedras. Pero al final solo lograron encontrar una docena más o menos. Tuvieron que extirpar la mayoría de la misma tierra congelada que les impedía cavar una tumba.

—Estas ni siquiera son suficientes para cubrir su cabeza —dijo Chapman.

—Bueno —agregó Red—. Si le cubrimos la cabeza, al menos las urracas no le picarán la cara.

Red y Chapman se sorprendieron cuando Glass se dio la vuelta de pronto y se alejó del campamento.

—¿Y ahora adónde va? —preguntó Red—. ¡Oye! —le gritó a Glass—. ¿Adónde vas? —Glass los ignoró y siguió caminando hacia una pequeña meseta a menos de medio kilómetro de distancia.

—Espero que esos shoshones no vuelvan mientras él no está.

Chapman asintió con la cabeza.

—Encendamos un fuego y cocinemos más antílope.

Glass volvió cerca de una hora después.

—Hay una formación de piedras en la base de esa meseta —dijo—. Es lo suficientemente grande para meter a Puerco.

—¿En una cueva?

Chapman lo pensó por un minuto.

—Pues supongo que es como una especie de cripta.

Glass miró a los dos hombres y dijo:

—Es lo mejor que podemos hacer. Apaguen el fuego y sigamos adelante con esto.

No había una forma digna de mover a Puerco. No había materiales con los que construir una camilla y era demasiado pesado para cargarlo. Al final, lo pusieron boca abajo sobre una manta y lo arrastraron hacia la meseta. Dos hombres se turnaban con Puerco mientras el tercero cargaba los cuatro fusiles. Hicieron lo mejor que pudieron para bordear los cactus y las yucas que obstaculizaban el camino, con resultados dispares. Dos veces Puerco se les cayó al suelo, formando con su cuerpo rígido un lastimero y desgarbado montículo.

Les tomó más de media hora llegar a la meseta. Rodaron a Puerco sobre su espalda y lo cubrieron con la manta mientras recolectaban piedras, ahora abundantes, para sellar la improvisada cripta. Era de arenisca, y las piedras se extendían por un espacio de metro y medio de ancho por poco más de medio metro de alto. Glass usó la culata del rifle de Puerco para despejar el interior. Algún animal había establecido allí su madriguera, aunque no había señales de ocupación reciente.

Apilaron un gran montículo de piedras sueltas, más de las que necesitaban, aparentemente indecisos de pasar a la última etapa. Finalmente Glass lanzó una piedra a la pila y dijo:

—Es suficiente.

Avanzó hacia el cuerpo de Puerco y los otros hombres lo ayudaron a jalar al muerto hacia la abertura de la cripta improvisada. Lo dejaron allí; todos lo contemplaban.

La tarea de decir algo recayó en Glass. Se quitó su sombrero y los otros hombres pronto siguieron su ejemplo, como si les apenara necesitar una señal. Glass intentó aclararse la garganta. Buscó las palabras de la Biblia sobre «el valle de la muerte», pero no pudo recordar lo suficiente. Al final, lo mejor que se le ocurrió fue el Padre Nuestro. Lo recitó con la voz más fuerte que pudo reunir. Había pasado mucho tiempo desde la última vez que Red o Chapman habían rezado, pero mascullaron algunas palabras cuando una frase les evocó un recuerdo distante.

Cuando terminaron, Glass dijo:

—Nos turnaremos para cargar su fusil. —Luego se agachó y tomo el cuchillo del cinturón de Puerco—. Red, parece que a ti te serviría un cuchillo. Chapman, te puedes quedar con su cuerno para pólvora.

Chapman aceptó el cuerno con solemnidad. Red giró el cuchillo en su mano. Con una pequeña sonrisa y un breve destello de entusiasmo, dijo:

—Es una navaja bastante buena.

Glass se agachó y le quitó a Puerco la pequeña faltriquera que usaba alrededor del cuello. Volteó el contenido en el suelo. Un pedernal y un raspador de metal salieron rodando, junto con varias balas de mosquete, torundas... y un delicado brazalete de latón. A Glass le pareció una extraña posesión para el hombre gigantesco. «¿Qué historia conecta la coqueta baratija con Puerco? ¿Una madre muerta? ¿Una novia abandonada?» Nunca lo sabrían, y la irrevocabilidad del misterio llenó a Glass de pensamientos melancólicos sobre sus propios *souvenirs*.

Glass tomó el pedernal y el raspador, las balas y las torundas, y las guardó en su propia bolsa de caza.

La luz del sol se reflejaron el brazalete. Red se estiró para tomarlo, pero Glass lo detuvo por la muñeca.

Los ojos de Red brillaron mientras intentaba defenderse.

—Ahora no lo necesita.

—Tú tampoco. —Glass devolvió el brazalete a la faltriquera de Puerco y luego levantó su enorme cabeza para recolocar la bolsa alrededor de su cuello.

Tardaron una hora en terminar su trabajo. Tuvieron que doblarle las piernas para que cupiera. Apenas había suficiente espacio entre Puerco y las paredes de la formación para jalar la manta sobre su cuerpo. Glass hizo lo mejor que pudo para acomodar la tela lo más apretada posible sobre el rostro del hombre muerto. Apilaron las rocas para sellar la cripta cuanto pudieron. Glass puso la última piedra, recogió su rifle y se alejó caminando. Red y Chapman contemplaron por un momento la pared de piedra que habían construido, luego se fueron a seguir a Glass.

Caminaron junto a las montañas, río abajo por el Powder, durante dos días más, hasta donde el río trazaba una curva cerrada hacia el oeste. Encontraron un arroyo hacia el sur y lo siguieron hasta que se extinguió, devorado por las llanuras alcalinas de la tierra más espantosa que habían cruzado. Siguieron avanzando hacia el sur en dirección a una montaña baja rematada por una superficie plana como una mesa. Frente a la ella, corría la ancho y bajo caudal del río Platte Norte.

El día antes de llegar al Platte se levantó un fuerte viento y la temperatura comenzó a descender rápidamente. Para el final de la mañana unas nubes apretadas llenaban el aire de enormes e hinchados copos. Glass aún recordaba perfectamente la tormenta de nieve en el Yellowstone, y esta vez juró que no correría riesgos. Se detuvieron en la siguiente alameda. Red y Chapman construyeron un tosco pero sólido cobertizo mientras Glass cazaba y preparaba un venado.

Para el inicio de la tarde una tormenta de nieve hecha y derecha azotó el valle del Platte Norte. Los enormes álamos chirriaban con los azotes del viento ululante y la nieve húmeda se acumulaba rápidamente a su alrededor, pero se mantenían firmes. Se envolvieron en mantas y mantuvieron un enorme fuego ardiendo frente al cobertizo. El calor se elevaba desde la gran pila de brasas carmesí que se amontonaban conforme avanzaba la noche. Asaron la carne de venado en el fuego y gracias a la comida su interior entró en calor. El viento comenzó a disminuir una hora antes del alba, y para cuando amaneció la tormenta había pasado. El sol se levantó sobre un mundo tan uniformemente blanco que tuvieron que entrecerrar los ojos ante su brillante resplandor.

Glass exploró río abajo mientras Red y Chapman levantaban el campamento. Tuvo problemas para caminar entre la nieve. La superficie de la gruesa capa de nieve se endureció y soportaba cada paso por un instante, pero luego se quebraba y a Glass se le hundían los pies. Había montículos de casi un metro de alto. Aunque suponía que el sol de marzo los derretiría en un día o dos, mientras tanto la nieve entorpecería su avance. Glass maldijo de nuevo por la pérdida de los caballos. Se preguntó si debían esperar y almacenar una reserva de carne seca en ese tiempo. Una buena reserva evitaría la búsqueda diaria de comida. Y, claro, entre más rápido se movieran, mejor. Varias tribus consideraban el Platte su territorio de caza: los shosones, los cheyennes, los pawnee, los arapajó, los sioux. Algunas podían ser amistosas, pero la muerte de Puerco enfatizó el peligro.

Glass subió hasta la cima de una colina y se detuvo de golpe. A menos de cien metros había un pequeño rebaño de más o menos cincuenta búfalos, manteniendo una protectora formación circular tras librar su propia batalla con la tormenta. El macho dominante lo vio inmediatamente. El animal giró hacia el rebaño y la gran masa de búfalos comenzó a moverse. «Van a lanzarse en estampida.»

Glass se hincó sobre una rodilla y se llevó el rifle al hombro. Apuntó hacia una hembra voluminosa y disparó. Vio que la hembra se tambaleaba por el disparo, pero se mantuvo de pie. «No es suficiente pólvora a esta distancia.» Dobló la cantidad y recargó en diez segundos. Apuntó de nuevo hacia la hembra y jaló el gatillo. El animal se desplomó sobre la nieve.

Observó el horizonte mientras empujaba la baqueta en el interior del cañón con fuerza. Cuando volvió la vista al rebaño, Glass se sorprendió de ver que no había salido en estampida alejándose de su alcance, y a pesar de eso cada animal parecía inquieto. Observó a un macho esforzándose por llegar al frente del rebaño. El animal se lanzó hacia adelante, hundiénsose hasta el pecho en la nieve profunda. «Apenas se pueden mover.»

Glass se preguntó si debería dispararle a otra hembra o cría, pero rápidamente decidió que tenían carne más que suficiente. «Qué mal», pensó. «Pude haberle disparado a una docena si hubiera querido.»

Entonces se le ocurrió una idea y se preguntó por qué no lo había pensado antes. Avanzó hasta estar a unos treinta y cinco metros del rebaño, apuntó hacia el macho más grande que encontró y disparó. Volvió a cargar y rápidamente le disparó a otro macho. De pronto dos tiros retronaron tras él. Una cría cayó sobre la nieve y cuando Glass volteó vio a Chapman y Red.

—¡Ajúa! —gritó Red.

—¡Ajúa! —respondió Glass.

Red y Chapman avanzaron a su lado, recargando con ansiedad.

—¿Por qué? —preguntó Chapman—. Las crías saben mejor.

—Lo que quiero son las pieles —dijo Glass—. Vamos a hacer un bote de piel de búfalo.

Cinco minutos después once machos yacían muertos en el pequeño valle. Era más de lo que necesitaban, pero Red y Chapman entraron en un frenesí cuando comenzó el tiroteo. Glass empujó con fuerza su baqueta para recargar. La ráfaga de disparos había ensuciado su cañón. Solo cuando la carga estuvo asentada y la batea lista se acercó al macho más cercano.

—Chapman, ve a esa cresta y echa un vistazo a los alrededores. Acabamos de hacer mucho ruido. Red, pon a trabajar ese nuevo cuchillo.

Glass se aproximó al macho más cercano. En su ojo empañado brillaba la última chispa de vida mientras su sangre se derramaba a su alrededor sobre la nieve. Glass pasó del macho a la hembra. Sacó su cuchillo y cortó la garganta del animal. Quería asegurarse de que estaba bien desangrada cuando la comieran.

—Ven, Red. Es más fácil si los desollamos juntos.

Rodaron a la hembra sobre su costado y Glass hizo un corte profundo a lo largo de su panza. Red jaló el pellejo con las manos mientras Glass lo separaba del cuerpo. Extendieron el cuero con el pelo hacia arriba mientras sacaban los mejores cortes: la lengua, el hígado, la joroba y las entrañas. Lanzaron la carne sobre el cuero y luego volvieron a trabajar en los machos.

Chapman regresó y Glass lo puso a trabajar también.

—Necesitamos cortar un cuadro tan grande como podamos de cada piel, así que no cortes a lo loco.

Con los brazos rojos hasta el hombro, Red levantó la vista del búfalo muerto. Disparar había sido revitalizante; desollar los animales era un maldito caos.

—¿Por qué no hacemos una balsa simplemente? —se quejó—. Hay suficiente madera junto al río.

—El Platte está demasiado bajo, especialmente en esta época del año. —Más allá de la abundancia de material, el gran beneficio del bote de piel de búfalo era su calado: menos de veinticinco centímetros. Aún faltaban meses para la escorrentía de la montaña que inundaría las riberas. Al inicio de la primavera, el cauce del Platte apenas era un hilo.

Alrededor del mediodía, Glass envió a Red de vuelta al campamento a encender fogatas donde secar la carne. Red arrastró por la nieve la piel de la hembra cargada con cortes selectos. Tomaron las lenguas de los machos, pero fuera de eso solo se preocuparon por las pieles.

—Pon a asar ese hígado y un par de lenguas para esta noche —gritó Chapman.

Desollar a los animales era el primero de muchos pasos. Con cada piel, Glass y Chapman trabajaban para cortar el recuadro más grande posible; necesitaban orillas uniformes. Sus cuchillos rápidamente perdieron el filo por el denso pelaje invernal, forzándolos a detenerse a menudo para afilar sus navajas. Cuando terminaron, se necesitaron tres viajes para arrastrar las pieles de regreso al campamento. La luna llena bailaba alegremente sobre el Platte Norte para cuando tendieron la última piel en un claro cerca del campamento.

Había que reconocerle a Red que trabajó con esmero. Tres fuegos bajos ardían en fogatas rectangulares. Cortó toda la carne en tiras y las colgó sobre las rejillas de sauce. Red se atiborró durante toda la tarde, y el olor de la carne asándose era irresistible. Glass y Chapman se llenaron la boca una y otra vez de la suculenta carne. Comieron por horas, satisfechos no solo por la comida abundante, sino también por la ausencia de viento y frío. Parecía increíble que se hubieran tenido que acurrucar para protegerse de la tormenta de nieve la noche anterior.

—¿Alguna vez has hecho un bote de búfalo? —preguntó Red en un momento.

Glass asintió.

—Los pawnee los usan en el Arkansas. Toma tiempo, pero no es gran cosa, un marco de ramas envuelto en piel, como un enorme tazón.

—No entiendo cómo flotan.

—Las pieles se estiran como tambores cuando se secan. Solo hay que sellar las costuras cada mañana.

Tomó una semana construir los botes. Glass optó por dos botes más pequeños en lugar de uno grande. Todos podían caber en uno si era necesario. Botes más pequeños también eran más ligeros y flotaban fácilmente en cualquier corriente de más de treinta centímetros de profundidad.

Pasaron el primer día cortando tendones de los búfalos muertos y construyendo los marcos. Usaron grandes ramas de álamo para las bordas, doblándolas en forma de aro. Desde las bordas avanzaron hacia abajo, haciendo aros progresivamente más estrechos. Entre los aros trenzaron soportes verticales de gruesas ramas de sauce, atando las uniones con tendones.

Manejar las pieles tomó la mayoría del tiempo. Usaron seis por bote. Coserlas era un trabajo tedioso. Con la punta de los cuchillos hicieron agujeros; luego unieron las pieles fuertemente, cosiéndolas con tendones. Cuando terminaron, tenían dos cuadros gigantes, cada uno formado de cuatro pieles extendidas de dos en dos.

En el centro de cada rectángulo pusieron los marcos de madera. Jalaron las pieles sobre la borda con el pelo hacia el interior del bote. Cortaron el exceso, y las cosieron con tendones por arriba. Cuando terminaron, pusieron los botes boca abajo a secarse.

Para el calafateo tuvieron que hacer otro viaje a los búfalos muertos del valle.

—Dios mío, apestan —dijo Red. Después de a tormenta, el clima soleado había derretido la nieve y comenzaba a pudrir los cuerpos. Las urracas y los cuervos se arremolinaban sobre la abundante carne, y a Glass le preocupó que los carroñeros que volaban en círculos señalaran su presencia. No había mucho que pudieran hacer al respecto, salvo terminar los botes e irse.

Sacaron sebo de los búfalos y con sus hachas arrancaron rebanadas de las pezuñas. De regreso al campamento, combinaron la mezcla hedionda con agua y ceniza, derritiéndolo todo lentamente sobre las brasas hasta convertirlo en una masa pegajosa y líquida. Su olla era pequeña, así que les tomó dos días preparar una docena de remesas hasta conseguir la cantidad requerida.

Aplicaron el calafateo sobre las costuras, untando la mezcla generosamente. Glass revisó los botes mientras se secaban bajo el sol de marzo. Un viento seco y firme ayudaba al proceso. Estaba complacido con el trabajo.

Se fueron a la mañana siguiente: Glass, en un bote con los suministros; Red y Chapman, en el otro. Requirieron más de tres kilómetros para acostumbrarse a sus torpes navíos mientras los empujaban con pértigas de álamo por las orillas del Platte. Pero los botes eran fuertes.

Había pasado una semana desde la tormenta de nieve, mucho tiempo para permanecer en un solo lugar. Había una ruta directa hasta el Fuerte Atkinson ahora, a ochocientos kilómetros río abajo por el Platte. Viajar en los botes les permitiría recuperar el tiempo. «¿Cuarenta kilómetros por día?» Podrían llegar en tres semanas si el clima se mantenía.

Fitzgerald debió de pasar por el Fuerte Atkinson, pensó Glass. Se lo imaginó pavoneándose por el fuerte con el Anstadt. ¿Qué mentiras habría inventado para explicar su presencia? Una cosa era segura: Fitzgerald no pasaría desapercibido. No muchos hombres blancos llegaban por el Missouri en invierno. Glass visualizó en su mente la cicatriz en forma de anzuelo de Fitzgerald. Un hombre así no se olvida. Con la seguridad de un depredador implacable, Glass sabía que su presa estaba en algún lugar y se acercaba a ella más y más con cada hora que pasaba. Encontraría a Fitzgerald porque nunca descansaría hasta lograrlo.

Glass plantó su larga pértiga en el fondo del Platte y empujó.

Veinticinco

28 de marzo de 1824

El río Platte llevó a Glass y sus compañeros corriente abajo sin descanso. Durante dos días navegaron hacia el este junto a las faldas de las montañas bajas, suaves como el ante. Al tercer día, el río dio una cerrada vuelta hacia el sur. Un pico cubierto de nieve se elevaba sobre los demás como una cabeza sobre unos anchos hombros. Por un momento pareció que iban directo hacia el pico, hasta que el Platte giró de nuevo, siguiendo hacia el sur finalmente.

Hicieron buen tiempo. En ocasiones, los vientos en contra alentaban su avance, pero mientras viajaban era más común una brisa firme hacia el oeste. Su provisión de carne de búfalo seca les evitó tener que cazar. Cuando acampaban, los botes boca abajo ofrecían un buen refugio. Cada mañana, les tomaba una hora recalafatear las costuras de los botes de búfalo con la provisión que habían llevado consigo; por lo demás, podían pasar casi cada hora del día en el agua, navegando hacia el Fuerte Atkinson con un mínimo esfuerzo. Glass estaba agradecido de que el río hiciera su trabajo.

En la mañana del quinto día en los botes, Glass estaba untando calafateo cuando Red llegó al campamento entre trompicones.

—¡Hay un indio en la cuesta! ¡Un guerrero a caballo!

—¿Te vio?

Red negó vigorosamente con la cabeza.

—No creo. Hay un arroyo... Parecía que estaba revisando una trampa.

—¿Descubriste la tribu? —preguntó Glass.

—Parecía un ree.

—Mierda —dijo Chapman—. ¿Qué hacen los ree en el Platte?

Glass desconfió del reporte de Red. Dudaba que los arikara avanzaran hasta ese lado del Missouri. Lo más probable era que Red hubiera visto un cheyenne o un pawnee.

—Vamos a ver. —Por el bien de Red agregó—: Nadie dispara a menos que yo lo haga.

Avanzaron sobre manos y rodillas conforme se aproximaban a la cresta de la colina, con los rifles en el hueco de los brazos. La nieve se había derretido tiempo atrás, así que se abrieron camino entre matorrales de salvia y altos tallos de pasto.

Desde la cima de la colina vieron al jinete, o más bien su espalda, mientras cabalgaba por el Platte a una distancia de menos de un kilómetro. Apenas podían distinguir al caballo, un pinto. No había manera de saber su tribu, solo que los indios andaban cerca.

—¿Y ahora qué hacemos? —preguntó Red—. No está solo. Y sabes que deben de acampar en el río.

Glass le lanzó una mirada molesta a Red, quien tenía una asombrosa capacidad para ver problemas y una absoluta incapacidad para generar soluciones. Dicho esto, probablemente tenía razón. Los pocos arroyos por los que habían pasado eran pequeños. Cualquier indio en el área seguiría el curso del Platte, directo en su camino. «Pero ¿qué opción tenemos?»

—No hay mucho que podamos hacer —dijo Glass—. Pondremos a alguien en la ribera para que vigile cuando lleguemos a un campo abierto.

Red comenzó a mascullar algo y Glass lo detuvo.

—Puedo empujar mi propio bote. Ustedes son libres de ir adonde quieran, pero yo planeo navegar río abajo. —Se dio la vuelta y caminó de regreso a los botes de piel de búfalo. Chapman y Red miraron largamente al jinete que se perdía de vista, luego se dieron la vuelta para seguir a Glass.

Tras otros dos días buenos en los botes, Glass suponía que habrían cubierto unos doscientos cincuenta kilómetros. Casi anochecía cuando se acercaron a una curva complicada del Platte. Glass pensó detenerse para pasar la noche, esperando a que hubiera mejor luz para navegar el tramo, pero no había un buen lugar donde desembarcar.

El río atravesaba un estrecho entre un par de colinas, lo que aceleraba la corriente y la hacía más profunda. En la orilla norte, un álamo se había caído a la mitad del río, atrapando una maraña salvaje de escombros tras él. El bote de Glass guio el camino durante diez metros más. La corriente lo llevó directo hacia el árbol caído. Hundió su pértiga para desviarse. «No alcanzo el fondo.»

La corriente aceleró y las ramas salientes del álamo aparecieron de pronto como espadas. Una buena estocada y el bote de búfalo se hundiría. Glass se levantó sobre una rodilla y apoyó el otro pie en la nervadura del bote con firmeza. Levantó la pértiga y buscó un lugar donde plantarla. Vio una superficie plana en el tronco y lanzó su vara hacia ella. La pértiga se atoró. Glass usó toda su fuerza para virar el torpe navío en la corriente. Escuchó el fluir del agua contra el bote mientras se inclinaba hacia un lado, haciendo girar la embarcación alrededor del árbol.

Glass quedó volteado, viendo directamente hacia Red y Chapman. Ambos se prepararon para el impacto, meciendo precariamente su bote. Cuando Red levantó la pértiga casi golpea a Chapman en la cara.

—¡Cuidado, idiota!

Chapman empujó la suya contra el álamo mientras la corriente lo impulsaba con fuerza por detrás. Red finalmente sacó su pértiga y la plantó débilmente en los escombros.

La corriente los arrastró con fuerza, y se agacharon mientras la corriente los empujaba a través el árbol medio sumergido. A Red se le atoró la camisa en una rama que se dobló por completo. La camisa se rompió y la rama latigueó hacia atrás, dándole a Chapman en un ojo. Este gritó por el punzante dolor y soltó su pértiga al llevarse las manos a la cara.

Glass siguió observándolos conforme la corriente empujaba ambos botes alrededor de la colina y hacia la orilla sur. Chapman estaba arrodillado al fondo del bote de piel de búfalo, boca abajo, presionándose el ojo con la mano. Red miró río abajo, más allá de Glass y su bote. Glass vio que un gesto aterrado cruzaba el rostro de Red, quien soltó su pértiga buscando su rifle con desesperación. Glass se dio la vuelta.

La ladera sur del Platte estaba cubierta por dos docenas de tipis, a menos de cincuenta metros. Un grupo de niños jugaba cerca del agua. Vieron los botes y estallaron en gritos. Glass vio que dos guerreros se ponían de pie de un salto junto a una fogata. Se dio cuenta demasiado tarde de que Red tenía razón. «¡Arikara!» La corriente condujo a los dos botes directamente hacia el campamento. Glass escuchó un disparo mientras veía a los hombres del campamento tomar sus armas y correr hacia la alta ladera junto al río. Glass dio un empujón final con su pértiga y tomó el arma.

Red disparó y un indio rodó por la ladera.

—¿Qué pasa? —gritó Chapman, esforzándose por ver con su ojo sano.

Red comenzó a decir algo cuando sintió una quemazón en su estómago. Bajó la mirada y vio que sangraba de un agujero en su camisa.

—¡Mierda, Chapman, me dispararon! —Se levantó asustado, arrancándose la camisa para inspeccionar la herida. Otros dos disparos lo golpearon simultáneamente y lo lanzaron de espaldas. Se le engancharon las piernas en la borda al caer, ladeando el bote en la agitada corriente del río. El agua penetró por la borda y el bote se volteó.

Medio ciego, Chapman se descubrió de pronto sumergido. Sintió el frío estremecedor del agua. Por un instante, la corriente salvaje pareció alentar su flujo, y Chapman luchó por procesar los eventos mortíferos que lo rodeaban. Con su ojo bueno vio el cuerpo de Red flotando río abajo; su sangre se mezclaba con el río como tinta negra. Escuchó el eco de unas piernas azotando el agua en dirección a él desde la orilla del río. «¡Vienen por mí!» Necesitaba respirar desesperadamente, pero sabía con terrible certeza lo que lo aguardaba en la superficie.

Finalmente no pudo soportarlo más. Sacó la cabeza y tomó una gran bocanada de aire para llenar sus pulmones. Ese fue su último aliento. Aún no había recuperado la visión, así que no vio el hacha que se aproximaba con rapidez.

Glass apuntó su rifle hacia el arikara más cercano y disparó. Observó horrorizado que varios arikara entraban al río y atacaban a Chapman cuando sacó la cabeza a la superficie. El cuerpo de Red flotaba tristemente río abajo. Glass tomó el fusil de Puerco y escuchó un grito salvaje. Un indio enorme arrojó una lanza desde la orilla del río. Glass se agachó instintivamente. La lanza perforó limpiamente un costado del bote, enterrando su punta en los cordoncillos del lado opuesto. Glass se asomó sobre la borda y disparó, matando al enorme indio en la playa.

Atisbó un movimiento y miró hacia la ladera. Había tres arikara apenas a veinte metros de distancia, con actitud asesina. «No pueden fallar.» Se lanzó de espaldas hacia el Platte mientras el trío comenzaba a disparar.

Por un instante se esforzó por sujetar el rifle. Igual de rápidamente lo soltó. Desechó la idea de intentar escapar río abajo nadando. Ya estaba entumecido por el agua helada. Además, los arikara irían por sus caballos en unos minutos; quizá ya lo habían hecho. Un caballo a todo galope fácilmente superaría al lento Platte. Su única oportunidad era quedarse sumergido tanto como fuera posible y llegar a la otra orilla. Poner el río entre ellos y él, y luego encontrar un escondite. Pataleó frenéticamente y se impulsó con los brazos.

El río era profundo a mitad de su cauce, más que la altura de un hombre. Un súbito golpe atravesó el agua y Glass se dio cuenta de que era una flecha. Las balas también llegaban al agua, como minitorpedos que lo buscaban. «¡Pueden verme!» Glass se esforzó por sumergirse más, pero ya sentía una opresión en el pecho por la falta de aire. «¿Qué hay en la otra orilla?» Ni siquiera había logrado echar un vistazo antes de que estallara el caos. «¡Necesito respirar!» Se impulsó hacia la superficie.

Sacó la cabeza del agua y escucho el ritmo rápido de disparos. Hizo un gesto inhalando profundamente, esperando el golpe de una bala contra su cráneo. Balas de mosquete y flechas cayeron a su alrededor, pero ninguna le dio. Observó la orilla norte antes de hundirse bajo la superficie de nuevo. Lo que vio le dio esperanza. El río corría por cuarenta metros más o menos junto a un banco de arena. No había dónde esconderse; si salía y trepaba los indios le disparaban. Pero, al final del banco de arena, el agua se unía con una ribera baja y cubierta de hierba. Era su única oportunidad.

Glass nadó más profundo y se impulsó en el agua, con la corriente a su favor. Pensó que podría distinguir el final del banco de arena entre el agua turbia. «Treinta metros.» Viró hacia la orilla mientras sus pulmones clamaban por aire. «Veinte metros.» Golpeó con los pies las rocas del fondo pero se mantuvo sumergido, pues su desesperación por respirar aún no superaba a su miedo a las armas de los arikara. Cuando el agua fue demasiado baja se puso de pie, inhalando aire mientras se lanzaba hacia la alta hierba en la ribera. Sintió un piquete agudo en la parte trasera de la pierna y lo ignoró, abalanzándose hacia una densa arboleda de sauces.

Desde el refugio temporal que le ofrecían los sauces miró atrás. Cuatro jinetes apuraban a sus caballos por la escarpada ladera al otro lado del río. Media docena de indios, apostados en la ribera, apuntaban hacia los árboles. A lo lejos, río arriba, algo llamó su atención. Dos arikara arrastraban el cuerpo de Chapman por la ladera. Glass se dio la vuelta para correr, con un dolor intenso en su pierna. Bajó la vista y se dio cuenta de que tenía una flecha en la pantorrilla. No le había dado al hueso. Se estiró para tomarla, haciendo una mueca de dolor mientras la arrancaba con un rápido movimiento. La echó a un lado y corrió hacia la profundidad de los sauces.

El primer evento afortunado para Glass llegó en forma de una yegua joven e independiente, la primera de los cuatro caballos que llegaron al Platte. Los golpes agresivos de una fusta la obligaron a entrar en el agua, pero el animal se rehusó a seguir cuando el fondo desapareció y tuvo que nadar. Chilló y sacudió la cabeza con fuerza, ignorando la presión de las riendas mientras retrocedía obstinadamente hacia la orilla. Los otros tres caballos tenían sus propias reservas respecto al agua fría y estuvieron encantados de seguirla. Los animales rebeldes se golpearon unos contra otros, agitando el Platte y tirando a dos de sus jinetes al agua.

Cuando estos recuperaron el control y azotaron sus monturas de nuevo hacia el río, habían transcurrido valiosos segundos.

Glass se abrió paso entre los sauces y de pronto salió a un dique de arena. Se apresuró hacia la parte alta y observó un estrecho cauce abajo. Sin luz del sol durante la mayor parte del día, las aguas tranquilas estaban congeladas, con una delgada capa de nieve sobre su superficie. Al otro lado, otra ladera escarpada conducía hacia una espesa masa de sauces y árboles. «Ahí.»

Glass se deslizó por la pendiente y saltó hacia la superficie congelada del canal. La delgada capa de nieve se abrió descubriendo el hielo de debajo. Sus mocasines no encontraron tracción y se cayó de espaldas. Por un instante se quedó pasmado, contemplando la luz que se debilitaba en el cielo de la tarde. Rodó sobre su costado y sacudió la cabeza para aclararla. Escuchó el relincho de un caballo y se puso de pie. Esta vez con cautela, atravesó el estrecho canal y trepó por la orilla opuesta. Escuchó el galope de los caballos detrás de él mientras se lanzaba hacia los matorrales.

Los cuatro jinetes arikara llegaron a la parte alta del dique y observaron hacia abajo. Incluso bajo la tenue luz, las huellas de la superficie del canal eran claras. El jinete al mando pateó su caballo, que se lanzó sobre la superficie de hielo y no le fue mejor que a Glass. Peor, de hecho, pues los cascos planos del animal no encontraron nada a lo que aferrarse. Agitó espasmódicamente las cuatro patas al azotarse sobre su costado, aplastando la pierna de su jinete en el proceso. Este gritó de dolor. Atendiendo a la lección, los otros tres hombres desmontaron rápidamente y continuaron la persecución a pie.

Las huellas de Glass desaparecían rápidamente en los densos matorrales del otro lado del canal. Habría sido obvio a la luz del día. En su huida desesperada, Glass no le ponía atención a las ramas que rompía y ni siquiera a las huellas que dejaba a su paso. Pero ya no quedaba más del día que un tenue resplandor. Las sombras mismas habían desaparecido, disolviéndose en una oscuridad uniforme.

Glass escuchó el grito del jinete caído y se detuvo. «Están en el hielo.» Calculó que los separaban unos cuarenta y cinco metros de arbustos. Comprendió que en la creciente oscuridad el peligro no era que lo vieran, sino que lo escucharan. Un enorme álamo se elevaba a un lado. Se estiró para tomar una rama baja y trepó.

Las ramas principales del árbol formaban una ancha horcadura a unos dos metros y medio de altura. Glass se agazapó, luchando por acallar sus jadeos. Llevó una mano a su cinturón, aliviado al tocar la empuñadura de su cuchillo, aún seguro en su funda. También tenía el *sac au feu*. Adentro estaban su pedernal y el raspador de metal. Aunque su rifle estaba en el fondo del Platte, aún tenía el cuerno de pólvora alrededor de su cuello. Al menos encender un fuego no sería un problema. La idea del fuego lo hizo darse cuenta de pronto de sus ropas empapadas y el frío que calaba hasta el hueso. Comenzó a temblar sin control y se esforzó por quedarse quieto.

Una rama pequeña se quebró. Glass echó un vistazo al claro debajo de él. Un guerrero larguirucho recorría los matorrales. Examinaba el claro, buscando en el suelo señales de su presa. Sostenía un largo mosquete y llevaba un hacha en su cinturón. Glass contuvo el aliento mientras el arikara llegaba al claro. El guerrero mantenía su arma lista para disparar mientras caminaba lentamente hacia el álamo. Aun en la oscuridad, Glass veía con claridad el blanco resplandor de un collar de diente de alce en su cuello y el brillante latón de dos brazaletes en su muñeca. «Dios, no dejes que mire hacia arriba.» Su corazón palpitaba con tanta fuerza que parecía que su pecho no podría contener sus latidos.

El indio llegó a la base del álamo y se detuvo. Su cabeza no estaba a más de tres metros de Glass. El guerrero estudió el suelo de nuevo y luego los matorrales que lo rodeaban. El primer instinto de Glass fue quedarse quieto, esperando que el guerrero se fuera. Contemplando desde arriba a su oponente, comenzó a calcular las posibilidades de otro plan: matar al indio y tomar su pistola. Glass tomó lentamente su cuchillo. Se sintió reconfortado al tocarlo y comenzó a deslizarlo lentamente de su funda.

Se enfocó en el cuello del indio. Un rápido corte en la yugular no solo lo mataría, sino que le impediría gritar. Con insoportable lentitud se incorporó, tensándose para el salto.

Glass escuchó un susurro urgente desde la orilla del claro. Levantó la vista y un segundo guerrero salió de los matorrales con una gruesa lanza en la mano. Glass se congeló. Se había movido del relativo escondite de la horcadura del árbol, preparándose para saltar. Desde donde estaba, solo la oscuridad lo ocultaba de los dos guerreros que lo perseguían.

El indio de abajo se dio la vuelta sacudiendo la cabeza; señaló al suelo y luego hacia los gruesos matorrales. Susurró algo como respuesta. El indio con la lanza avanzó hacia el álamo. El tiempo pareció detenerse mientras Glass se esforzaba por mantener la compostura. «Quédate quieto.» Finalmente los indios concertaron un plan, y cada uno desapareció en diferentes direcciones entre los matorrales.

Glass no se movió del álamo durante más de dos horas. Escuchó el vaivén de los sonidos de sus perseguidores mientras planeaba su siguiente movimiento. Después de una hora, uno de los arikara cruzó de nuevo el claro, esta vez aparentemente hacia el río.

Cuando Glass finalmente bajó del árbol sentía las articulaciones como si se hubieran quedado congeladas en su lugar. Se le había dormido un pie y requirió varios minutos antes de caminar normalmente.

Sobreviviría a la noche, aunque Glass sabía que los arikara volverían al alba. También sabía que los matorrales no lo esconderían ni a él ni a sus huellas a la luz resplandeciente del día. Se abrió camino entre la oscura maraña, cuidándose de no ir en paralelo al Platte. Las nubes bloqueaban la luz de la luna, aunque también evitaban que congelara. No podía quitarse el frío de su ropa mojada, pero al menos el movimiento constante mantenía a su sangre bombeando con fuerza.

Después de tres horas llegó al manantial de un pequeño arroyo. Era perfecto. Se metió en el agua, asegurándose de dejar unas cuantas huellas engañosas en dirección al arroyo, alejándose del Platte. Avanzó más de cien metros arroyo arriba hasta que encontró el terreno correcto, una orilla cubierta de piedras que escondería sus huellas. Salió del agua a las rocas y se dirigió hacia unos árboles achaparrados.

Eran espinos blancos, cuyas ramas cubiertas de púas los hacían los favoritos de las aves para anidar. Glass se detuvo y tomó su cuchillo. Cortó un trozo pequeño e irregular de su camisa de algodón roja y atoró la tela en una de las espinas. «Seguro la verán.» Luego dio la vuelta y avanzó por las rocas de regreso al arroyo, con cuidado de no dejar rastro. Caminó en el agua hasta la mitad del arroyo y regresó.

El pequeño arroyo corría perezosamente por la llanura antes de unirse con el Platte. Glass se tropezó repetidamente sobre las piedras resbalosas del oscuro fondo. Los chapuzones lo mantenían mojado e intentaba no pensar en el frío. No tenía sensibilidad en los pies para cuando llegó al Platte. Se quedó temblando en el agua, que le llegaba hasta las rodillas, temiendo lo que tendría que hacer después.

Observó el río intentando distinguir el contorno de la orilla opuesta. Había sauces y unos cuantos álamos. «No dejes rastro al salir.» Caminó en el agua, respirando cada vez más entrecortadamente conforme el agua se elevaba hasta su cintura. La oscuridad ocultaba un saliente bajo el agua. Glass lo cruzó y de pronto se encontró sumergido hasta el cuello. Ahogó un grito por la sorpresa al sentir el agua helada y nadó con fuerza hacia la orilla opuesta. Cuando pudo pararse de nuevo, siguió en el río; caminó por la orilla hasta que encontró un buen punto donde salir: un muelle rocoso que llevaba a los sauces.

Glass avanzó con cuidado entre los sauces y los álamos que había detrás de ellos, poniendo atención en cada paso. Esperaba que los arikara siguieran su trampa hacia el manantial; definitivamente no anticiparían su plan de regresar al Platte. Aun así, no dejó nada a la suerte. Estaría indefenso si encontraban su rastro, así que hizo todo lo que estaba en su poder para no dejar huella.

Un tenue brillo iluminaba el cielo al este cuando salió de los álamos. Bajo la luz previa al alba vio el oscuro perfil de una gran meseta a dos o tres kilómetros. La meseta corría paralela al río hasta donde alcanzaba a ver. Allí podría relajarse, buscar un barranco o una cueva escondida, encender una fogata, secarse y calentarse. Cuando las cosas se tranquilizaran podría volver al Platte y continuar su viaje hacia el Fuerte Atkinson.

Caminó hacia la meseta que se elevaba ante él bajo el creciente resplandor del día. Pensó en Chapman y Red y sintió una repentina punzada de culpa. La sacó de su mente. «Ahora no hay tiempo para eso.»

Veintiséis

14 de abril de 1824

El teniente Jonathon Jacobs levantó el brazo y bramó una orden. Detrás de él, una fila de veinte hombres y sus monturas frenaron de golpe. El teniente dio unas palmadas en el sudoroso flanco de su caballo y tomó su cantimplora. Intentó fingir indiferencia mientras daba un largo trago. A decir verdad, odiaba estar lejos de la relativa seguridad del Fuerte Atkinson; sobre todo ahora, cuando el galopante regreso de su exploración podía anunciar una amplia gama de infortunios. Los pawnee y una banda de arikara renegados habían estado recorriendo el Platte de un lado a otro desde que la nieve comenzó a derretirse. El teniente intentó controlar su imaginación mientras aguardaba el reporte.

El explorador, un llanero entrecano llamado Higgins, esperó hasta encontrarse prácticamente al frente de la fila antes de detener su caballo. El flequillo de su chaqueta de cuero se agitó cuando el enorme caballo *buckskin* se hizo a un lado para detenerse.

—Se acerca un hombre por las colinas.

—¿Un indio?

—Asumo que sí, teniente. No me acerqué lo suficiente para averiguarlo.

El primer instinto del teniente Jacobs fue enviar a Higgins de regreso con el sargento y dos hombres. A regañadientes, llegó a la conclusión de que debía ir él mismo.

Conforme se acercaban a las colinas dejaron a un hombre para cuidar a los caballos mientras el resto avanzaba reptando. El amplio valle del Platte se extendía frente a ellos más de ciento cincuenta kilómetros. A menos de un kilómetro, una figura solitaria bajaba cerca de la ribera. El teniente Jacobs sacó un pequeño catalejo del bolsillo de su sayo. Extendió el instrumento de latón a todo lo que daba y observó con él.

La vista aumentada iba arriba y abajo por la ribera mientras Jacobs ajustaba la mira. Encontró su blanco y se detuvo en el hombre vestido de ante. No podía distinguir su cara, pero veía el espeso borrón de una barba.

—Carajo —dijo el teniente Jacobs con sorpresa—. Es un hombre blanco. ¿Qué demonios está haciendo aquí?

—No es uno de los nuestros —comentó Higgins—. Todos los desertores se fueron directamente a Saint Louis.

Quizá porque el hombre no parecía correr un peligro inminente, el teniente sintió que de pronto la caballerosidad se apoderaba de él.

—Vamos por ese hombre.

El comandante Robert Constable representaba, aunque no por elección propia, la cuarta generación de hombres Constable que hacía carrera en el ejército. Su bisabuelo peleó contra los franceses y los indios como oficial del duodécimo regimiento de infantería de Su Majestad. Su abuelo mantuvo la vocación de la familia y luchó contra los británicos como oficial del Ejército Continental de Washington. El padre de Constable no tuvo mucha suerte en cuanto a gloria militar, pues era demasiado joven para la revolución y demasiado viejo para la guerra de 1812. Sin oportunidad para ganar distinción propia, sintió que lo menos que podía hacer era ofrecer a su hijo único. El joven Robert anhelaba hacer carrera en leyes, soñaba con usar las vestiduras de un juez. El padre de Robert se negó a manchar el linaje de la familia con un simple abogado, y se sirvió de su amistad con un senador para conseguirle un lugar a su hijo en West Point. Así que, durante veinte intrascendentes años, el comandante Robert Constable ascendió lentamente por la escalera militar. Su esposa había dejado de seguirlo tiempo atrás y ahora vivía en Boston (cerca de su amante, un famoso juez). Desde que el general Atkinson y el coronel Leavenworth volvieron al este en el invierno, el comandante Constable heredó el mando del fuerte temporalmente.

¿Sobre qué y quiénes reinaba exactamente? Trescientos soldados de infantería (divididos en inmigrantes y convictos recientes), cien soldados de caballería (que, por una desafortunada asimetría, solo contaban con cincuenta caballos) y una docena de cañones oxidados. Aun así, reinaba soberano trasladando la amargura de su carrera a los súbditos de su pequeño territorio.

El comandante Constable estaba sentado detrás de un gran escritorio, flanqueado por un asistente, cuando el teniente Jacobs le presentó al llanero que había rescatado.

—Lo encontramos en el Platte, señor —reportó Jacobs sin aliento—. Sobrevivió a un ataque arikara en la bifurcación norte.

El comandante Jacobs mostraba una amplia sonrisa bajo la brillante luz de su heroísmo, seguro de conseguir elogios por su valiente acto. El comandante Constable apenas lo miró antes de decir:

—Retírese.

—¿Que me retire, señor?

—Retírese.

El teniente Jacobs se quedó ahí, confundido por la brusca recepción. Constable expuso su orden más claramente:

—Lárguese. —Levantó la mano y la sacudió, como espantando un mosquito. Volteando hacia Glass, preguntó—: ¿Quién es usted?

—Hugh Glass. —Su voz estaba tan malherida como su rostro.

—¿Y cómo es que terminó vagando por el río Platte?

—Soy un mensajero de la Compañía Peletera de Rocky Mountain.

Si la llegada de un hombre blanco lleno de cicatrices no había despertado el interés del comandante, la mención de la Compañía Peletera de Rocky Mountain lo hizo. El futuro del Fuerte Atkinson, por no mencionar la capacidad del comandante de salvar su propia carrera, dependía de la viabilidad comercial del negocio de las pieles. ¿Qué sentido tendría si no ir a un páramo de desiertos inhabitables y cumbres impracticables?

—¿Del Fuerte Unión?

—El Fuerte Unión está abandonado. El capitán Henry se trasladó al viejo establecimiento de Lisa en el Big Horn.

El comandante se inclinó hacia adelante en su silla. Durante todo el invierno había enviado obedientemente misivas a Saint Louis. Ninguna contenía nada más emocionante que desalentadores reportes de disentería entre sus hombres, o el menguante número de soldados de caballería que poseían un caballo. ¡Ahora tenía algo! ¡El rescate de un hombre de Rocky Mountain! ¡El abandono del Fuerte Unión! ¡Un nuevo fuerte en el Big Horn!

—Avisen al comedor que manden comida caliente para el señor Glass.

Por una hora, el comandante bombardeó a Glass con preguntas sobre el Fuerte Unión, el nuevo fuerte en el Big Horn y la viabilidad comercial de su negocio.

Glass evitó cuidadosamente discutir su propia motivación para volver de la frontera. Pero finalmente hizo una pregunta.

—¿Pasó por aquí un hombre con una cicatriz en forma de anzuelo? Venía del Missouri. —Glass trazó un anzuelo con el dedo comenzando en la orilla de su boca.

El comandante Constable analizó el rostro de Glass y finalmente dijo:

—No pasó...

Glass sintió la aguda punzada de la decepción.

—Se quedó —dijo Constable—. Prefirió enlistarse en vez de ser encarcelado tras una pelea en nuestra taberna local.

«¡Está aquí!» Glass se esforzó por controlarse, por borrar cualquier emoción de su rostro.

—¿Entiendo que conoce a este hombre?

—Lo conozco.

—¿Es un desertor de la Compañía Peletera de Rocky Mountain?

—Es un desertor de muchas cosas. También es un ladrón.

—Esa es una acusación muy grave. —Constable sintió la latente emoción de sus ambiciones judiciales.

—¿Acusación? No vine a poner una queja, comandante. Vine para arreglar cuentas con el hombre que me robó.

Constable inhaló profundamente, levantando la barbilla lentamente con cada respiración. Exhaló ruidosamente y luego habló como si sermoneara pacientemente a un niño:

—No estamos en territorio salvaje, señor Glass, y le recomendaría que mantenga un tono respetuoso. Soy comandante del Ejército de los Estados Unidos y el comandante en jefe de este fuerte. Tomaré su acusación en serio. Me aseguraré de que sea investigada como se debe. Y claro, usted tendrá oportunidad de presentar sus pruebas...

—¡Mis pruebas! ¡Tiene mi fusil!

—¡Señor Glass! —El enojo de Constable crecía—. Si el soldado Fitzgerald le ha robado su propiedad, lo castigaré de acuerdo con las leyes militares.

—Esto no es tan complicado, comandante. —Glass no podía evitar un tono de burla.

—¡Señor Glass! —Constable escupió las palabras. Su intrascendente carrera en un puesto de avanzada olvidado por Dios ponía a prueba constantemente su capacidad de racionalizar. No toleraría que no respetara su autoridad—. Esta es la última vez que le advertiré. ¡Es mi trabajo administrar la justicia en este puesto!

El comandante Constable volteó hacia un ayudante.

—¿Sabes dónde está el soldado Fitzgerald?

—Está con la compañía E, señor. Se le ha asignado recoger madera; volverá esta noche.

—Arréstelo cuando llegue al fuerte. Busque el fusil en su cuartel. Si lo tiene, tómelo. Traiga al soldado al juzgado mañana a las ocho de la mañana. Señor Glass, espero que esté presente. Y arréglese antes de hacerlo.

Un comedor desordenado hacía las veces de juzgado. Varios soldados trasladaron el escritorio de la oficina de Constable y lo colocaron sobre una improvisada tarima. La posición elevada le permitía supervisar los procesos desde una altura adecuada. En caso de que alguien se preguntara sobre la autorización oficial de su juzgado, Constable acomodó dos banderas detrás de su escritorio.

Si bien carecía del esplendor de un verdadero juzgado, al menos era grande. Cien espectadores podían llenar el lugar cuando se sacaban las mesas. Para asegurarse una audiencia como es debido, normalmente el comandante Constable cancelaba los deberes de la gran mayoría de los habitantes del fuerte. Con poca competencia como entretenimiento, las presentaciones del comandante siempre llenaban la sala. Este juicio en particular despertó mucho interés. La noticia del llanero con cicatrices y sus locas acusaciones corrió por el fuerte con rapidez.

Desde una banca cerca del escritorio del comandante, Hugh Glass observó que la puerta del comedor se abría de golpe.

—¡A-ten-ción! —Los espectadores se pusieron de pie mientras el comandante Constable entraba con solemnidad en el cuarto. Iba seguido de un teniente llamado Neville K. Askitzen, que los militares apodaban el «teniente Lamebolas».

Constable se detuvo para escudriñar a su público antes de avanzar hacia el frente con pompa regia, mientras Askitzen se apresuraba detrás de él. Una vez sentado, el comandante le hizo una señal con la cabeza a Askitzen, quien dio la orden de que los espectadores podían tomar asiento.

—Traigan al acusado —ordenó el comandante Constable. Las puertas se abrieron de nuevo y Fitzgerald apareció en el umbral, con grilletes en las manos y un guardia en cada brazo. El público se retorció para verlo mejor mientras los guardias conducían a Fitzgerald al frente, donde habían construido una especie de celda a la derecha del escritorio del comandante. Allí estaba justo frente a Glass, quien se ubicaba a la izquierda del comandante.

Glass atravesó a Fitzgerald con la mirada como un taladro en madera blanda. Fitzgerald se había cortado el cabello y rasurado su barba. Vestía lana azul marino en vez de gamuza. Glass sintió asco ante la imagen de Fitzgerald, envuelto en la respetabilidad que ese uniforme implicaba.

Parecía irreal encontrarse de pronto ante su presencia. Luchó contra el deseo de abalanzarse sobre él, rodear su cuello con las manos y estrangularlo hasta matarlo. «No puedo hacerlo. No aquí.» Sus ojos se encontraron por un breve instante. Fitzgerald asintió ¡como para saludarlo educadamente!

El comandante Constable se aclaró la garganta y dijo:

—Se abre la sesión de este tribunal militar. Soldado Fitzgerald, es su derecho por ley ser confrontado por su denunciante y escuchar formalmente los cargos que se le imputan. Teniente…, lea los cargos.

El teniente Astkinzen desdobló un trozo de papel y leyó para la sala con voz señorial:

—Escuchamos hoy la queja del señor Hugh Glass, de la Compañía Peletera de Rocky Mountain, contra el soldado John Fitzgerald, del Ejército de los Estados Unidos, sexto regimiento, compañía E. El señor Glass alega que el soldado Fitzgerald, cuando él mismo estaba empleado por la Compañía Peletera de Rocky Mountain, le robó al señor Glass un fusil, un cuchillo y otros artículos personales. De ser encontrado culpable, el señor Fitzgerald enfrentará el juicio y una pena de cárcel de diez años.

Un murmullo se extendió entre la audiencia. El comandante Constable azotó un martillo contra el escritorio y el cuarto se quedó en silencio.

—Que la acusación se acerque al estrado.

Confundido, Glass observó al comandante, quien hizo un gesto de exasperación antes de indicarle que se acercara al escritorio.

El teniente Askitzen se paró junto a él con una Biblia.

—Levante su mano derecha —le dijo a Glass—. ¿Jura decir la verdad en nombre de Dios?

Glass asintió y dijo que sí en el débil tono que odiaba pero no podía cambiar.

—Señor Glass, ¿escuchó la lectura de los cargos? —preguntó Constable.

—Sí.

—¿Y son exactos?

—Sí.

—¿Desea hacer una declaración?

Glass lo pensó. La formalidad del proceso lo había tomado totalmente por sorpresa. No había esperado tener cientos de espectadores. Entendía que Constable mandaba en el fuerte. Pero esto era un asunto entre él y Fitzgerald, no un espectáculo para la diversión de un oficial arrogante y cien militares aburridos

—Señor Glass, ¿quiere dirigirse al tribunal?

—Le dije ayer lo que pasó. Fitzgerald y un chico llamado Bridger fueron los encargados de cuidarme después de que una grizzly me atacó en el río Grand. En vez de eso me abandonaron. No los culpo de eso, pero antes de irse me robaron. Se llevaron mi fusil, mi cuchillo, incluso mi pedernal y mi raspador de metal. Me quitaron las cosas que necesitaba para tener la oportunidad de sobrevivir solo.

—¿Este es el fusil que dice que es suyo? —El comandante sacó el Anstadt de atrás de su escritorio.

—Ese es mi fusil.

—¿Puede identificarlo por alguna marca distintiva?

Glass sintió que su rostro enrojecía ante el reto. «¿Por qué me están cuestionando a mí?» Respiró profundo.

—El cañón tiene grabado el nombre de quien lo hizo: J. Anstadt, Kutztown, Pensilvania.

El comandante sacó un par de espejuelos de su bolsillo y examino el cañón. Leyó en voz alta:

—J. Anstadt, Kutztown, Pensilvania.

Otro murmullo llenó el cuarto.

—¿Tiene algo más que decir, señor Glass?

Glass negó con la cabeza.

—Puede irse.

Glass volvió a su lugar frente a Fitzgerald mientras el comandante continuaba.

—Teniente Askitzen, tome el juramento del defendido.

Askitzen avanzó hacia la celda. Los grilletes de las manos de Fitzgerald hicieron un sonido metálico mientras ponía su mano sobre la Biblia. Su voz fuerte llenó el comedor mientras juraba con solemnidad.

El comandante Constable se meció en su silla.

—Soldado Fitzgerald, escuchó los cargos del señor Glass. ¿Qué tiene que decir al respecto?

—Gracias por la oportunidad de defenderme, Su Señoría... Es decir, comandante Constable. —El comandante sonrió ampliamente por el desliz mientras Fitzgerald proseguía—. Probablemente espere que le diga que Hugh Glass es un mentiroso, pero no lo voy a hacer, señor.

Constable se reclinó hacia adelante con curiosidad. Glass entrecerró los ojos como si él también se preguntara qué traía Fitzgerald entre manos.

—De hecho, sé que Hugh Glass es un buen hombre, respetado por sus compañeros en la Compañía Peletera de Rocky Mountain.

»Creo que Hugh Glass cree cada palabra que dijo como verdad de Dios. El problema, señor, es que él cree varias cosas que nunca pasaron.

»La verdad es que estuvo delirando durante dos días antes de que lo dejáramos. Le subió la fiebre, especialmente ese último día... Pensamos que eran los sudores de la muerte. Gemía y gritaba, sabíamos que le dolía. Me sentí mal, pero no había nada que pudiera hacer.

—¿Qué sí hizo por él?

—Pues no soy doctor, señor, pero hice lo mejor que pude. Le puse un emplasto en la garganta y la espalda. Hice caldo e intenté alimentarlo. Claro que tenía la garganta demasiado mal, así que no podía tragar ni hablar.

Esto fue demasiado para Glass. Con la voz más firme que pudo, dijo:

—Mientes con facilidad, Fitzgerald.

—¡Señor Glass! —bramó Constable, con el rostro repentinamente torcido en una mueca de indignación—. Este es mi juicio. Yo interrogaré a los testigos. ¡Y usted cerrará la boca o tendré que levantarle un cargo por desacato!

Constable dejó que el peso de su declaración se asentara antes de volver con Fitzgerald.

—Siga, soldado.

—No lo culpe por no saber, señor. —Fitzgerald le lanzó una mirada de lástima a Glass—. Estuvo desmayado o febril la mayor parte del tiempo que lo cuidamos.

—Eso está muy bien, pero ¿niega que lo abandonaron y que le robaron?

—Déjeme decirle lo que pasó aquella mañana, señor. Hacía cuatro días que estábamos acampados junto a un manantial lejos del Grand. Dejé a Bridger con Hugh y fui al río principal para cazar; estuve ausente la mayor parte de la mañana. Como a un kilómetro y medio del campamento casi me cruzo con un grupo arikara.

Otra oleada de emoción atravesó a los espectadores, la mayoría de ellos veteranos de la sospechosa pelea de la aldea arikara.

—Los ree no me vieron al principio, así que regresé al campamento tan rápido como pude. Me descubrieron justo cuando llegué al arroyo. Me persiguieron a toda velocidad mientras yo corría hacia nuestro campamento.

—Cuando llegué, le dije a Bridger que los ree estaban justo detrás de mí, le pedí que me ayudara a preparar el campamento para enfrentarlos. Entonces fue cuando Bridger me dijo que Glass había muerto.

—¡Bastardo! —Glass escupió las palabras mientras se ponía de pie y avanzaba hacia Fitzgerald. Dos soldados con fusiles y bayonetas bloquearon su camino.

—¡Señor Glass! —gritó Constable, azotando el martillo sobre la mesa—. ¡Se quedará sentado y mantendrá la boca cerrada o lo encarcelaré!

Al comandante le tomó un momento recuperar la compostura. Hizo una pausa para reajustar el collar de su chaqueta con botones de latón antes de volver al interrogatorio de Fitzgerald.

—Obviamente el señor Glass no estaba muerto. ¿Lo examinó?

—Entiendo por qué está enojado Glass, señor. No debí haber creído en la palabra de Bridger. Pero cuando miré a Glass aquel día, estaba pálido como un fantasma, no se movía ni un poco. Podíamos escuchar cómo se aproximaban los ree por el arroyo. Bridger comenzó a gritar que teníamos que irnos de allí. Estaba seguro de que Glass había muerto, así que corrimos a refugiarnos.

—Pero no sin antes tomar su fusil.

—Bridger lo hizo. Dijo que era estúpido dejar un fusil y un cuchillo para los ree. No había tiempo para discutirlo.

—Pero usted es quien tiene el fusil ahora.

—Sí, señor, lo tengo. Cuando volvimos al Fuerte Unión, el capitán Henry no tenía dinero para pagarnos por quedarnos con Glass. Henry me pidió que tomara el fusil como pago. Claro, comandante, que estoy feliz de tener la oportunidad de devolvérselo a Hugh.

—¿Y su pedernal y raspador de metal?

—No los tomamos, señor. Supongo que los ree los tienen.

—¿Por qué no mataron al señor Glass y lo escalparon como suelen hacerlo?

—Imagino que pensaron que estaba muerto, igual que nosotros. No te ofendas, Hugh, pero no te quedaba mucho cuero que quitarte. El oso lo dejó muy maltrecho… Probablemente los ree pensaron que ya no quedaba nada que mutilar.

—Está en este puesto desde hace seis semanas, soldado. ¿Por qué no había confesado esta historia antes de hoy?

Fitzgerald hizo una pausa perfectamente calculada, se mordió el labio y agachó la cabeza. Finalmente levantó la mirada y luego la cara. En voz baja dijo:

—Pues, señor…, supongo que me avergonzaba.

Glass lo contempló con completa incredulidad. No tanto por Fitzgerald, de quien esperaba cualquier traición. Más por el comandante, quien había comenzado a asentir con la cabeza ante la historia de Fitzgerald como una rata ante la melodía del flautista. «¡Le cree!»

Fitzgerald continuó.

—Hasta antes de ayer no sabía que Hugh Glass estaba vivo, pero sí había pensado en que abandoné a un hombre sin siquiera un entierro decente. Cualquier hombre merece eso, incluso en el frente…

Glass no pudo tolerarlo más. Metió la mano bajo su capote para tomar el revólver que había ocultado en su cinturón. Sacó el arma y disparó. La bala se desvió solo un poco de su blanco y le dio a Fitzgerald en el hombro. Glass escuchó el grito de Fitzgerald y al mismo tiempo sintió que unos fuertes brazos lo tomaban por ambos lados. Luchó para soltarse. El caos se desató en la sala. Escuchó que Askitzen gritaba, tuvo un atisbo del comandante y sus hombreras doradas. Sintió un dolor agudo en la parte trasera del cráneo y todo se volvió negro.

Veintisiete

28 de abril de 1824

Glass despertó en un lugar húmedo y oscuro con un palpitante dolor de cabeza. Estaba boca abajo en un suelo tosco. Rodó lentamente sobre su costado, golpeándose contra la pared. Sobre su cabeza vio una luz que se filtraba desde la delgada ranura de una pesada puerta. La cárcel del Fuerte Atkinson consistía en un largo recinto para los borrachos y otros malandrines comunes, y dos celdas de madera. Según pudo escuchar, había tres o cuatro hombres en el recinto, afuera de su celda.

El espacio parecía encogerse mientras estaba allí tendido, y se cerraba sobre él como las tapas de un ataúd. Le recordó de pronto a la fría y húmeda bodega de un barco, a la sofocante vida en el mar que había llegado a odiar. Gotas de sudor se formaron en sus cejas, y respiraba de manera entrecortada e irregular. Luchó para controlarse y reemplazar la imagen del encarcelamiento con la de una abierta llanura, un ondeante mar de hierba ininterrumpido, salvo por una montaña en el horizonte lejano.

Calculó el paso de los días por la rutina diaria de la cárcel: cambio de guardia al alba; distribución de pan y agua al mediodía; cambio de guardia al anochecer; luego la noche. Habían pasado dos semanas cuando escuchó que la puerta exterior se abría con un crujido y sintió que entraba aire fresco.

—Quédense ahí, idiotas apestosos, o les aplastaré el cráneo —dijo una voz rasposa que caminó con decisión hacia su celda. Glass escuchó el tintineo de llaves, luego el movimiento de una llave en la cerradura. El seguro giró y la puerta se abrió.

Entrecerró los ojos ante la luz. Un sargento con galones amarillos y espesas patillas grises se hallaba de pie en el umbral.

—El comandante Constable dio una orden. Puede irse. De hecho, tiene que irse. Aléjese del puesto para mañana al mediodía o será juzgado por robar un revólver y por usarlo para abrir un agujero en el soldado Fitzgerald.

La luz de afuera resultaba cegadora tras dos semanas en la oscura celda. Luego alguien dijo:

—*Bonjour*, señor Glass. —A Glass le tomó un minuto enfocar la cara gorda y con lentes de Kiowa Brazeau.

—¿Qué hace aquí, Kiowa?

—Voy camino de Saint Louis con una barcaza de provisiones.

—¿Usted me liberó?

—Sí. Estoy en buenos términos con el comandante Constable. Por otro lado, usted parece haberse metido en problemas.

—El único problema es que mi pistola no atinó.

—Según entiendo, no era su revólver. Pero creo que esto sí le pertenece. —Kiowa le entregó a Glass un fusil mientras finalmente podía enfocar lo suficiente para ver.

El Anstadt. Tomó el arma por el cañón, recordando el fuerte peso. Examinó el mecanismo del gatillo, que necesitaba ser engrasado. La oscura culata estaba dañada con varias raspaduras nuevas, y Glass notó una pequeña inscripción en el extremo: JF.

La rabia lo inundó.

—¿Qué le pasó a Fitzgerald?

—El comandante Constable lo devolverá a sus deberes.

—¿Sin castigo?

—Tiene una sanción de dos meses de pago.

—¡Dos meses de pago!

—Bueno, también tiene un agujero en el hombro que antes no tenía, y usted recuperó su rifle.

Kiowa observó a Glass interpretando su rostro con facilidad.

—En caso de que acepte una sugerencia, yo evitaría usar el Anstadt en el perímetro de este fuerte. El comandante Constable aprecia mucho sus responsabilidades como juez y está ansioso por llevarlo ante los tribunales por intento de homicidio. Solo desistió porque lo convencí de que es un *prótegé* de *monsieur* Ashley.

Caminaron juntos por la plaza de armas. Un asta de bandera se levantaba con las cuerdas bien tensas para sostenerse firme contra el azote de la brisa de primavera. La bandera misma chascaba con el viento y tenía las orillas desgastadas por el azote constante.

Kiowa se volvió hacia Glass.

—Piensa estupideces, amigo.

Glass se detuvo y miró al francés.

Kiowa dijo:

—Lamento que nunca tuviera un *rendezvous* como debe ser con Fitzgerald. Pero ya debe de haberse dado cuenta de que las cosas no siempre son tan bonitas.

Se quedaron ahí durante un rato sin más sonidos que el azote de la bandera.

—No es tan simple, Kiowa.

—Claro que no es simple. ¿Quién dijo que era simple? Pero ¿sabe qué? Muchos cabos sueltos nunca se atan. Juegue con la mano que le tocó. Avance.

Kiowa presionó.

—Venga conmigo al Fuerte Brazeau. Si funciona, lo tomaré como socio.

Glass negó lentamente con la cabeza.

—Es una oferta generosa, Kiowa, pero no creo que pueda quedarme en un solo lugar.

—¿Y entonces? ¿Cuál es su plan?

—Tengo que entregarle un mensaje a Ashley en Saint Louis. Después de eso, aún no lo sé. —Glass hizo una pausa antes de agregar—: Y aún tengo cosas que hacer aquí.

Glass no dijo nada más. Kiowa también guardó silencio por un largo rato. Finalmente dijo en voz baja:

—*Il n'est pire sourd que celui qui ne veut pas entendre.* ¿Sabe lo que significa?

Glass negó con la cabeza.

—Significa: no hay peor sordo que el que no quiere escuchar. ¿Por qué vino a la frontera? ¿Para buscar a un ladrón común? ¿Para disfrutar de una venganza momentánea? Pensé que usted era mejor que eso.

Glass siguió sin responder. Finalmente Kiowa agregó:

—Si quiere morir en la cárcel, es su decisión.

El francés se dio la vuelta y caminó por la plaza de armas. Glass lo pensó por un momento y luego lo siguió.

—Vamos a beber whisky —gritó Kiowa—. Quiero escuchar sobre el Powder y el Platte.

Kiowa le prestó a Glass dinero para que consiguiera unas cuantas provisiones y hospedaje para una noche en el equivalente de una posada del fuerte Atkinson: una fila de camastros en el ático del proveedor del ejército. Normalmente el whisky hacía que Glass se sintiera somnoliento, pero esa noche no. Tampoco le dio claridad a la maraña de pensamientos que había en su cabeza. Luchó por pensar con claridad. ¿Cuál era la respuesta a la pregunta de Kiowa?

Glass tomo el Anstadt y salió al fresco aire de la plaza de armas. La noche lucía perfectamente clara y sin luna, reservando el cielo para un billón de estrellas, diminutos agujeros de luz. Subió los toscos escalones hacia la estrecha empalizada que rodeaba el muro del fuerte. La vista desde arriba era imponente.

Glass miró atrás, hacia los confines del fuerte. Al otro lado de la plaza de armas estaban los cuarteles. «Él está allí.» ¿Cuántos cientos de kilómetros había recorrido para encontrar a Fitzgerald? Y ahora su presa dormía a pocos pasos. Sintió el frío metal del Anstadt en la mano. «¿Cómo puedo irme simplemente?»

Se dio la vuelta, mirando más allá de las murallas del fuerte, hacia el río Missouri.

Las estrellas bailaban en el agua oscura; su reflejo era como una representación de los cielos en la tierra. Glass escudriñó el cielo buscando una guía. Encontró las inclinadas colas de la Osa Mayor y la Osa Menor, el firme consuelo de la Estrella Polar. «¿Dónde está Orión? ¿Dónde está el cazador con su espada vengativa?»

Parecía que el intenso brillo de la gran estrella Vega reclamaba de pronto la atención de Glass. Junto a ella encontró a Cygnus, el cisne.

Glass lo contemplo y entre más lo veía, más parecían sus líneas perpendiculares formar una cruz. «La Cruz del Norte.» Ese era el nombre común para Cygnus, recordó. Parecía más adecuado.

Esa noche se quedó en la alta muralla por un largo rato, escuchando el Missouri y contemplando las estrellas. Se preguntó por la fuente de las aguas, por las poderosas montañas Big Horn cuyas cumbres había visto pero nunca había pisado. Pensó en las estrellas y los cielos, sintiéndose reconfortado por su vastedad y el pequeño lugar que en comparación él mismo ocupaba. Finalmente bajó de la muralla y entró; en seguida cayó en un sueño que antes no había logrado conciliar.

Veintiocho

7 de mayo de 1824

Jim Bridger comenzó a tocar en la puerta del capitán Henry, luego se detuvo. Habían pasado siete días desde que alguien lo viera fuera de su cuartel. Fue cuando los Crow se robaron sus caballos. Ni siquiera el regreso exitoso de Murphy de una caza pudo sacar a Henry de su encierro.

Bridger tomó un largo respiro y tocó. Había escuchado un sonido de alguien rebuscando adentro, luego silencio.

—¿Capitán?

Más silencio. Bridger se detuvo de nuevo, luego empujó la puerta para abrirla.

Henry estaba agazapado detrás de un escritorio hecho con dos barriles y un tablón. Una manta de lana le cubría los hombros de una forma que a Bridger le recordaba a un anciano acurrucado junto al fogón de una miscelánea. El capitán sostenía una pluma en una mano y un papel en la otra. Bridger le echó un vistazo al papel. Largas columnas de números llenaban la página de izquierda a derecha, de arriba abajo. Manchas de tinta punteaban el texto, como si la pluma hubiera encontrado frecuentes obstáculos, deteniéndose, derramando tinta sobre la página como si fuera sangre. Montones de papel estaban regados por el escritorio y el suelo.

Bridger esperó a que el capitán dijera algo o al menos levantara la vista. Por un largo rato no hizo ninguna de las dos cosas. Finalmente levantó la cabeza. Se veía como si no hubiera dormido durante días, tenía los ojos inyectados en sangre sobre grises bolsas fofas. Bridger se preguntó si era verdad lo que algunos hombres decían, que el capitán Henry había perdido la razón.

—¿Sabes algo de números, Bridger?

—No, señor.

—Yo tampoco. Al menos no mucho. De hecho, sigo esperando que solo haya sido un estúpido al hacer todas estas sumas. —El capitán observó el papel—. El problema es que las sigo haciendo una y otra vez y sigue saliendo el mismo resultado. Creo que el problema no son mis matemáticas, sino que no sale como yo quiero.

—No sé qué quiere decir, capitán.

—Lo que quiero decir es que estamos acabados. Debemos trescientos dólares. Sin caballos, no podemos tener suficientes hombres en el campo para recuperarlos. Y no tenemos ya nada que intercambiar por caballos.

—Murphy acaba de llegar del Big Horn con dos paquetes.

El capitán filtró la noticia a través del denso tamiz de su propio pasado.

—Eso no es nada, Jim. Dos paquetes de pieles no harán que nos recuperemos. Ni siquiera veinte paquetes lo lograrían.

La conversación no avanzaba en la dirección que Jim había esperado. Le había tomado dos semanas reunir las agallas para ir a ver al capitán. Ahora todo se le iba de las manos. Luchó contra el instinto de retirarse. «No. No esta vez.»

—Murphy dice que usted mandará algunos hombres a las montañas para buscar a Jed Smith.

El capitán no lo confirmó, pero Bridger siguió presionando.

—Quiero que me mande con ellos.

Henry miró al chico. Los ojos que le devolvieron la mirada brillaban tan esperanzados como el alba en un día de primavera. ¿Cuánto tiempo había pasado desde la última vez que él sintió siquiera un gramo de ese optimismo juvenil? «Mucho tiempo... y nunca más.»

—Puedo ahorrarte problemas, Jim. He estado en esas montañas. Son como el frente falso de un burdel. Sé lo que buscas, y simplemente no está ahí.

Jim no tenía idea de qué responderle. No podía imaginar por qué el capitán actuaba de una manera tan extraña. Quizá era cierto que se había vuelto loco. Bridger no lo sabía, pero lo que sí sabía, lo que sí creía con fe inquebrantable era que el capitán Henry estaba equivocado.

Cayeron en otro largo periodo de silencio. El sentimiento de incomodidad creció, pero Jim no iba a irse. Finalmente el capitán lo miró y dijo:

—Es tu decisión, Jim. Te enviaré si es lo que quieres.

Bridger salió al patio, entrecerrando los ojos ante la brillante luz de la mañana. Casi no notó el fresco aire en su cara, un vestigio de la estación que estaba por terminar. Seguiría nevando antes de que el invierno se fuera definitivamente, pero la primavera ya había tomado el control de la llanura.

Jim subió hacia la empalizada por una escalera corta. Acomodó sus codos en la parte alta del muro, observando las montañas Big Horn. Con la mirada trazó de nuevo el profundo cañón, que parecía penetrar hasta lo más profundo de las montañas. «¿Así era?» Sonrió ante las posibilidades infinitas de lo que podría encontrar en el cañón, o lo que podría encontrar en las cimas de las montañas, o lo que podría encontrar más allá.

Levantó la vista hacia los nevados picos de las montañas que se esculpían en el horizonte, de un blanco virginal contra el gélido cielo azul. Podría trepar hasta allí si quería. Allí tocaría el horizonte, lo cruzaría y buscaría el siguiente.

Nota histórica

Los lectores podrían preguntarse acerca de la precisión histórica de los acontecimientos narrados en esta novela. La era del comercio de pieles alberga una turbia mezcla de historia y leyenda, y sin duda la leyenda ha invadido la historia sobre Hugh Glass. *El renacido* es una obra de ficción. Dicho esto, me esforcé por mantenerme fiel a la historia en los principales episodios de la narración.

Lo que definitivamente es cierto es que Hugh Glass fue atacado por una osa grizzly mientras exploraba para la Compañía Peletera de Rocky Mountain en el otoño de 1823, que fue terriblemente herido, que sus compatriotas lo abandonaron, incluyendo a dos hombres que se quedaron a cuidarlo, y que sobrevivió para embarcarse en una épica búsqueda de venganza. La investigación histórica más completa sobre Glass es la que realizó John Myers en su entretenida biografía *The Saga of Hugh Glass*. Myers logró un argumento convincente incluso para algunos de los aspectos más notables de la vida de Glass, incluyendo su captura por parte del pirata Jean Laffite y, después, por los indios pawnee.

La opinión de los historiadores está dividida sobre si Jim Bridger fue uno de los dos hombres que se quedaron para cuidar a Glass, aunque la mayoría cree que sí. (El historiador Cecil Alter presenta un apasionado argumento en contra en su biografía de Bridger de 1925.) Hay suficientes pruebas de que Glass confrontó y después perdonó a Bridger en el fuerte del Big Horn.

Me tomé ciertas libertades literarias e históricas en un par de lugares que quisiera señalar. Hay evidencias convincentes de que finalmente Glass sí atrapó a Fitzgerald en el Fuerte Atkinson, donde encontró al traidor con el uniforme del Ejército de los Estados Unidos. De cualquier manera, los reportes de su encuentro son someros. No hay pruebas de que tuviera lugar un juicio oficial como el que retraté. El personaje del comandante Constable es completamente ficticio, como también lo es el incidente en el que Glass le dispara a Fitzgerald en el hombro. También hay pruebas de que Hugh Glass se había separado del grupo de Antoine Langevin antes del ataque de los arikara a los navegantes. (Parece que Toussaint Charbonneau sí estaba con Langevin y sobrevivió al ataque, aunque las circunstancias no están claras.) Los personajes de Profesor, Dominique Cattoire y La Vièrge Cattoire son totalmente ficticios.

El Fuerte Talbot y sus habitantes son inventados. Aparte de eso, los puntos de referencia geográfica son tan precisos como me fue posible. Un ataque contra Glass y sus compañeros en la primavera de 1824 por parte de los indios arikara sí tuvo lugar, presuntamente en la confluencia del río Platte Norte y el (después llamado) río Laramie. Once años después, el Fuerte William, el predecesor del Fuerte Laramie, se establecería en ese sitio.

Los lectores que estén interesados en la era del comercio de pieles disfrutarán un enfoque histórico como el del clásico de Hiram Chittenden, *The American Fur Trade of the Far West*, y el del trabajo más reciente de Robert M. Utley, *A Life Wild and Perilous*.

En los años posteriores a los eventos retratados en esta novela, muchos de los personajes principales siguieron viviendo aventuras, tragedias y gloria. Los siguientes son notables:

Capitán Andrew Henry: En el verano de 1824, Henry y un grupo de sus hombres tuvieron un *rendezvous* con la tropa de Jed Smith en lo que ahora es Wyoming. Aunque no era suficiente para cubrir las deudas de su compañía, Henry había conseguido un número considerable de pieles. Mientras Smith se quedaba en el área, él era responsable de llevarlas a Saint Louis. Aunque era modesta cuando mucho, Ashley creía que la cantidad de pieles justificaba un regreso al campo de inmediato. Logró fondos para financiar otra expedición, lo cual dejó a Henry al mando de Saint Louis a partir del 21 de octubre de 1824. Por razones que la historia no ha conservado, Henry parece haberse retirado de la frontera no mucho después.

Si hubiera mantenido su inversión en la Compañía Peletera de Rocky Mountain un año más como los otros socios principales, Henry podría haberse retirado como un hombre rico. Pero una vez más, demostró su peculiar propensión a la mala suerte. Vendió su parte de la compañía por una modesta suma. Incluso esto pudo haberle proporcionado una vida cómoda, pero Henry entró en el negocio de las fianzas. Cuando varios de sus deudores le fallaron, lo perdió todo. Andrew Henry murió sin un centavo en 1832.

William H. Ashley: Es increíble que dos socios de una misma empresa pudieran llevarla a conclusiones tan distintas. Aunque se enfrentaba a enormes deudas, Ashley mantuvo la firme creencia de que podía hacerse una fortuna con las pieles. Tras intentar sin éxito ser gobernador de Missouri en 1824, Ashley lideró un grupo de tramperos por la bifurcación sur del Platte. Se convirtió en el primer hombre blanco en intentar navegar el río Green, un esfuerzo que casi terminó en desastre cerca de la boca de lo que ahora se llama río Ashley.

Después de conseguir pocas pieles en su aventura, Ashley y sus hombres se encontraron con un desanimado grupo de tramperos de la compañía Hudson's Bay. A través de una transacción misteriosa, Ashley se hizo poseedor de cien paquetes de pieles de castor. Algunos afirman que los americanos saquearon el almacén de la Hudson's Bay. Reportes más creíbles dicen que Ashley no hizo nada más que conseguir una gran ganga. En cualquier caso, Ashley vendió las pieles en Saint Louis en el otoño de 1825 por más de 200,000 dólares, asegurándose una fortuna de por vida.

Durante el *rendezvous* de 1826, Ashley vendió su parte de la Compañía Peletera de Rocky Mountain a Jedediah Smith, David Jackson y William Sublette. Tras crear el sistema de *rendezvous*, lanzar la carrera de varias leyendas de la era del comercio de pieles y asegurarse un lugar en la historia como un exitoso magnate peletero, Ashley se retiró del negocio.

En 1831, los habitantes de Missouri eligieron a Ashley como sustituto del congresista Spencer Pottis (Pottis había muerto en un duelo). Ashley fue reelegido dos veces y se retiró de la política en 1837. William H. Ashley murió en 1838.

Jim Bridger: En el otoño de 1824, Jim Bridger cruzó las Rocallosas y se convirtió en el primer hombre blanco en tocar las aguas del Gran Lago Salado. Para 1830, Bridger se había convertido en socio de la Compañía Peletera de Rocky Mountain, y luego la era del comercio de pieles llegó a su declive en 1840. Conforme el negocio peletero decaía, Bridger tomó la nueva ola de crecimiento del oeste. En 1838 construyó un fuerte en lo que ahora es Wyoming. El Fuerte Bridger se convirtió en un importante establecimiento comercial en el Camino de Oregon y sirvió más tarde como puesto militar y estación del Pony Express. En las décadas de 1850 y 1860, Bridger sirvió en ocasiones como guía de colonizadores, grupos de exploración y el Ejército de los Estados Unidos.

Jim Bridger murió el 17 de julio del 1878, cerca de Westport, Missouri. Por sus logros como trampero, explorador y guía, Bridger es conocido como el «Rey de los hombres de montaña». Montañas, arroyos y ciudades del oeste llevan actualmente su nombre.

John Fitzgerald: Poco se sabe sobre John Fitzgerald. Existió y generalmente se le considera uno de los dos hombres que abandonaron a Hugh Glass. También se cree que desertó de la Compañía Peletera de Rocky Mountain y que se enlistó en el Ejército de los Estados Unidos en el Fuerte Atkinson. El resto de su vida es producto de la ficción.

Hugh Glass: Desde el Fuerte Atkinson, parece que Glass viajó río abajo a Saint Louis, llevando el mensaje de Henry a Ashley. Allí, conoció a un grupo de comerciantes que se dirigía a Santa Fe. Se les unió y pasó un año trampeando en el río Helo. Alrededor de 1825, Glass estuvo en Taos, un centro de comercio de pieles del suroeste.

Los áridos arroyos del suroeste dejaron de serle útiles rápidamente, y Glass viró de nuevo hacia el norte. Trampeó durante su camino hasta el Colorado, el Green y el Snake, hasta llegar a las aguas del río Missouri. En 1828, los llamados «tramperos libres» eligieron a Glass para representar sus intereses en las negociaciones que tenían como objetivo romper el monopolio de la Compañía Peletera de Rocky Mountain. Después de trampear por el lejano oeste en el río Columbia, Glass volvió la atención a la cara este de las Rocallosas.

Pasó el verano de 1833 en un puesto de avanzada llamado Fuerte Cass, cerca del antiguo fuerte de Henry que estaba en la confluencia de los ríos Yellowstone y Big Horn. Una mañana de febrero, Glass y dos compañeros cruzaban el congelado río Yellowstone para emprender una incursión de trampeo. Fueron emboscados y asesinados por treinta guerreros arikara.

Agradecimientos

Muchos de mis amigos y familia (y un par de amables desconocidos) me regalaron generosamente su tiempo al leer los primeros bosquejos de este libro y mejorarlo con sus críticas y sus ánimos. Gracias a Sean Darragh, Liz y John Feldman, Timothy Punke, Peter Scher, Kim Tilley, Brent y Cheryl Garrett, Marilyn y Butch Punke, Randy Miller, Kelly MacManus, Marc Glick, Bill y Mary Strong, Mickey Kantor, Andre Solomita, Ev Ehrlich, Jen Kaplan, Mildred Hoecker, Monte Silk, Carol y Ted Kinney, Ian Davis, David Kurapka, David Marchick, Jay Ziegler, Aubrey Moss, Mike Bridge, Nancy Goodman, Jennifer Egan, Amy y Mike McManamen, Linda Stillman y Jacqueline Cundiff.

Gracias al grupo de increíbles maestros de Torrington, Wyoming: Ethel James, Betty Sportsman, Edie Smith, Rodger Clark, Craig Sodaro, Randy Adams y Bob Latta. Si alguna vez se preguntan si los maestros marcan la diferencia, por favor, sepan que ustedes la marcaron para mí.

Gracias especialmente a la fantástica Tina Bennett de Janklow & Nesbit. Aunque asumo toda la responsabilidad por las fallas de este libro, Tina ayudó a mejorarlo. Gracias a la talentosa asistente de Tina, Svetlana Katz, quien, entre otras cosas, encontró el nombre de *The Revenant*. Gracias también a Brian Siberell de Creative Artists Agency por su gran trabajo en Hollywood, y a Philip Turner y Wendie Carr de Carroll & Grad.

Lo más importante, gracias especiales a mi familia. Gracias, Sophie, por ayudarme a experimentar con trampas de piedra. Gracias, Bo, por tu asombrosa imitación de un grizzly. Y gracias, Traci, por tu firme apoyo y paciente atención durante cientos de arduas lecturas.

Bibliografía clave

Alter, Cecil J., *Jim Bridger*, 1925

Ambrose, Stephen E., *Undaunted Courage*, 1996

Brown, Tom, *Tom Brown's Field Guide to Wilderness Survival*, 1983

Chittenden, Hiram Martin, *The American Fur Trade of the Far West*, tomos I y II, 1902

DeVoto, Bernard, *Across the Wide Missouri*, 1947

Garcia, Andrew, *Montana 1878, Tough Trip through Paradise*, 1967

Knight, Dennis H., *Mountains and Plains: The Ecology of Wyoming Landscapes*, 1994

Lavender, David, *The Great West*, 1965

Library of Congress, *The North American Indian Portfolios*, 1993

McMillion, Scott, *Mark of the Grizzly*, 1998

Milner, Clyde A. *et al.*, *The Oxford History of the American West*, 1994

Morgan, Ted, *A Shovel of Stars*, 1995

Morgan, Ted, *Wilderness at Dawn: The Settling of the North American Continent*, 1993

Myers, John Myers, *The Saga of Hugh Glass: Pirate, Pawnee, and Mountain Man*, 1963

Nute, Grace Lee, *The Voyageur*, 1931

Russell, Carl P., *Firearms, Traps, & Tools of the Mountain Men*, 1967

Utley, Robert M., *A Life Wild and Perilous: Mountain Men and the Paths to the Pacific*, 1997

Vestal, Stanley, *Jim Bridger, Mountain Man*, 1946

Willard, Terry, *Edible and Medicinal Plants of the Rocky Mountains and Neighbouring Territories*, 1992